流護
エドヴィン
ベルグレッテ
ロック博士
ダイゴス
ミア
レノーレ

終天の異世界と拳撃の騎士

――暴君、降臨――

Storia of Knuckle's Knight in the Arkadia

降朗汰
FURUROUTA
イラスト
218
NI-YA

TOブックス

contents

イラスト：218 ni-ya
イラスト協力：manyon24
デザイン：萩原栄一(big body)

プロローグ

有海流護が路地裏を出る頃、辺りはすっかり暗くなっていた。

時刻はもうすぐ夜の八時。寂れた片田舎の商店街を照らす明かりはどこか貧相で、薄汚れた街灯には名前も知らない虫が群がっている。すでにシャッターの閉まっている店も多かった。

今日は金曜日なので、家路を急ぐ必要もない。

少し一休みしようと考え、潰れそうなアイスクリームチェーン店の前に設置されたベンチのほうへ向かう。

店の薄汚れたガラスに、流護の姿が映り込む。普通、と評される容姿だった。

黒く短い、飾り気のない頭髪。顔立ちはどちらかといえば女性的といわれ、背は決して高くない。当人としては常々、百七十センチは欲しいと思っているのだが、あと数センチが思いのほか伸びずに困っていた。

服装は学校帰りのため、上下とも黒で統一された、これという特徴もない学ラン。

二十人ぐらいに尋ねてみれば、三人は「かっこいい」と答え、二人は「かわいい」と答え、一人は「尻を貸せ」と答え、残りは「普通」と答えるはず。とは、部活のマネージャーの言。

だからこそ。そんな流護の両手が血にまみれているのは普通ではないのだが、当の本人はあまり気にしていなかった。

流護はベンチに腰を落ち着け、行き交う人波を眺める。人通りはさほど多くない。

足早に通り過ぎるスーツ姿の大人、談笑しながら歩く学生たち。見慣れたというよりは見飽きたといってもいい、いつも通りの光景。何も感じない風景。

「あ。流護。なにしてるの？」

そこで不意に、横合いから声をかけられた。よく知る少女の声だった。

流護は人ごみをぼうっと眺めたまま、相手のほうも見ずに受け答える。

「いや、『アンチェ』でクソ突進ばっか繰り返してくるキマイラについて考えてたんだ。彩花はどう思うよ？　俺はあれ、調整ミスじゃねえのかと思うんだけど」

「ああそう。引きつけてステップでいいんじゃない？　私なら、まず近接武器で行かないかな」

少女こと彩花はどうでもよさそうに答え、流護の隣へと腰掛けた。

『アンチェ』というのは、人気爆発中の四人プレイ対応アクションゲーム『アンチェインド』のことである。四人で協力して強大な敵に立ち向かうゲーム……かと思いきや、その真髄は敵を倒した後に始まるドロップアイテムの争奪戦にあった。友達をなくしそうなシステムである。

流護はあまりゲームが得意なほうでなかったので、アイテムの奪い合い以前に敵がまともに倒せず、何度「もう直接殴らせろこのクソモンスター」と思ったか分からない。

「ガトリングでも使えば？　照準合わせなくていいし」

流護は「近接武器でボコしてえんだよ」と溜息をつき、ここでようやく彩花へと顔を向けた。

紺色のブレザーに、同じく紺色をした膝丈のボックスプリーツスカート。そんな同じ高校の女子制服に身を包んだ少女は、腰まで伸ばした艶やかな黒髪が印象的で、小さく整ったかなり愛らしい顔立ちをしている。

が、子供の頃から一緒に育った妹のような存在。妙な感情は持っていない、と幼なじみの少年は自負している。

「で、お前は何してんだ？　こんな時間に」

「……えーと、ちょっと時間つぶし、かな」

彩花は目を逸らしつつ、どこか言いづらそうに答えた。

「あー、彼氏待ちか。金曜の夜だしな。仲がよろしいこって」

「っ、なんでそういう言いかたする……っ、あんた、それ」

不満の声を上げかけた彩花が、流護の手を見て硬直した。

「あ？　何だよ。意外とゴツゴツしててセクシーな俺の手に見とれてん……あっ」

彼女の視線を追って、流護は思わずハッとする。

拳が血にまみれているのをもう忘れていた。すでに黒く変色して、固まりかけている。

「ケチャップです」

「ずいぶん質の悪いケチャップね。クレームつけるわ。……まったく、空手部エースの有海流護がケンカとか、なに考えてんのよ」

「絡まれたんだから、しょうがねえだろ。それとも何か、ただ一方的に殴られ続けろってのか。どんな聖人だよ。死んでしまいます。優等生の蓮城彩花さんは言うことが違うな」

「そこまで言ってないでしょ。警察沙汰にでもなったら……」

「路地裏だから誰も見てないし、やられたヤツが通報することもない」

「なんで言い切れるのよ。誰も見てないかはともかく、やられたヤツが腹いせに通報するのはありえるでしょ？」

「んー……仮にあったとして、少なくとも数ヶ月は大丈夫じゃねえかな」

「意味分かんない」

喉と指を潰しておいたから、と言うのはやめておいた。

「だいたい、流護に万が一のことがあったら……」

「ねえよ」

「なんで言い切れるの、そんなこと」

「ねえもんはねえ。今回は三人だったけどな。これが三十人同時でも、負ける気はしねえ」

油断はしないが、警戒もしない。例えば今回の相手。

そもそもろくに鍛えていない、枯れ木のような細腕で何をしたかったのかも不明だが、腰履きしてずり下がったズボンと、踵を踏み潰して履いた靴では、まともな蹴りひとつ出すことはできないのだ。連中は暴力の匂いを振り撒いて街を闊歩しているように見えて、「実はケンカなんかできません」と公言しているに等しい。

実際のところ、あの程度の相手であれば、本気で三十人を相手にしても勝てると流護は踏んでいる。

（前、たまには違う服着るかと思って似たような格好してみたら、ロクに走れもしなかったんだよな……。あいつら、普段どうやって活動してんだよ）

やり合うどころか、まともな運動すら怪しい。適度に逃げを交えつつ、各個撃破でいける。うん間違いない、と空手使いの少年は内心で鼻息荒く頷いた。

「っつーか、俺のこたあどうでもいいだろ。お前、彼氏いるんだしさ」

「彼氏がいたら、流護の心配しちゃいけないの？」

「なぁーにが心配だ、俺のカーチャンかお前は。例えば俺に彼女がいて、その彼女が他の男のことばっか心配してたら、俺なら嫉妬するけどな」

「それは流護の場合でしょ？　先輩はそんな人じゃないもん」

「おおーっと、何ナチュラルにノロケ入ろうとしてんだ。もうさっさと行け、おら」

しっしっ、と流護は手で追い払う仕草を見せる。

「だからなんでそういう言いかた……っ」

抗議の声を上げかけた彩花が、おもむろに携帯電話を取り出した。着信音は鳴らなかったので、マナーモードにしているのだろう。メールだったようで、目を通すや否や、慌しく立ち上がった。

「じゃあ私、行くけど」

「あいよ。ぐっない」

「…………」

立ち上がった彩花は、しかし動こうとしない。

「ん？　どした」

「……ねえ。明日って、ひま？　時間、作れない？」

「え？」

唐突な申し出に、流護は少し戸惑った。こんなことを言われたのはいつ以来だろう、と。

「いや、誘う相手が違うんじゃねえのか。まあ暇っちゃ暇だけどさ」

「そっか。分かった」

流護のほうを見ずにそっけなく呟いて、彩花は歩き出した。長い黒髪がふわりと風になびく。その後ろ姿はあっという間に人ごみへ紛れ、消えていった。

「なんだってんだ。……あっ」

結局、明日はどうするのだろうか。聞きそびれてしまった。まあ用事があるなら、電話のひとつでもかかってくるだろう。

あまり深く考えないことにし、一人残された少年は深々と溜息をつくのだった。


閑静（かんせい）な夜の住宅街をぽつりぽつりと照らす街灯の光は、月が出ていないこともあってか、寂しさをより際立たせているようにも見えた。

軽自動車がすれ違うにも苦労する狭い舗道を歩き、どこからか響いてくる犬の遠吠えを聞きながら、今にも潰れそうな木造の一戸建ての前へと到着する。

　と同時に、流護は靴裏にぐにゃりとしたものを感じた。犬のフンだった。

「ノォ……」

　見なかったことにして、立て付けの悪くなった玄関の戸を引き開ける。鍵がかかっていないことは分かっていた。そのくせ、誰もいないことも分かっていた。

『……以上のことからも分かるように、失踪から十四年が経った今でも、岩波教授の説は支持されているのですね。つまり……』

　散らかった居間のテレビはつけっぱなしで、電気もつけっぱなし。窓も全開。いつものことだが、よく考えたらこの物騒なご時世に大したものである。いや、むしろ人がいるように見え、高い防犯効果を期待できるかもしれない。

『ニュートリノがどうたらこうたら』とよく分からないことを垂れ流しているテレビを消し、どっかとソファに腰を下ろす。それが合図だったようなタイミングで、玄関の戸を開ける音がした。続いて鳴り響く、ドカドカとした無遠慮（ぶえんりょ）な足音。

「おーう、帰ったか流護」

　現れたのは、見た目にもごつい大男だった。

　精悍な顔つきだが、だらしなく伸ばした無精（ぶしょう）ひげ。流護とは真逆の、無骨（ぶこつ）で大柄な体格。上は白いTシャツ一枚に、下は迷彩柄のミリタリーパンツ。森の中で遭遇（そうぐう）したら何の特殊部隊かと思うような男が、堂々とした足取りでリビングに入ってきた。自動小銃でも持っていれば完璧だろう。

　そんな相手へ、流護はソファに沈み込んだままだらけた声を放り投げる。

「早えな。テレビぐらい消して出ろよー、親父」

「おう忘れとったわ。それより流護、お前——」

珍しく真剣なトーン。真面目な話でもあるのだろうか、と思う息子だったが、

「犬のクソ踏んだろ」

「落ちてるの分かってて放置したのか、この親父……」

「いや、お前が片付けるかなと思って……」

「なぜそう思ったのか」

「じゃあ今度から、最初に踏んだ人間が片付けることにする。これ家訓な」

「見つけたらじゃなくて踏んだらかよ。もう親父の靴の裏に塗りたくっとくわ」

結局、いつも通りの馬鹿みたいな会話だった。

「そういや流護よ、最近は彩花ちゃんどうしたんだ?」

「何が?」

「ちょっと前はいっつも一緒だったろうが。結婚の約束してなかったか?」

「いつの話だよ。忙しいんじゃねえの、色々と」

「ふーん。いいからたまには連れてこいよ。お前の事情はどうでもいい、俺が会いてえ。もう彩花ちゃんも十五だろ。いやー、月日の流れってのは早ぇよな、高校生なんだもんなあ。あの子も、さぞイイ女になったろうよ」

「ボケでも始まったんすか、高校の入学式のときに会ってるだろ。つか、そういきなり変わる訳ねー

だろ。ちなみに今の時代、十五歳相手にそんなこと言うと犯罪だぞ」

「十五ったら大人だろうによぉ。今の日本は甘えんだよなーっとぉ、さーて一杯やるとすっか。もう夏になるしな、冷えたビールをこう……あれ？」

これまたいつも通りに晩酌をしようと冷蔵庫を開けた父親が、ゴソゴソと物色しながら首を傾げている。

「っだよ、枝豆チャン切らしてたか……」

ぐでっとソファに沈み込んでいる流護へ、放物線を描いて小銭入れが飛んできた。

「悪ぃが、ひとっ走り頼むわ」

息子は溜息をつき、渋々といった様子で立ち上がるが、別にこれもいつものことなのだった。


犬のフンはなくなっていた。

何だかんだ、父が自分で始末していたらしい。しかし次回からは踏んだ人間が片付けると家訓に定められてしまったので、油断はできないところである。

（あれ？　じゃあ誰も踏まなかったらどうすんだ？）

などとアホなことを割と真剣に考えつつ、流護は夜の道を行く。

週末の夜とはいえ寂れた住宅街は静かなもので、商店街方面の喧騒とは無縁だった。

そろそろ夏本番も近いため、学ランだと夜でも少し汗ばむぐらいになってきている。いい加減に夏服出さないとな、などと考えながら、無意識かつ怠惰に歩を進めた。

ほどなくしてコンビニに到着し、頼まれた枝豆チャンをカゴへ入れ、ついでに週刊漫画をチェックしようと雑誌コーナーの前へ行く。

「あ」

「あ」

そこで、ファッション雑誌に手を伸ばした彩花と遭遇した。

彼女は制服姿のままだった。流護も同じだったが。

「買い出しか？　ん？　あれ、彼氏の家ってこの近くなのか」

「べつに」

いや、今の質問に対して「べつに」はおかしいだろ。そう思う流護だったが、突っ込むのも面倒だったので聞き流そうとして、

（ん？　いや、まじで彼氏の家ってこんな近所なのか？）

ふと引っ掛かりを覚えた。

このコンビニは流護の家の近所でもあり、彩花の家の近所でもある。この近辺のことだって昔からよく知っている。彩花と付き合うような物好きが、こんな近所に住んでいるのだろうか。

「あ。そっか。彼氏の方が、お前ん家に来てんのか」

「え？　なんで？」

「いやほら、ここってお前ん家の近くだしさ」

「……。来てた、として……それが流護に、なにか関係あるの？」

「いや別に。なんか勝手に、お前が彼氏の家に行くもんだと思い込んでた。ってことは、おじさんとおばさん公認か？　金曜の夜に一緒にいるの認められてんのか。やるなーおい」

「…………」

なぜか彩花は押し黙った。かすかにうつむくその顔がどうしてか怒っているように見えて、流護は取り繕うように話を変える。

「あ、ああ、そういや親父がさ、『彩花は最近どうした』とか言ってたぞ。顔見せなくなったからな、寂しがってるみてえだぞ？」

「あ、うん……」

「おう、あとあれだ。さっき聞きそびれたけど、明日って何だよ？　どうすんだ？」

「えっと……どうしたい？」

「何だよ『どうしたい』って……。そうだな、最近は稽古サボりがちだったし、トレーニングでもしようかと思わないでもない」

「そっか」

それだけ言うと彩花はそのままレジへ向かい、精算を済ませて店を出て行ってしまった。

「いや、あれ？　会話終わってなくね？　なんだってんだよ、アイツは」

よく分からない。最近は、特に。

流護も定期購読している雑誌をカゴに入れ、レジへと向かう。

帰りは夜の散歩を兼ねて、来たときとは違う道を通ってみることにした。


有海流護と蓮城彩花は幼なじみである。

子供の頃はいつも一緒に遊んでいたが、中学、高校と進むにつれ、一緒にいる機会は減っていった。最後に二人で遊んだのはいつだったろうか。割と最近、二人で『アンチェ』をやった覚えもあるのだが、その程度である。今ひとつ思い出せないな、と流護は頭を掻いた。

そんな彩花に彼氏ができたのが、この春。

現在、二人とも高校一年生なので、高校に入ってすぐということになる。

彼氏はひとつ年上の先輩とのことだった。数ヶ月前に彩花本人からそう報告されたが、流護は適当に聞き流していたので、彩花の彼氏がどんな人間なのかもあまりよく知らない。見たこともない。話を聞き流していたら彩花が激怒し始めたため、そこだけはよく覚えている。なぜ怒ったのかはよく分からなかった。

元々、彩花は中学時代から人気が高かった。

一方の流護にそういう浮いた話はなく、ただひたすら部活動の空手に打ち込んでいた。

空手そのものは幼少の頃から道場に通っており、そこそこの腕前と自負していたが、高校入学してすぐ参加した県大会個人戦では準優勝。決勝戦の相手に手も足も出ずに負けてしまい、そこからしばらくトレーニングも手を抜きがちになっている。

挫折したという訳ではないが、モチベーションが低下していた。目標が持てず、宙ぶらりんな状態。

「…………」

ともすれば悪夢のように、あの巌めいた姿が脳裏をよぎる。とても高校生のものとは思えない、鍛え抜かれた頑強な肉体。野に生きる獣じみた、鋭い眼光。

『噂は聞いている、有海流護。俺の技が当たるのかどうか。正直、震えているよ』

……完敗だった。

まず腹部に受けた、剛槍さながらの一打。それで流れを掴まれてしまい、最終的には上段廻し蹴りを受けて試合終了。あっという間、立て続けにポイントを奪われた、と聞いている。気絶した訳でもないのに、記憶があやふやになっているのだ。高校入学早々、初の大きな舞台に緊張もあったのだろう。しかし何より、その完膚なきまでの敗北を、心が忘れたがっているかのように。

そんな状態ながら一方で、今もはっきりと脳裏の片隅に刻まれている断片的な光景。近い床。いつの間にかついていた手と尻餅。目の前で自分を見下ろす、岩壁のような武人とその眼光。

男の双眸に勝利の歓喜といった情は宿っておらず、試合が終わってなお一片の隙すら存在してはいなかった。

例えばあそこで、立ち上がった流護がいきなり突っかかっていくようなことがあったとしても、あの男は顔色ひとつ変えずに対応したことだろう。そして有海流護に、二度目の敗北を容赦なく味わわせたことだろう。

そう思わせるほどの迫力、雰囲気、そして本物の強さを、あの空手家は身に纏っていた。

(あいつにしてみりゃ……俺との試合は、とんだ期待外れだったろうな)

今以上の練習を重ねたところで、あの化け物に勝てるかどうか分からない。じゃあどうしようか、と。それで最近は、少しガラの悪い連中に絡まれただけで相手を路地裏へ誘導し、夕方のような事態になることも少なくなかった。

ただの弱い者いじめ、憂さ晴らしだと分かっている。言いがかりをつけてきたのは向こうで、こっちは自分の身を守っただけだと心の中で言い訳して。彩花の言う通り、いつ警察沙汰に発展してもおかしくないはずだった。

あの幼なじみの少女は将来、料理関係の仕事に就くことを目指している。彼氏も同じ目標を持つ人だと言っていた。あのときは聞き流していたが、そこだけは覚えている。

彩花は昔からそうだった。しっかりと目標を持ち、何でもこなす要領のいい優等生。それが周囲からの評価。

流護は、将来のことなど考えたこともない。勉強ができる訳でもない。唯一の特技といえる空手すら、今は空回りしている状態。

「……くそっ」

そんなことを考えていたら、苛立ちに思わず足が止まりかけてしまった。

ばったりと顔を合わせたせいか。幼なじみのことが、なかなか頭から離れない。

(ほんっと、立派になったもんだよ。一丁前に彼氏なんか作って、あの泣き虫だったアイツが……)

ふん、と鼻息ひとつ。

「…………」

自らの右手に、視線を落とした。

鍛錬によって分厚く変形した、己の拳。

空手を始めた切っ掛けは、ほんの些細なことだった。

近所の悪ガキにいじめられていた彩花を、助けてやりたくて。

本当に、今になって考えれば笑ってしまうほど単純で、少し恥ずかしい動機。

(もう、俺が守ってやる必要もねえってことか……なんつってな)

それどころではない。目標を決めてしっかり邁進している彩花と、やりたいことも定まらずふらふらしている流護。いつしか、そんな対比的な構図になっている。

(はっ……何だってんだよ、この差は)

劣等感を覚えた少年は真っ暗な夜空を見上げ、心を落ち着けるべく深呼吸する。そしてまた、歩き出す。

そうして無心で歩くうち、そのT字路に差しかかった。

家屋の少ない区画。コンクリートの高い塀に囲まれた家々と、膝まである草の生い茂った空き地の割合は、およそ半々といったところか。

曲がり角の先に、自然と顔が向く。距離にして百メートルもない。ここからでもかすかに見える、有海邸とそう変わらない一軒家。蓮城家。彩花の家。

（そういや、おじさんとおばさんは元気にしてんのかな。最近は全然会ってないけど）

そんなことを考えた瞬間、

「あっ。明日、って」

唐突に、流護は思い出した。

明日は、町内の夏祭りだ。何だかんだで毎年、彩花と一緒に行っている。

去年もちょうどここで合流し、一緒に向かっていた。たくさんの人出で賑わう中、浴衣姿のやたら可愛い子がこっちに来ると思ったら彩花だった、と損した気分になったのを覚えている。

「それで明日、暇か……って訊いてきたのか」

去年はあまり屋台を回れず、次こそはちゃんと回ろう、などと約束したことを思い出す。

（つだよ。それならそうとハッキリ言えばいいだろ。つうか、今年からは彼氏と行きゃあいいだろうに）

そう思う幼なじみの少年だったが、何か事情があって一緒に行けないのかもしれない。

「ちっ……」

舌打ちしながら携帯電話を取り出し、カチカチとメールの文面を打っていく。

『そういや明日祭りだっけか。一緒に行くか?』

彼氏と一緒にいるかもしれないところへ連絡するのは少し気が引けたが、ひとまず送信……したと思いきや、電波が圏外になっていた。

（あーもう、こんだけ開けた場所で圏外はねえだろ、これだから田舎は――）

などと思いながら、流護は顔を上げる。

見渡す限りの草原が、広がっていた。

第一章　異郷の出会いたち

「…………あ？」

半開きになった流護の口からは、ひどく間の抜けた声が漏れていた。無理もない。

自分は住宅街のT字路にいたはずだ、と。

それが、見渡す限りの草原。広大な緑の群れは青白い月明かりに照らされ、地平線まで延々と続いている。

ぽつぽつと申し訳程度に細い木々も見えはするが、あるのは基本的に、ただひたすらの草の波。膝丈のそれらが大地を埋め尽くし、風に洗われるままにそよいでいる。

「……いや、は？　え？」

地平線から上は、青みがかった黒。時間が夜であることは間違いない。

では、場所はどこなのか。住宅街の近くに、こんな場所はあったか。あの近辺のことなど、昔からよく知っている。考えるまでもない。

左右、百八十度。眼前にあるのは、青白く彩（いろど）られる草の海だけ。

流護は手にしたままの携帯電話を確認する。買い物袋がなくなっていたが、そんなのは瑣末事（さまつごと）だった。

液晶画面に表示された日付、時間ともに異常はない。しかし電波だけが圏外となっている。

それにしても月明かりがやけに眩しい、と感じた。やたら青白い光が液晶に反射して、見づらく
――

(眩しい……月明かり?)

そこで思い出す。学校からの帰り、月が出ておらず住宅街が寂しく感じたことを。今になって月が出てきたのかと考えて、流護は夜空を見上げた。

「――――――――」

絶句した。

月。とてつもなく巨大な月が、空を覆っている。

それも、ただ巨大などという規模ではない。夜空の闇と覇権でも争っているのかと思う大きさ。すぐにでも地表へ激突してしまうのではないかと危惧する大きさ。鈍く輝く絶大な球体が、夜空の四割近くを埋め尽くしている。

「………………」

流護の思考というものが完全停止してしまったところへ、

「あの、なにしてるんですか?」

小さく、窺うような声が届いた。高くか細い、少女の声。

呼ばれたというより、ただ声に反応する形で、流護は振り返る。

さざめく夜の草原に、一人の少女が立っていた。

あまりに青く明るい月光のため正確な色は分からないが、おそらく栗色だろう長い髪。年の頃は、流護とそう変わらないはずだ。大人しそうな雰囲気で、地味系少女とでもいうべきか。これもワンピースというのか、上衣とスカートがひと続きとなった、飾り気のない質素なデザインの服を着ている。おそらく普段着だろう。

おそらく、だろう、という表現が連続するのは、あまりに少女が現実離れした格好をしているからだ。

歴史や美術の教科書に載っている、中世欧州の農民のような服装だった。

「……あの……？」

黙ったまま見つめてくる相手を不審に思ったのだろう、少女の声音に警戒の色が混ざる。焦った流護は、何も考えず反射的に喋り出した。

「なっ、何コレ」

「えっ……？」

当然というべきか、彼女の警戒も深まる。すい、と一歩後ろへ引かれてしまった。

落ち着け。落ち着いて、状況を分析しろ。空手で培った平常心を保つ胆力は、この局面において無駄ではないはずだ。と、流護は深呼吸して自分に言い聞かせた。

理解できない状況に陥ったとき、無理に脱しようとするよりも、まず何ができるのかを考えよ。幼少の頃から通っている道場で習った言葉である。

「いや、えーと、道に迷っちゃったみたいで。ここは、どこなんすかね？」

「……こんな時間に、ですか？　ここは、サンドリア平原ですよ。すぐそこに街道があります。というより、街道に出ましょう。このあたりはコブリアもいますし、危ないです」

どうにか維持しようとした流護の平常心は、あっさりと瓦解しかかった。

（今、何て……？）

よく分からない横文字が混ざりまくっていなかったか。

少女のおかしな格好。横文字。

以前、テレビのオカルト番組で見た覚えがある。気がついたら、ありえない長距離を移動していたとかそういう話を。あれは確か、霧に包まれ、七千キロも離れた場所に一瞬で移動したなどという内容だった。流護は霊や超常現象の類を全く信じていないほうでもない。ロマンがあると思う。

しかし、自分で経験したことはさすがになかった。

「えと、とにかく。危ないですし、そこの街道まで出まし――」

そこで、少女の声を遮る異音が混ざった。

ガサガサと、何かが草間を蠢く音。キーキーと、何かが発する奇妙な声。

「ひっ」

少女の顔色が蒼白に変わる。草むらをかき分けて、ソレが姿を現した。

「――は？」

少女だけではない。ぞくり、と。流護は、己の体温が下がったのを自覚した。

その体長は四十センチほど。体毛は黒に近い茶色で、分類としては小動物といえるだろう。

しかし、異様なのはそこからだ。不器用ながらも二足歩行し、キーキーと喚きながら、しかし人間とは似ても似つかぬ大きく裂けた口で笑みのような表情を見せ、顔の上半分を占めるほど大きなギョロリとした目がふたつ。

ただ一言、薄気味悪い。そうとしか表現できない生物が、草葉の隙間から流護たちのほうを窺っていた。

「やっぱり、コブリアがっ……」

消え入りそうな、少女の怯え切った声。

コブリアなんて名前の生き物は聞いたこともない。最近は珍しいペットを飼ってみたものの、世話をし切れずに捨てる者も多いと聞く。流護は少なくとも、こんな気味の悪い生き物を飼ってみたいとは思わなかった。

この生命体は何なのか。それはよく分からないが、しかし今、確実に分かることがあった。コブリアと呼ばれたその存在が、何をしようとしているのか。大きすぎる裂けた口が見せる、背筋の寒くなるような笑み。そこから覗く、びっしりと生え揃った鋭い牙。凶悪にすぎる、その姿。

コブリアなる生物は、少女のほうにグリンと顔を向ける。

「い、やっ……！」

それが合図だった。

嬉々とした邪悪な笑みを浮かべながら、コブリアは少女に飛びかかった。それはまるで、放物線を描くボールのように。

刹那、地面が爆裂した。

蹴りつけた大地が、草の波を散らす。その一足の踏み込みで、流護はおよそ四メートル近くあったはずのコブリアとの距離をゼロにした。

続く、パァンという快音。素早く、しかし丁寧に繰り出した右中段突きは、小さな怪物を竹トンボさながらに弾き飛ばす。飛びかかった以上の距離を軽々と滑空したコブリアは、放り投げたゴミのように大地へ打ちつけられた。

「……っ、ふっ……」

その額には、珠のような汗が浮かんでいる。突き出したままの右腕は、かすかに震えている。どっしり構えたはずの両足は、膝が笑っている。

咄嗟。ただ咄嗟の行動だった。このままでは少女が危ないと思った。次の瞬間、流護の身体は突き動かされるように動いていた。

ギィ、と濁った鳴き声が上がる。見れば、身を起こすコブリアの姿。しかしこちらに向かってくることはなく、小走りで遠ざかっていった。

「っはあっ……！」

ここで流護は、ようやく大きな安堵の息を吐く。目測を誤ったのか、思った以上に踏み込んでしまい、手打ち気味の腰が入らない拳になってしまった。が、追い払えただけで上出来とすべきだろう。残心の動作を取ることも、すっかり頭から抜け落ちてしまっていた。

「す、すごい！　なんですか、今の！」

軽く飛び跳ねる勢いで、少女が感嘆の声を上げる。

「だ、大丈夫か……？」

対する流護は、辛うじてといった体で絞り出す。

「はっ、はい！　これもイシュ・マーニのお導きですね。あっ、もちろんあなたにも感謝を！」

「そ、そりゃ……よかった」

安堵しつつ一歩、はしゃぐ少女のほうへと踏み出す。

（……？）

違和感。

あまりに必死だったためか、ここで初めて気付くこととなった。

（身体が……軽い？　立ちくらみ、か？）

何というか、身体が浮ついて落ち着かない。とはいえ、こんな状況である。眩暈のひとつ起こしたっておかしくはない。

そう、流護は自分に言い聞かせることにした。


最初は三百六十度どこまでも草原が続いているのかと思った流護だが、立ち尽くしていた場所の後ろには、なだらかな丘や小さな池、小規模の森が遠く見えていた。

結果として助けることになった農民風の少女に連れられ、開けた街道へと出る。

（って、これが……街道？）

草のない土の大地に、ただ踏みならしただけの跡が前後に延々と続いているだけのものだった。

コンクリートやアスファルトといった、整備された硬そうな灰色はどこにも見られない。

（いやいや、今の日本にこんな場所があるかっての……）

となると、やはり――

「……えーと、訊きたいことがあるんだけども。それも結構たくさん」

「あ、は、はい。でもここだと危ないですし、落ち着ける場所にいきましょう。ん、小屋まで戻ろうかな。こっちです、ついてきてください！」

そうして四、五分は歩いただろうか。林というほどの規模でもなく木々が乱立する街道の外れに、強すぎる月明かりに照らされてなお見落としてしまいそうな、こぢんまりとした小屋が建っていた。すぐ脇には小さな畑があるようだ。

「狭いですけど、どうぞー」

勧められるまま、その小屋へと入る。やや埃っぽく、狭い、という彼女の言葉は謙遜ではなかった。

壁に立てかけられた鍬や鎌などの農具。隅に積み重ねられた藁の束。部屋の中央に置かれた木製のテーブル。その上にはファンタジー系のゲームで見かけるようなカンテラ。テーブルとセットになって置かれた質素な造りの椅子。

（……って、え、カンテラ？　だよな、これ？　リアルで使ってんのか？）

訝しく思いつつ、釣られるように天井へと目を向ける。そこに、照明器具の類は見当たらなかった。

まさか今の時代、電気が通っていないということもないはずなのだが――


「どうぞ、座ってください。それで、ききたいことがあるんでしたよね。道に迷ったんですよね？　このあたりの人じゃないですよね、見かけない服ですし。長い旅ですか？　あ、行き先はレインディールのお城じゃないですか？　姫さま、お美しいですからね！　いやでも、個人的にはベルグレッテさまもおすすめ！　美人だしカッコイイですし！」


「いや、さ……」

薄々思っていた流護だったが、それでも訊かねばならない。

「ここは……日本じゃないのか」

「ニホン？　ってなんですか？」

一瞬で数千キロも移動してしまうというオカルト。見知らぬ場所へ放り出されるという怪異。実際に自分の身に起こったとして、まさか日本を知らない人間がいる外国に飛ばされるなんて――と考えかけ、そこで思い至った日本人の少年は思わず前のめりに叫ぶ。

「いやいやいや！　日本語喋ってるじゃん！」

「ニホンゴ？　ってなんですか？」

「そうくるんすか!?」

椅子からずり落ちそうになるのを必死で堪える流護だったが、続いて放たれたのはトドメを超えたオーバーキルの一撃。

「今夜のイシュ・マーニは、いつも以上にお美しいですけど……やっぱり、部屋の中だと少し暗いですね。よっ、と」

少女は何も持たない手から生み出した炎で、カンテラの蝋燭(ろうそく)に火を灯した。

「…………………」

「え？　な、なんですか？」

流護は無言で少女の手をまじまじと凝視する。やはり、その小さな手には何も握られていない。マッチやライターはおろか、何も持っていない。

「ど、どうしたんですか？」

無遠慮な視線を受けてか、彼女は恥ずかしそうな表情を浮かべ、両手を後ろに隠してしまった。

「……あ！　ヘタクソだなー、とか思ったんでしょ。どうせ私は初級の神詠術(オラクル)しか使えないですよーだ！」

うん。何か拗(す)ねてるっぽいのは可愛らしいんだけど、何を言ってるか全然分からないんだ。と、涙しそうになる流護だった。

外国ならまだましだったのだろうか。言葉が通じる分、こちらのほうがましなのだろうか。

とにかくもういい。異世界召喚モノのファンタジーでよく見る手法を、まさか自分が実践することになるとは思わなかった。さあ、始めよう。と、流護は覚悟を決める。

「ええとだな。俺さ、実は記憶がないんだ」

「ええっ！」

少女も相当驚いたようだが、今の自分ほど驚きと混乱真っ最中の人間はいない、と日本人の少年は自負する。それでもこんな状況の中、落ち着いているほうだろう。褒めてもらいたいぐらいだった。

「それじゃあ、名前とかも……？」

「名前は有海流護だ。よろしくな！」

都合のいい情報は出していく。逆になんかもうテンション上がってきた、と勢いに乗る。

「アリウミリューゴさん？」

「流護でいいぞ」

「わかりました、リューゴさん。あっ。私は、ミネットです。ミネット・バゼーヌ」

「ミネットか。ステキな名前だな！　ハハハ！」

「はっ、はぁ」

ちょっと引かれた。それはともかく、彼女はやはり当然のように外国人ライクな名前をしていた。

「で、だ。俺、記憶がないからさ。当たり前のことを訊きまくってしまうかもしれない。そこは了承してほしい」

「はっ、はい」

ピン、と背筋を伸ばすミネット。

「ええと。ここはどこなんだ？」

「はい！　レインディール王国領、サンドリア平原です！」

うむ。元気があってよろしい。あと全然分からん。

そう挫けかける流護だが、めげてもいられない。果敢に喰らいついていく。

「ええとだな……なんつうかな。領土？　とかじゃなくて、もっとデカい規模でここどこっていうか、世界っていうか」

「き、記憶がないんですものね。わかりました。えーとですね」

緊張した面持ちで、ミネットは息を吸い込んだ。

「私たちが住んでいるこの世界は、『グリムクロウズ』と呼ばれています。創造神ジェド・メティーウのご加護のもと、私たちは日々を暮らすことが許されているんです」

やはり、地球ですらないのだろうか。さすがに信じられるものではない。

「うーん。さっき外で襲ってきたアレは？」

「……コブリアですね。さっきは本当に、ありがとうございました……」

思い出したのか、ミネットの顔が少し青ざめる。

「コブリアは、このサンドリア平原一帯で多く見かける『怨魔』です」

「おんま？」

やけに日本語チックな響きだった。

「怨魔は他の動物と違って、著しく人に危害を加える危険な生物のことです。学者さんたちも日々研究していて、補完書に記録されて細かくカテゴリー分けされていますが、あまり研究が進んでいるわけではないそうです……。最高ランクのSから、最低ランクのEまで。コブリアは一番低いEですけど……それでも、私みたいな平民の手には負えません」

『怨魔』という日本語風の言い回しかと思えば、『ランク』や『E』なんて単語も平然と出てくる。

「あれって、そんなにやばいヤツなのか？　なんかゴミみたいに飛んでったけど」

「いやいやいや、リューゴさんがすごいんですってば！」

確かに見たこともない生物であるうえ、姿も薄気味悪く、あの牙で噛（か）みつかれたなら無事では済まなそうだ。しかし落ち着いてきた今なら、また襲われてもおそらく余裕を持って撃退できるだろう、と空手少年は考える。

「あとは……そうだな。さっき、道具とか使わないでコレに火をつけたけど……」

流護は二人の間にあるテーブル上に置かれたカンテラを指差す。内側にある蝋燭（ろうそく）は、細々とした火を揺らめかせていた。

「『神詠術（オラクル）』です。そこまで忘れちゃうものなんですね……。神詠術（オラクル）は、人が本来秘めている属性をこの世に顕現してなんとか……だっけ？　私は学院の生徒じゃないのであまり詳しくないですけど、そんな感じに言われています。神さまが与えてくださった力なんですよ。さっきみたいに軽く火をつける程度なら、火属性を持つ人であれば誰でもできますよー」

そう言って、ミネットは人差し指の先に小さな火を灯してみせる。

「お、おおー、すげえ！」

やはりライターやマッチなどを隠し持っている訳ではない。確かに指先に、火が揺らめいている。

「わ、私はこれぐらいしかできませんけど」

流護がまじまじと見つめていると、ミネットはすぐに火を消して、手をテーブルの下へと隠してしまった。

「強力な火の『詠術士（メイジ）』になると、すごい火柱とか出せちゃったりするみたいですね。とにかくリューゴさんも、忘れているだけで、なんらかの神詠術（オラクル）は使えるはずです。人はみんな生まれつきひとつだけ属性を授かっていて、その属性の術を扱えますから。というか、さっきコブリアをやっつけたのが、リューゴさんの術じゃないんですか？」

流護は当然、そんなものなど使えない。

「いや、ただの素手だよ。咄嗟に殴っただけだぞ、さっきのは」

「えぇっ！　素手だけで怨魔をやっつけるなんて！　王宮の騎士でも無理だと思いますけど。だってもうリューゴさんの動き、全然見えませんでしたもん。リューゴさん消えた！　コブリアふっとんだ！　みたいな！　てっきり、風の神詠術（オラクル）を使ったのかなと」

流護は思わず自らの両手に視線を落とす。……確かに、無我夢中で大地を蹴り、あのバケモノを殴った。身体が軽い感覚はあったが、そんな魔法めいたものではない。

「でも素手だけで怨魔をやっつけるなんて、まるで『竜滅書記（りゅうめつしょき）』のガイセリウスさまみたい。やー、現代に転生したガイセリウスさまだったりして！」

何やら一人で盛り上がるミネットをよそに、流護は聞いた話を脳内でまとめる。

怨魔と呼ばれる怪物がいる。神詠術（オラクル）という魔法めいた力がある。その神詠術（オラクル）が使える人間は詠術士（メイジ）と呼ばれている。このメイジという単語には、なじみがあった。ゲームや漫画などでよく出てくる、魔法使いのことだ。

「記憶がないということは、『竜滅書記』のこともお忘れでしょう、ええそうでしょうとも！　書記に記される伝説の勇者さまことガイセリウスさまは、ときには手にした大剣グラム・リジルで、ときには素手で、怨魔たちをばったばったとなぎ倒したそうです。有名なのはやはり、邪竜ファーヴナールをグラム・リジルで退治なさったお話ですね！」

「ふーん。有名な話なのか？」

「知らない人はいません！　みんな、子供の頃にはこのお話を聞かされて育っているはずです。もちろん、リューゴさんも」

当然、流護は知らない。ひとまず、ミネットがその話をえらく好きだということは充分伝わってきた。

「ん？　ところでさ、みんな生まれつき神詠術（オラクル）だかが使えるってことは、つまり人はみんな詠術士（メイジ）ってことになるのか？　人、それ即ち詠術士（メイジ）である、みたいな」

「いいえ。公的機関で検査を受けて一定以上の『魂心力（プラルナ）』が認められないと、詠術士（メイジ）にはなれないんです。魂心力（プラルナ）っていうのは、人が生まれつき持っている内側の力……？　みたいなものだそうで。私は検査の結果で魂心力（プラルナ）がやたらと少ないことが分かってしまって、詠術士（メイジ）にはなりたくてもなれないんです。初級の術しか扱えないのも、そういうことです……」

　説明しながら、ミネットはしゅんとしてしまう。この世界では強い魂心力（ブラルナ）を持って生まれ、詠術士（メイジ）となって優れた神詠術（オラクル）を扱える者が勝ち組、ということなのかもしれない。

「なるほどな、ううむ。詠術士（メイジ）なら、俺を何とかできたり……とか、しねえかなあ」

「う、うーん。どうでしょうね」

　とりあえず、ミネットからは帰るためのヒントになるような話は聞けそうにない。

　確かなのは、こんな実在するなんて夢にも思わないファンタジー世界に来てしまったことだけだ。

（いや、実はまじで夢とかさ……）

　目の前で揺らめくカンテラの炎も、埃っぽい小屋の匂いも、目の前にいる西欧農民風の少女も、夢。

（リアルな夢だな、ははは）

　流護は気分を変えようと伸びをして、何気なく窓の外を眺める。

「おう、それにしてもさ。月、デカいねえ」

「つき？」

「ああ、月。デカすぎだろ、いくらなんでも」

「つ、き？　って、なんですか？」

「え？　いや、月は月だけど。思いっきり出てんじゃん。やたらデカいあれ」

　どこへ指を向けても照準が合わさるだろう、あまりに巨大な天体を指し示す。と、

「そっ、そんなふうにイシュ・マーニを指さしてはいけません！」

「な、なんだあっ」

予想外のミネットの剣幕に、流護は思わず怯んでしまった。

「あの夜空に御座しますのは、イシュ・マーニです。夜になると私たちを見守ってくださる、夜の女神さま……」

ミネットは巨大な月に向かって目を閉じ、胸前で両手の指を組み合わせた。

青白い月明かりに照らされて祈る少女の姿はあまりに幻想的で、あまりに美しく。流護は思わず、ハッと息を飲んでしまった。

彼女から慌てて視線を逸らし、現代日本の少年は考える。西洋中世ファンタジーめいた世界。神。月という概念はないようだ。となると、太陽も同等だろうか。

しかし、無理はないのかもしれない。現代日本で生まれ育った流護はともかく、本当に何の知識も持たない人間は、空に浮かぶ太陽や月を見てどう認識するのだろうか。神だと考えても何の不思議もない気がした。

「つき、明かり？　激昂（げきこう）？」

「んー？　じゃあ、月明かりとか月光とか言っても通じないのか……」

祈りを終えたらしいミネットが反応する。

「あ。つきって、『白曜（はくよう）の月』とか『浄芽（じょうが）の月』とか、そういうことですか？」

「いや何言ってんだか全然分からん」

「……あの、疑うわけじゃないんですけど。つき、とか……さっきも、ニホン？　とか言っていましたよね。なにか、覚えてることがあるんじゃないんですか？」

「ん？　そうだなあ」

周囲の漆黒(しっこく)を感じさせない光を放つ、巨大な月――イシュ・マーニとやらを眺めながら、流護は溜息をつきつつ答える。

「元の居場所に戻るのは大変そうだな、って思ってさ」

「答えになってませんよね、それ」

まぶた越しに眩しい陽射しを感じて、有海流護の意識が覚醒(かくせい)する。

目を覚ますとそこは見慣れた自分の部屋で、昨夜の出来事は全部夢だった。

……などということはなく。まず目に入ったのは、テーブルの対面で自分の腕を枕にして、すやすやと寝息を立てるミネットの姿。流護も、いつの間にか眠ってしまっていたようだった。

部屋に差し込んでくる日の光は、地球の人類がよく知る太陽のそれだ。月と違い、その大きさも異常なものではない。もっとも、太陽のサイズが大きかったり小さかったりしようものなら、その惑星に住まう生物に甚大な影響を与えるはず。地球とは似ても似つかない環境になるのではないだろうか。

（まあ、とりあえず太陽は普通でよかった。いい天気じゃねーか。さて、この太陽は何て呼ばれてる神様なのかね……）

我ながら落ち着いているほうだ、と流護はしみじみ思う。空手で平常心を保つ訓練をしていたことも要因だろう。しかし起きた出来事があまりに現実からかけ離れすぎていて、精神状態が驚きから一周して正常に戻ってきたというのが正しいかもしれない。

「……あ。お、おはようございます……」

そこで身体を起こしたミネットが、目をしぱしぱさせながら流護に声をかけてきた。

「おう……えっと、おはよう」

この世界でも「おはようございます」でいいようだ。寝起きの顔を見られて少し恥ずかしそうにしているのも、流護がいた世界の……地球の女性と同じような反応に違いない。

「も、もうすっかりインベレヌスもあんな高みに御座(おわ)しますね」

ミネットは窓の外を見上げ、天気と同じような明るさで言う。

(はー、太陽はインベレヌス、っていうのか。てこたやっぱ、日の光とか言わないのかな)

などと思いつつ、流護はさらりと単語を投げかけてみる。

「いい天気だなー」

「はい！」

これは通じるらしい。色々と言葉遊びをしてみたい気もするが、意外な単語が通じなかったりしそうだ。また変に疑われかねない。

「リューゴさんは、これからどうするんですか？　私はちょっと、ブリジアの街に寄る用事があるんですけど。それでですね、あそこならリューゴさんの助けになってくれそうな人に心当たりがあるんです。すごい詠術士(メイジ)の人なんですよ。一緒に行ってみませんか？」

「ほうほう。そうだなあ……」

記憶喪失は真っ赤な嘘だが、そもそもこの世界で行く宛てなどない。それに詠術士(メイジ)に会えば、日本へ戻る手がかりが何か掴めるかもしれない。考えるまでもなさそうだった。

「よし。一緒に行ってみるよ」

明るくなってから外に出て、ようやく日本と全く違う場所であることをはっきりと認識した。

抜けるような青すぎる空。見慣れない草花。遠く見える森を成す木の形状。どれも日本ではお目にかかれないものだった。外国なら、こんな景色も見られるかもしれない。しかし昨夜の巨大な月や怪物となると、やはり地球では考えられないものだろう。

「それじゃあ、行きましょうか」

「そいやあさ。昼間は安全なのか？　昨日のコブナントカみたいなのとか出ないのか？」

「えと、コブリアは夜行性なので。それに夜でも、街道を歩いていれば基本的には安全です。街道や夕べの小屋には、魔除けの神詠術(オラクル)がかかってますから」

「ん？　じゃあなんでミネットは昨日の夜、あの草原にいたんだ？」

「え？　いえ、夜の草原でぼーっとしてるリューゴさんを見かけたので、危ないと思って……」

それで自分の危険も顧(かえり)みず、草原に入ってきたのか。思いもしなかった考えに、流護は軽く衝撃を受けてしまった。

「……そっか。そうだな……よく考えたら俺のせいみたいなもんだ……。いや、ごめん」

「え？　いえいえ！　守ってもらいましたし！　リューゴさん、とてもカッコよかったです！

……あっ」

「は、はい」

「え、そ、そうか」

二人して、明後日の方向に顔を向ける。

「よ、よし。そろそろ行こう」

妙にくすぐったい気持ちに耐えられず、流護は歩き出す。

「あ、あれ。道、分かるんですか？」

「…………」

まだまだ思春期の少年なのであった。


二人で土くれの街道を歩き始めてしばし。

やはり、違和感。

それは、昨夜も感じていたものだ。コブリアに放った、爆発的な踏み込みからの拳打。歩いていて感じる、浮遊感のようなもの。異常な状況に、身体が浮ついているのかと思っていたが――

「そういえばミネットってさ」

「はい。なんでしょう？」

「体重何キロ？」

「なっ、女の人にそういうの聞くのって、どうかと思いますけど！」

好感度が下がった。やはり女性の扱いに不慣れな思春期の少年である。

「あ、い、いや。そういうつもりじゃないんだ。……んー、どっかで量れないか？　体重」

「……そんなに私の体重が知りたいんですか？」

好感度、絶賛降下中。

「いや違う違う。知りたいのは俺の体重なんだ」

「はぁ。体重ぐらい、街で量れると思いますけど……」

不審そうな視線を向けるミネットだった。当然である。そうこうしているうちに、

「あ、見えてきましたよー。ブリジアの街」

「おおっ」

丘の下にまず、石造りの巨大な壁が見えた。高さは五メートルほどだろうか。その灰色の壁が、教科書や映画でしか見たことのない中世欧州風の街並みをぐるりと囲んでいる。延びる石畳の道、回る巨大な風車。ミネットと同じような格好をした人々の姿が、この位置からでもちらほらと垣間見える。あそこに見えるのはゴシック建築の建物——だったろうか？　もう少し真面目に授業を受けておくべきだったなあ、と流護は後悔した。

それらの景観が見えてきはしたものの、到着まではまだしばらくかかりそうだ。広大な平原にもほどがあると思う。建物や何やらが所狭しと密集している現代日本ではまずお目にかかれない、美

しく雄大な景色だった。

「にしても、でっかい壁だなー。あれはやっぱ、怨魔から身を守るためなのか？」

「そうですね。怨魔だけじゃなくて、山賊なんかもいますしね。街に入るには、北と南にある門を通る以外にありません。怪しい人は、兵士の人に止められますよ」

（山賊までいるのか……）

さらっとしたミネットの発言に、流護は内心でギョッとする。

しかし、考えてみれば当然かもしれない。太陽や月の概念がない文明レベルなのだ。身を守る術や法が確立されているとは考えにくい。となれば当然、欲望のままに悪事を働く人間も多いだろう。現代の日本が、いかに治安のいい国であるか分かろうというものだ。

街が見え始めてから延々十分ほども歩き、ようやく門の前にたどり着いた。

いざ目の前に迫った外壁は、仰ぎ見れば思った以上に高い。街の出入り口となる巨大な扉は開け放たれているが、脇に銀色の鎧を着た強面の兵士が立っている。その手に携えた長槍は、決して飾りではないはずだ。穂先がギラリとした凶悪な光を照り返している。日本の少年からしてみれば、本当に映画か何かとしか思えないような絵面だった。

学ラン姿、というこの世界には存在しないだろう格好ゆえか、兵士は不審そうな視線を流護へと投げてくる。

（あ、怪しい者じゃないっすよ。スターップ！　とか言って槍突きつけてくんなよ、マジで）

そんな懸念は取り越し苦労で、特に見咎められることもなく門を通過できた。

「はい、ここがブリジアの街です。到着ですよー」

「うおお……！」

流護の口からは思わず、感嘆の声が漏れていた。

コンクリートではない、石や煉瓦（れんが）で彩られた美しい街並み。人通りも多く、ミネットに似た服装の人々や、大きな馬車が道を行き交っていた。露店で果物を売っている中年女性。走り回る子供たち。歩道で立ち話をしている老人。全体的に、女性はともかくとして、男性は身長の高い者が多いようだ。道行く人々は基本的に皆、流護よりも背が高い。

（なんつーか、すげぇな）

活気が違う。商店街のベンチに腰掛けながら眺めた人波と比べて、皆、生き生きとしているような気がした。

「そだ。朝ごはんも食べてないですし、リンゴでも食べませんか？」

提案しつつも返事を待たず、ミネットは露店に駆け寄っていく。

「おばさん、リンゴふたつください！」

「はいよ！　ちょっとお待ちよ！」

中年女性も、やはり当然のように日本語で喋る。

「おや？　なにお嬢ちゃん、彼氏かい？　朝っぱらからアツいじゃないの！　アツいから冷えちゃいなさい！　ほらこれ、オマケだよ！」

「え、ちがっ」

ミネットが言い終わらないうちに、飲み物の入った木製のコップを強引に渡された。荒々しく木を削って作られたような器は、氷が入っていないにもかかわらず非常に冷たい。中身は透明に見えるが、何だろうか。

「も、もう。い、行きましょう、リューゴさん」

ミネットの後ろを歩きながら、口に含んでみる。

「お、リンゴジュースか。にしても冷たいなこれ。氷も入ってないのに」

「露店のおばさんが、氷の神詠術(オラクル)で冷やしてたんでしょうね。自分の得意な術を商売に活かす人は多いですから。……わ、私だって焚(た)き火とか得意なんですよ！　こう見えて！」

「お、おう。そうか」

少女の後に続きながら、街並みを見渡す。やけにすっきりしていると思ったが、すぐにその理由に思い至った。

(電柱がないせいだな。しかも、これ……歩道の脇には、ちゃんと下水が流れてるし)

流護はここで、世界史の授業で聞いた『ハイヒールが生まれた由来』を思い出していた。

まともなトイレの設備が整っていない時代、やり場に困った汚物が路上へ捨てられ、それを極力踏まずに済むよう、靴裏の面積が少ないハイヒールが考案された――という逸話(いつわ)だ。

幸い、この世界はそういった心配をしなくていいようだと安心する。昨夜、この世界へ来る前に犬のフンを踏んでいた少年としては切実にそう思う。

「着きましたー。ここです」

そこは、石造りの無骨な建造物だった。入り口には、この建物のために誂えたような厳つい兵士が立っている。

「……ここは？」

「兵士の人たちの詰め所です」

ここは現代日本でいえば何に相当するだろう。うん。警察。

「ミ、ミネットは俺を不審者として引き渡そうと……」

「え、ちっ、違います！　今日はここに来られてるはずなんです。とっても頼れる、あのおかたが！」

扉を開けて、「こんにちはー」と気軽に入っていくミネットに続く。

外観に違わず、物々しい部屋だった。壁という壁に飾られた多様な刀剣類、部屋の隅に置かれた砲台の数々。部屋の中央には巨大な本棚。

その大きな棚の前にいた少女が、ミネットのほうへと顔を向けた。

「はい。どのようなご用でしょう――」

透き通るように美しい声。

刹那、流護は呼吸すら忘れそうになった。

本物の武器などお目にかかる機会もない、現代日本から迷い込んできた少年である。本来なら、壁に飾られた剣や斧の多さに圧倒されたことだろう。

しかし。今はただ、そこにいた少女に目を奪われた。

『黄金比』と呼ばれるものがある。人間が、最も美しいと感じる比率のことだ。

その黄金比をもって、緻密に人というものを創り上げたらこうなるのではないか。そんな完成形のような少女が、そこにいた。

芸術の神が自ら手がけたとしか思えない、精巧な人形のように整いすぎた顔立ち。少し気が強そうな眉と瞳は、神が加えたアクセントだろうか。黒みがかった藍色をした、腰まである艶やかな長い髪。それに合わせているのか、青を基調とした豪奢（ごうしゃ）なワンピースのドレス。この世界の知識がない流護にも、それが高価なものだと一目で分かる。その衣装が包む身体は触れたなら折れてしまいそうなほどに細く白く、しかし胸元は優美で魅力的な曲線を大きく描いていた。

まるで極限まで磨き抜かれた、極上の蒼い宝石。そんな究極の美を備えた少女が、そこに在った。

「あっ、ミネットじゃない。元気にしてた？」

「はい！　元気でしたベルグレッテさま！」

「ふふ。ほんとに元気ねー。そちらのかたは？」

ベルグレッテと呼ばれた青く美麗な少女は、思いのほか気さくな口調で微笑む。と同時に、流護へ視線を向ける。ここで初めて二人の目が合った。

とてつもなく美しい、その薄氷色（アイスブルー）の瞳に見つめられて。

瞬間。流護の中にある何かが、グラリと揺らいだ気がした。

「――――」

一方でベルグレッテも、なぜか驚いたような顔をしている。

「……？　お二人とも、どうしたんですか？」

ミネットの声で、流護はハッと我に返った。

「え、いや。あ、えーと俺は」

動揺から、流護は躓(つまず)いてよろめいた。つんのめった。前方に吹っ飛んだ。

そしてその手は、ベルグレッテの胸を鷲掴みにしていた。

「…………」

「…………」

「…………」

全員が沈黙した。

次の瞬間。響き渡ったのは、やんごとなき身分であろうベルグレッテの、お姫様的な悲鳴。では、なかった。

ゴッ、と横薙(よこな)ぎの一撃。

「だばぁ！」

横合いから腹へ直撃した衝撃に、流護は思わず吹き飛んだ。たたらを踏み、何とか持ちこたえる。

慌てて顔を上げれば——

「なにか言い遺すことはある？　下郎」

この状況でなお、美しい。

ごう、と猛り狂う水流を纏ったベルグレッテ。その薄氷色の瞳から発せられる冷酷な視線が、鋭く流護を射抜いていた。

自分が狙われていることも忘れ、現代日本の少年は見入ってしまった。ベルグレッテを守るように抱きながら、空中を流れている水の渦。すぐに分かった。これが、彼女の神詠術なのだと。

「べ、べべべベルグレッテさま！」

ミネットが慌てて二人の間に割って入る。

「どいて、ミネット」

「違うんです！　たぶん！　りりりリューゴさん、謝って！　全力で謝って！　全速で謝って！　創造神ジェド・メティーウにかけて謝って！」

「ふーっ」

流護は、今にも襲いかかってきそうなベルグレッテへと向き直る。そして顔を上げ、毅然と彼女の顔を見据えた。

「すんませんでした」

土下座した。

ひとまず一応の来客扱いということで、部屋の隅っこに移動する。

それぞれ椅子に腰を落ち着けて、今さらながらの自己紹介となった。

「あ、有海流護、です」

「ベルグレッテ・フィズ・ガーティルードです」

声が冷たいのは、どう楽観的に考えても気のせいではないだろう。

「それで？　記憶喪失、ですって？」

心底うさんくさい、といった視線を流護に向けてくるベルグレッテ。そのジト目ですら、思わず溜息が出そうになるような気品が漂っている。

（さあ、好感度ゼロからのスタートです）

ちなみにミネットの言っていた『助けになってくれそうな人』が、このベルグレッテだった。やらかしたなんてものではない。

「はい。記憶喪失です、姫様。生まれてきてすみません」

丁寧を通り越して卑屈になった流護だった。

「いや、私は姫さまじゃないから。この国の姫さまはリリアーヌ、さま。さっきの件はともかく、ミネットをコブリアから助けてくれたことについてのお礼は言わせて。ありがとう」

「いえいえそんな！」

流護が何か言うより先に、ミネットが恐縮していた。

「それでミネットは、まーたフラフラしてたってことでいいのかな？　まったく、あなたは隙が多すぎますっ」

「う。えと、それは」

「いいえ、違うのです姫様。俺という記憶喪失のクッソヤローを気にかけて、ミネットは危険を顧みずこの俺を……生まれてきてすみません」

「いやだから姫さまじゃな……もういいわ、悪かったから……」

「すみません、すみません」

「え、えと、リューゴさんは悪くな……」

「すまぬ」

「だーっ！　もうおしまい！　謝るのはここまでっ！」

ベルグレッテが声を張り上げる。

「さっきの件は水に流す！　はい、話を進めましょう！」

委員長のような仕切りっぷりだった。今さらだが、やたら高貴な見た目に反し、口調もくだけた印象である。

（あとおっぱいはかなり大きいです）

「……なにか？」

「何でもありません姫様！　サーッ！」

最敬礼だった。

「だから姫さまじゃないってば……」

「えーと、ベルグレッテ様だっけ？　姫様じゃないなら、どんなお方で……」

「ベルでいいわ。みんなそう呼んでるから。ミネットは呼んでくれないけどねー？」

「いえいえ！　そんなとても畏れ多くて……！」

「ミネットの恐縮っぷりを見るに、偉い身分のお方とお見受けしますが、ベル様」

「あなたの性格が掴めないんだけど……まあいいわ。私は『ロイヤルガード』……の、見習い。姉妹で姫さまつきの見習いとして仕えているんだけど、今は妹が担当する番で、姫さまのおそばについているから、私は学業の合間にこの詰め所で兵としての仕事をしていたわけ」

「見習いとはいっても、ベルグレッテさまとクレアリアさまこそが正式なロイヤルガードになる日も遠くないんですから！　お三方の揃った美しさ、壮観さ？　といったらもう！」

なぜかミネットがやたらと自慢げだった。

「それで、リューゴ？　さん？」

「流護でいいぞ」

「オーケイ、リューゴ。で、気になったのはコブリアの話ね。素手で撃退したっていうのは、本当なの？」

「まあ、そうだな」

「……そういえばさっき、私の一撃を受けて倒れすらしなかったわね。とっさに、ほとんど本気で叩いちゃったんだけど」

「いや効いたよ。てっきり、か弱いお姫様なのかと思ってたから余計に」

「効いた、程度で済まされちゃ自信なくすんだけどね……」

「そうです！　ベルグレッテさまは強力な水の詠術士！　学院の中でも……すごく……えーと、すごいんですから！」

　またミネットがやたらと自慢げだった。あとボキャブラリーが意外に貧困だぞこの子、と流護は内心で少し微笑ましい気持ちになる。

「そうね……。学院で検査して、あなたの秘める神詠術（オラクル）の属性や強さの度合いが分かれば、記憶を取り戻す手がかりになるかも。コブリアを軽く吹き飛ばしたっていう話からして、少なくとも公に詠術士（メイジ）として認定されている使い手だとは思うんだけど」

　もちろん、流護は神詠術（オラクル）など使えないし詠術士（メイジ）でもない。

「おー。いいなリューゴさん、学院行けるんだ」

　ミネットが羨望（せんぼう）の眼差しを向けてくる。

「学院、ってのは？」

　その単語は、これまでも何度か会話に登場していた。

「王立ミディール学院。レインディール王国領で唯一、神詠術（オラクル）の扱いを専門としている学院ね。私も、生徒のひとりなの」

　腕組みをしながらベルグレッテがそう説明した。豊満な胸が強調される。

　はっきり言ってしまえば、行くだけ無駄だろう。しかし流護としては記憶喪失の建前がある以上、「行っても無駄だって分かってるし」などと言う訳にもいかなかった。

　それにここで「実は違う世界から来たんだけど、戻る方法知らない？」と正直に尋ねたところで、期待する答えが得られるとも思えない。

何より今、流護がいる場所は兵舎。発言には気をつけるべきだろう。すでに豊満なおっぱいを揉んでしまった前科があるのだ。

「ちょうど明日、学院に戻る予定だったから。よければ、一緒に行ってみない？」

「……ああ、そうだな。分かった、それでいい」

「決定、ですね！　それじゃ、私はもう行かないと……」

ミネットが名残惜しそうに零しながら、椅子から立ち上がる。

「お疲れさま、ミネット。これからまた農場よね？　気をつけてね。またコブリアだとかに襲われたりしないようにっ」

「は、はいー。気をつけます！」

母に怒られた子供みたいに頭を下げ、ミネットは出口へと向かう。

「ではリューゴさん、さよならです。またお会いしましょうね！」

「お、おう……」

「ではベルグレッテさまも、また！」

「うん。お疲れさま」

そうしてミネットは、バタバタと慌しく部屋を出て行ってしまった。

「…………」

「あら？　ミネットがいなくなって寂しい？」

「い、いや。そういや、ミネットが何やってるかとか詳しく知らないままだったな……」

「あの子は詠術士（メイジ）になろうとしたんだけど、適性がなかったから学院には入れなかったの。普通の学び舎に行く気はなかったみたいで、この近辺の農場を手伝ったりして暮らしてる。少し遠くの村にも行ったり、いつも忙しそうにしているわ」

「そうなのか」

「なんていうか、注意力の足りない子でね。コブリアに襲われたって聞いて、またか！　って思っちゃった。これで二回目なんだから。まったくもうっ」

苦笑するベルグレッテ。しかしその吊り目がちの瞳には、優しさが溢れている。

「本当なら、昨日の夜に知り合ったばかりのあなたと同じ屋根の下で過ごした、っていうのも……あまり、歓迎できる話じゃないんだけどね。いえ、あなたを悪く言うわけじゃなくて」

「いや、うん。まあ、そうだよな」

こんな世界へ迷い込んで絶賛混乱中だった流護にはそんな下心など微塵もなかったが、確かに見ず知らずの男と一晩過ごした、というのは少し注意力が足りない話なのかもしれない。おかげで助かった身としては、複雑なところではあるのだが。

「それじゃ、明日の朝一番で学院に向かいましょう。今日のところは、この街の宿に泊まってもらえる？　あ、お金を持ってないのよね。はい」

ベルグレッテは青いドレスのポケットから財布を取り出し、流護に数枚の硬貨を手渡した。当然、見たこともない貨幣だった。

「い、いや。さすがに現金をもらうのは」

「困ったときはお互いさま、って昔から言うの。いいから受け取って。記憶が戻ったら、しっかり返してもらうから。それでいい？」

「……分かった。ありがたく頂戴しまっす」

「うん。よろしい」

満足そうに頷くベルグレッテは、花のような笑顔を浮かべていた。

◇

流護は、宿の二階にある客室のベッドへその身を投げ出した。

すぐ脇のサイドテーブルには、ゆらゆらと温かみのある光を放つカンテラが置いてある。火の神詠術（オラクル）を使えない人向けに、マッチも備えつけてあった。電灯なんてものは存在しないので、光源はこれだけとなる。

（どうなっちまうんだよ、これから）

情け容赦なく、ファンタジーを突きつけてくるこの世界。昨夜、ミネットがグリムクロウズと呼んでいた世界。

この宿屋、この部屋ですら、やはり日本を思わせるものは何もない。これがただの外国旅行だったら、どんなに気が楽だろうか。

流護は何となしに制服のポケットを探ってみた。

携帯電話の電池は切れていた。あと財布がなくなっていることに気がついた。知らない間に落としたのだろうか。持っていたとしても、この世界では円など通用しないのだから、必要はないのだが……。

そういえば、向こうの世界はどうなっているのだろう。時間の進み方は同じなのだろうか。

一人になった途端、そんな考えが次々と浮かんでくる。

（ああ、そういや……夏祭り、行けなかったな）

彩花に提案しようとした、毎年の恒例行事。まさかこんな形で行けなくなるなど、さすがに思いもしなかった。少し寂しい気持ちになったことを、流護は内心で素直に認めた。

ふと壁のほうへ目を向けると、飾りつけてある簡素な時計が視界に入る。木製の円形で長針と短針があり、十二時間表示。数字は書いていないが、目盛りが振られている。つまり地球のアナログ式と同じものだ。

現在の時刻は、もうすぐ夕方の六時半。長針と短針が重なり合い、ほぼ真下を指し示している。

「あ、そうだ」

時計で思い出した。確かめねばならないことがある、と流護は起き上がる。

部屋を出て一階へ下り、宿の受付へと向かう。客が少ないのか、退屈そうにしている初老の主人に話しかけた。

「えーとあの、すんません。ちょっとお尋ねしたいんですけど……体重計とかって、ありますか？」

日本語が通じると分かっていても、まだ少し緊張してしまう。

「んん？　体重計ね。それなら、浴場に置いてあるよ」

いざ足を運んでみた浴場は、流護が知る日本の銭湯によく似た構造をしていた。足場や浴槽は、木や石を組み合わせて造られている。

時代や国によっては、入浴の習慣がないという話も耳にしたことがあったので（それは飽くまで地球での話だが）、昨日に引き続き今日も風呂に入れないとなると、さすがに困るところだった。

しかし今の目的は、風呂ではない。脱衣場の隅に置いてあるそれの前に立つ。形状は日本にもある家庭用のものとほぼ変わりない。目盛りには、1、2、3などの数字が刻まれている。

（やっぱ、あんまり大差ないんだな）

言葉が通じることや、あまりにも地球のものに似すぎた時計から、何となく予想はついていた。

流護の体重は七十五キロ。身長は百六十七センチ。

その体重は身長と比べて、かなり重い部類となるだろう。無論、太っているのではなく鍛えて身につけた筋肉の重みが主となる。

この体重計に単位は全く表示されていないが、これまでの地球に酷似した様々な状況から考えて、おかしな数値は出ないだろう――と、流護は考えなかった。意を決して体重計に乗る。

（やっぱり、そうか……）

単位が書かれていないので、正確なことは分からない。が、つい今しがた目にしてきた時計や風呂場の仕様からして、体重計もそう変わるものではないだろう。

そのうえで、そこに表示された数字は、流護が想像していた以上に低いものだった。

つまり。このグリムクロウズという世界は、重力が弱い。

コブリアに放った、爆発的な踏み込みからの拳。歩いて感じる奇妙な浮遊感。それらは、軽い重力が引き起こしていることなのではないか、と。

そう考えれば、道行く人々の身長が流護より高めだったことにも合点がいく。

弱い重力下で育った生物は、全身にかかる負荷が少なくなるため、高く大きく育つと推測されている。しかし一方でその負荷の弱さから、見た目ほど筋力そのものは発達しなくなる。と、オカルト系の怪しい雑誌で目にしたことがあった。

(俺がコブリアを素手で吹っ飛ばしたことに、ミネットもベルグレッテも驚いてたけど……)

つまり流護の筋力はこの世界の人々に比べて、かなり強靭な部類となるのではないだろうか。おそらくは、この世界における常識の範疇(はんちゅう)を外れるほどに。

無論、こんな考えは学校の成績が中の下である流護の推測に過ぎないうえ、何より神詠術(オラクル)などというものが存在するこの世界。この予想も、飽くまで地球での理屈と、浅はかな眉唾(まゆつば)ものの知識によるもの。ただ重力がどうこうという訳ではなく、神詠術(オラクル)やらの不思議な力の影響によって、地球人では及びもつかない現象が起きている可能性も高い。

その辺りはともかくとして、重力は弱い。身体は軽い。今はその事実が分かっただけで充分だろう。

ちなみに、流護はそれでミネットに体重を尋ねてみたりもしたのだ。当然、そんな失礼な質問に答えてもらえるはずがないのだが、その辺りは思春期少年の思慮の浅さである。

「……ま……ドラウト……」

一息ついていると、何やら外から声が聞こえてきた。脱衣場の隅にある、曇りガラスのはめ込まれた大きな引き戸の向こうからだ。

（脱衣場にこんなデカイ窓って……まあ男湯？　だからいいのかもしれんけど）

などと考えながら窓に近づき、少しだけ開けてみる。宿の裏手となるのだろう。窓の外には、薄汚れた路地裏が広がっていた。

「うーん。考えづらいかなぁ」

その鈴音のように澄んだ美しい声は、聞き間違えようもない。ベルグレッテだった。

狭い路地の壁に背を預け、腕組みをしながら唸っている。腕組みをすることで、相変わらず素晴らしい発育の胸が強調されていた。

（そういや、アレに触っちゃったんだな……）

悶々としそうになったところで、思春期の少年はようやくベルグレッテの隣に人がいることに気付いた。おっぱいしか見ていなかったから仕方がない。

その人物は、男性だった。銀色の鎧に身を包んで、腰から剣を提げている。兵士のようだ。さっぱりとした赤茶色の頭髪に、精悍な顔つきが特徴的。背も高い。年齢は二十ぐらいだろうか。爽(さわ)やかな雰囲気の好青年だった。

（ベルグレッテの彼氏、か？）

なぜか少し残念な気持ちになる流護だったが、むしろ彼女の美貌で相手がいないほうがおかしい気もする。彩花にだって彼氏がいるぐらいだ。

「オレは町民の見間違えじゃないか、とも思うんだけどな」

声までイケメンである。なぜか少し腹が立ってくる流護だった。

「念のため、警備の人員を増やしてもらっていい？　なんらかの怨魔か、もしくは山賊か……。どちらかであることは間違いなさそうだし」

「了解いたしました、ベルグレッテお嬢様」

青年は、苦笑しながら仰々しく答える。

「もー、『お嬢さま』はやめてってば、ロムアルド。仕事の立場では、あなたのほうが上なんだから。私はあくまで見習いでしかないし」

「ハハッ。そう言われてもな～」

ピシャリ、と流護は窓を閉めた。

（むう。これは、あれか）

身分や立場を超えた職場内恋愛、とかそういうやつだろうか。見てはいけない場面だったろうか。

（ロムアルド？　さん？　ベルグレッテさんのおっぱい揉んですんません。さて、風呂にでも入るか）

服を脱ぎ放ち、浴場へ入り、浴槽に張られたお湯を汲み、身体にザバリとかける。

水だった。

「ダァラアアァッシャアアアァイィ！」

「な、なんじゃァ兄ちゃん、何があっ……おっほ！　兄ちゃん、すンげェ身体してんなぁ！」

なぜか頬を赤く染めている宿の主人の話によれば、近所で井戸端会議を開いている彼の奥さんが帰ってきて火の神詠術（オラクル）で沸かすまで、風呂には入れないのだそうだ。

箸というものが存在しない夕食や、使い方のよく分からないトイレ（しかし水の神詠術で整備されているらしくなんと水洗だった！）などに悪戦苦闘しながら、現代日本少年の夜は更けていく。

翌朝。窓の向こうから、鳥の囀りが聞こえてくる。流護は、特に眠気を引きずることもなく起床した。

異常な世界に来てしまったことにまだ慣れないのか、眠りは浅かった。壁の時計を見ると、針は六時半を指し示している。二度寝するほどの眠気もなかったので、さっさと起きてしまうことにした。

これも両開きの、観音開きといっていいのだろうか。部屋の中央にある大きな窓を押し開ける。

「……うおお」

思わず、感嘆の声が漏れた。まだ高くない位置にある太陽。ミネットによれば、この世界ではインベレヌスという名前の神だったか。うっすらとした朝霧と、まだ弱い陽射しに包まれる、これまでは教科書やテレビでしか見たことがなかった中世欧州風の街並み。そんな美しくも幻想的な光景に、流護はしばし目を奪われ——

「ん？」

そこで気がついた。

二階から見下ろす街並み。街の入り口付近に、ざわついた様子で人が集まっている。雰囲気からして、日常的な光景ではなさそうだ。

（こんな朝っぱらから……何かあったのか？）

少し野次馬根性を刺激され、外に出てみることにした。

正確には街の入り口周辺ではなく、門を出て少し進んだ街道に、人だかりができていた。

兵士たちが、「離れて！」「近づくな！」などと鋭い声を飛ばしている。人々のざわめきに混じり、悲鳴のようなものも聞こえてきた。

（何だ？　物騒な雰囲気だな。事件でもあったのか？）

そこまでして見ようと思った訳ではなかったが、人ごみに近づき、騒ぎの中心に目を向ける。

やはり日本とは違う。厳重に現場の封鎖などされてはいない。

だから、流護は見てしまった。簡単に、視界へと入ってしまった。

死体。

仰向けに倒れている、人の死体だった。

しかも、ただ死んでいるのではない。凄惨。その一言に尽きた。

下手糞な塗り絵みたいにぶちまけられた赤。細い手足は棄てられた廃材のように折れ曲がり、内側から白いものが飛び出している。無残に引き裂かれ、ズタズタになった身体の至るところから、ピンクと赤と黄色の何かが覗いていた。内側から咲こうとして失敗した花みたいだった。割れた果実を思わせる頭からは、薄く朱に染まった灰色が零れ出ている。

赤く濡れて顔に張りついた髪。片方だけ飛び出した眼球。砕かれた顎。

あれでは、顔の判別すら難しい。

しかし、流護には分かった。

そこで力なく、仰向けに倒れているそれが。ミネット。

ミネット・バゼーヌという少女だと、分かってしまった。

「――――――――」

流護の思考が、瞬間的に停止した。

何が、起きた。

どうして、ミネットが。あんな赤くなって、壊れたマリオネットみたいに。いや、あれはミネットじゃない。もう、違う。そもそも、人の形をしてない。別の生き物だ。いや、生き物ですらない。肉。あれはもう、肉――

そんな思考の奔流(ほんりゅう)が脳内をかき乱す。瞬間、喉の奥から爆発するような酸味がせり上がり、流護は胃の中身を街道の脇にぶちまけていた。

「……ッ、げぇっ！　はあッ！　な、なん……ッ」

激しい呼吸と吐瀉物(としゃぶつ)に紛れるように、疑問が溢れ出てくる。

（なんで。昨日、「またお会いしましょう」って。そう言って別れただろ。それが、そのミネットが、あんなとこで寝てる……ワケが……）

涙にまみれた視界の中、顎を浮かす。見間違いだろ、と己に言い聞かせながら。

しかし、間違いはなかった。半分崩れていても分かる、ミネットの顔。真っ赤に染まっていても分かる、ミネットの服。あれは間違いなくミネットだと――

「リューゴ！」

そこで、走り寄ってきたベルグレッテが名前を叫ぶ。当人は反応できずに、ただ呆然と、ミネットを――ミネットだったそれを、見つめる。

「……ッ！」

流護の視線を追い、事態を察したベルグレッテが駆け出した。

「どいて！　私です！　ベルグレッテです！」

人ごみをかき分け、野次馬を制している兵士へ名乗り出る。

「これはベルグレッテ殿！」

流護はそこから先を、よく覚えていない。

思考が、現状を否定しようとしたのかもしれなかった。


いつしか流護は、街道の脇にある路傍（ろぼう）の岩に腰掛けていた。

ミネットの遺体はすでに片付けられ、辺りは日常を取り戻しているように見える。

「はい」

声に顔を向けると、木の杯を差し出すベルグレッテの姿があった。

呆けたように無言で受け取った流護は、口をつけて頬に含む。中身は水だった。散々に嘔吐したせいか、喉が焼けるように痛かった。

「…………ミネット、は？」

ようやく絞り出した声は、流護自身が驚くほどにかすれていた。

「……実家の、ご家族のところに」

ベルグレッテの表情は、痛みを堪えているように苦しげだった。

「なんだよ……これ。なんでこんな」

「……怨魔、ドラウトロー。ミネットの遺体のそばに、奴らの体毛が落ちてた。間違いない」

口にするのも忌々しいという顔で、ベルグレッテは告げる。

「カテゴリーB。私が知る限り、最悪の怨魔。光りものに興味を示す習性があって、金属や鉱石をなんでも集めるんだけど……奴らの最高の『趣味』は、それじゃない。ただ……ただ遊びで、人間を襲う。その様子を音鉱石（おんこうせき）っていう、音を保存する性質がある石に記録するとも言われてる。害獣って呼ばれる生物ですら、人を襲う理由がある。食べるため。生きるため。でも奴らは、ドラウトローは違う。ただ、ただの遊びで、遊びで……！　ミネットをっ！」

ガン、と。ベルグレッテは拳を街灯に叩きつける。頑丈そうな鉄の柱は、ぴくりともしなかった。

「…………」

流護は無言で立ち上がった。

「どこだよ？」

「え？」

流護の言葉の意味が分からなかったのだろう、ベルグレッテは呆けた声を漏らす。

「そいつ、どこにいんだよ。殺してやる。ブッ殺してやる」

「無理よ」

「なんでだよ」

「カテゴリーB。これは、直接相対する場合に王宮の兵士が最低三人でかかることを前提とした指標よ。まして、分析結果から確認されたドラウトローの数は三体だった。たとえ素手でコブリアを撃退したあなたでも、絶対に無理」

「じゃあ、どうすんだよ！　このまま！　ミネットが、あんな……っ！」

「もう、城に『銀黎部隊（シルヴァリオス）』の出動を要請した！　放っておいても奴らは死ぬ！　絶対に彼らが、『銀黎部隊（シルヴァリオス）』が裁きを下す！　私だって……私に力があれば、この手で奴らを殺してやりたいわよ！　でも無理なの、私じゃ無理なの！　私は……っ、私だって……！」

ベルグレッテのきれいな顔が、涙でぐしゃぐしゃになっていた。

「……っ……」

流護は言葉に詰まった。

当たり前だ、と納得する。ミネットと知り合ったばかりだった自分とは違う。ベルグレッテがいつミネットと知り合ったかは知らない。それでも。彼女のその悲しみ、怒り。それらはきっと、自分のものよりも大きいに違いない。

「……………悪かった」

「……うぅん。ありがとう。ミネットのために、そこまで怒ってくれて」

鼻をすすりながら、ベルグレッテが小さく呟く。

流護は涙を乾かすように、空を仰ぐ。

インベレヌスという神が輝く空は、どこまでも青かった。


やり切れない気持ちを抱えたまま。

昨日の決定通り、ミディール学院へ向かうべく、流護はベルグレッテと二人で歩いていた。

「なあ、ベル……様」

「ベルでいいってば」

「じゃあ、ベル。街道って、安全なんだよな？　その……ミネットが倒れてたのは、街道の中だったと思うんだが」

「そこが不可解なの。ごく一部の強力な怨魔には、魔除けが効かないこともあるわ。けど、カテゴリーBのドラウトローには有効なはず。Bクラスに魔除けが効かないなんて話、聞いたこともない」

「……ッ、じゃあ、なんでミネットは……」

「……数日前から、ドラウトローらしき存在の目撃談は報告されていたの。でも私も含めて、みんな半信半疑だった。そもそも、このサンドリア一帯に棲息しているはずがないのに。私自身、その姿は一度しか見たことがないわ。子供の頃、家族と一緒に行った国外の森でしかね。……もっと、厳重な警備を展開しておくべきだった……」

悔やんでも悔やみ切れない。そんな口調だった。日本でいえば、住宅街にクマが出たという話に近いのかもしれない。

「じゃあ今、この辺りはすげぇ危ない状況ってことなのか？」

「ドラウトローは夜行性だから、ひとまず昼間は安全よ。ただ……夜はしばらく、厳戒態勢が敷かれることになるわね。でも、それも一時のことよ。必ず……必ず、『銀黎部隊（シルヴァリオス）』が奴らを掃討する」

「さっきも言ってたけど、国の部隊か何かか？」

「我がレインディール王国の誇る精鋭部隊。構成人数は六十四名。たとえ伝説に謳われるようなカテゴリーSクラスの怨魔が相手だろうと、後れは取らない」

「そう、か……」

流護は、ただ願うしかなかった。

その『銀黎部隊（シルヴァリオス）』とやらが、ミネットの仇を討ってくれることを。

一時間ほども歩き、街道の先にある川の近くまでやってきたのだが、何やら川のほとりに人だか

りができていた。馬車も数台、立ち往生しているのが見える。

「どうかされましたか?」

ベルグレッテが農夫らしき一人に声をかけると、彼は浅黒い顔を困ったように歪めて答えた。

「いやー、橋が壊れてるんだ。ドラウトローが出たなんて噂もあるし、奴らの仕業かねえ……」

農夫の視線を追ってみれば、川を跨いで架かっていたであろう木の橋が、ばきばきにへし折られて沈み込んでいた。橋の幅は二メートルもなく、元より丈夫そうなものではない。とはいえ、橋は橋だ。これを破壊するような力を持つのだろうか。ドラウトローという怨魔は。流護は無意識に唾を飲み込む。

向こう岸までは十メートルほど。とはいえ、さすがに泳いで渡る訳にもいかない。

「今年はファーヴナールの年じゃしなあ……」

「不吉な話ですのう」

「街まで戻るかな」

立ち尽くす人々の会話が聞こえてくる中、流護は判断を仰ぐべく現地人であるベルグレッテへと顔を向ける。

「どうする?」

「んー……修復には時間もかかりそうだし、本当なら街に戻りたいけど……今日中には学院に戻らないとだし……」

ベルグレッテは周囲を見渡し、思いついたように指を差し示す。

「森。あそこの森を通って行きましょう。遠回りにはなるけど、向こう岸に繋がっているから」

昼間でも薄暗い、不気味な森だった。

鬱蒼と茂る木々の形状は、やはり日本では見たことがない。枝が異常に太く、その全ての先端が空へ向かって伸びている。どこか、天に祈る人々の腕を連想させた。

一応は獣道らしきものを通っているのだが、快適に歩けるとはお世辞にも言えない。

「ええと……コブリアぐらいは出ると思うから、気をつけて」

先に言ってくれ、と少年は顔をしかめる。とはいえ、あのときは訳も分からず死に物狂いだったが、少しこの世界の話を聞いた今なら、もう少し落ち着いて対処できるかもしれな――

そんな流護の思考を寸断するように、聞こえた。キーという、耳障りなあの声が。

「さっそくね」

ごうっ、とベルグレッテの周りに水流が現界する。意思を持ったように渦巻き、木々の間から漏れる光を受けて燦然と輝く奔流。それはやはり、この状況においてすら見とれてしまうほどの美しさを誇っていた。

対して、岩陰からのそりと現れたコブリアの、何と醜くおぞましいことか。『怨魔』という忌まわしい響きがこれほど似合う存在は、他にいないのではないか。少年にはそう思えてならない。

交錯は一瞬だった。

ベルグレッテに向かって飛びかかるコブリア。流護の脳裏に、初めてミネットと会ったときの光景がよぎる。

「ベ――」

名前を呼ぶ暇(いとま)すらなかった。

ベルグレッテを取り巻いていた水の一部が渦を巻き、その右手へと収束する。現れたのは、彼女の身の丈ほどもある、一振りの――水の剣。

少女騎士は、優美な動作で剣を真横に一閃する。流星を思わせる白い線が奔った刹那、コブリアは軽く数メートルほども吹き飛び、濁った沼へと叩き込まれていた。

「ウィーテリヴィアの加護が、あらんことを」

ベルグレッテが右手を一振りすると、水の奔流と剣が光を放ちながら消失する。同時に、彼女の長い藍色の髪がさらりと風に揺れた。

「…………」

ただ。呼吸することも忘れて、流護はその光景に見入ってしまっていた。

「なに？　どうしたの、リューゴ」

「オー。オーイエー」

流護はパチパチと拍手を送った。

「な、なに？　どうしたの？　なんだか恥ずかしいからやめて……」

これが、神詠術(オラクル)を使った闘い。『神詠術(オラクル)』や『詠術士(メイジ)』という言葉の響きから『魔法使い』のようなものを想像していたが、ベルグレッテは『魔法戦士』という言葉が似合いそうだった。

「やっぱり、長居するのはよくなさそうね。早めに、森を抜けましょう」

「おう」

先を行く少女騎士に続く形で、流護も慌てて歩き出した。


名前も分からない鳥が影を落とす。見たこともない魚が池の水面を揺らす。

森はさらに暗く、昏く、深まっていく。

すでに十五分ほどは歩いただろう。たどり着いたその場所は、切り開いた広場のように閑散としていた。見上げるほど巨大な岩々が色濃く影を作っており、これまでの道よりもさらに暗い。その岩壁をさらに上から覆う、高くそびえる木々。箇所によっては、密集する岩と木々が夜の闇と大差ない影を疎らに作り出している。

そんな風景を認識した直後、低い唸り声が聞こえた。

下水が詰まったみたいな汚い音だ、と流護には感じられた。ただただ、不快な音。

それは、樹木の陰から姿を現す。

身体は大きくない。コブリアよりは大きいが、その体長は一メートルあるかないかといったところだろう。全身は黒毛に覆われており、不恰好なまでに太く短い足。対して、地面につきそうなほど長い腕。顔は崩れたみたいに醜悪だが、コブリアのように目が大きかったり口が裂けたりはしていない。

テレビで見覚えのある未確認生物……ビッグフットの想像図を小さくしたような外見。日本からやってきた少年の脳裏に浮かんだのはそれだった。外見からして、コブリアよりは強いに違いない。

「うお、新モンスターかよ。ささ、ベル先生」

押しつける訳ではないが、闘うベルグレッテの姿をまた見たいと思ったのだ。

しかし、彼女はそんな流護の声に答えない。代わりに、呟いた。

「ドラウトロー……」

弾かれたように、流護はその黒影へと視線を向ける。

「こいつ、が……？」

それが合図だったとでもいうのか。木陰から直に発生したようなぬるりとした動きで、さらに二体がまろび出る。合わせて三体の黒き殺戮者が、その姿を現していた。

「……どうして、今はまだ、昼間なのに」

かすれた声で、呆然となったベルグレッテが呟く。

「夜行性のコブリアが出るんだし、こいつらも夜行性なんだろ？　いてもおかしくねえんじゃねえか……？」

「いいえ。ドラウトローは、夜行性でも深夜にしか行動しないはずなのに……」

「まあ、今は言っても仕方ねえぞ。どうする」

流護は、静かに拳を握り締める。

「だめ。絶対に、闘ってはだめ。……勝てる相手じゃ、ない」

戦意を察したベルグレッテが釘を刺す。

「逃げるの。なんとか隙を作って、全力で逃げる。それ以外にない」

じり……と、ベルグレッテが足を引いた――瞬間だった。

まるで幅跳び。ドラウトローの一体が、およそ五メートルはあった距離を一足で跳び越え、ベルグレッテの眼前に着地した。

「――ッッ！」

それでも備えていたのか、ベルグレッテは瞬時に水剣を生み出し、ドラウトローの右肩目がけ袈裟(けさ)斬りに振り下ろす。

「……ぁ」

ベルグレッテの声が漏れた。

「……な」

流護もまた驚愕の呻きを零す。

ドラウトローは、いとも容易く少女騎士の水剣を掴んでいた。

まるで、いたずら小僧から棒切れを取り上げるような仕草。そうして、化け物の口が、醜く笑みの形に歪む。

刹那、ベルグレッテの細身が吹き飛んだ。凄まじい勢いで後方へと弾け、彼女は受け身を取れずに転がる。

「ベルッ！」

「……っ、……だい、じょう……ぶ」

流護の叫びに、少女騎士は辛うじてといった様子で答えていた。

技術も何もない、ただ突き出されたドラウトローの拳。

ベルグレッテは咄嗟に水の神詠術（オラクル）で防御し、さらに身体をひねって直撃を外していた。片膝をつき、すぐに起き上がる。しかし苦悶に顔を歪め、歯を食いしばって脇腹を押さえた。

木立の合間に下水じみた汚い音が響く。見れば、ドラウトローたちが――嗤（わら）っていた。

「……ヤロウ」

ぎり、と。流護の噛み締める音が、ベルグレッテにも聞こえたのか。

「リュー、……だめ、……っ」

それでもなお、彼女は息も絶え絶えに制止する。

そこでふと、思い出したように。離れた場所に立っているドラウトローの一体が、地面に落ちていた緑色の石を両手に取った。それを、火打ち石のように打ち鳴らす。

「…………あ」

ベルグレッテの顔が青ざめた。

直後。自らの痛みをも忘れたかのように、彼女は絶叫した。

「――だめ」

「リューゴっ！　聞いちゃだめええぇっ！」

それほどの剣幕で呼ばれた少年には、しかしその言葉の意味が分からなかった。

が。

音。ドラウトローの握った石から、音が零れる。初めに流れたのは、ノイズのようなもの。流護は世代でないためあまりなじみがなかったが、録音したカセットテープを再生したときに流れる独特の雑音に似ていた。

『……て』

声。声らしきものに混じる、何か……ぐちゃり、という、果物を叩きつけるような濡れた音。

『……たぃ……』

聞こえてくるのは、湿った破砕音に混じる、知っている声。濁っているが、知っている声。

「ま、さか」

流護の心臓が、その真実から逃れようとするかのごとく跳ね上がった。

思い出す。ベルグレッテが言っていた、ドラウトローの特性。

『ただ……ただ遊びで、人間を襲う。その様子を音鉱石(おんこうせき)っていう、音を保存する性質がある石に記録する』

その推測が、的を射ていたかのように。

『あ、あぁぁ、いや！　いやあぁぁあぁ！　痛い……っ、痛いよ！　誰か助けて！　たす、うあぁ、が……だず、やめ、て』

「…………ッ！」

ベルグレッテが、震える手で口元を覆う。

「やめ、ろ」

流護が、消えそうな声で呟く。

しかしこれは、過去の記録。過去に録音された、覆しようもない、

『だ、す……がぁ、痛い……いやぁ、助けて！　が……お母さん！　ぁ助けて、ベルグレッテさま……っ』

少女が死に至るまでの、記録。

『リューゴさん！　助けてよおおぉぉおおぉッ！』


直後。

ぐちゃ、という音がして。何も、聞こえなくなった。


ふらり、と。流護は、幽鬼のような一歩を踏み出した。

爆裂。

地面がひび割れ、土煙を吹き上げる。空手家は一足飛びで、ベルグレッテを吹き飛ばしたドラウトローの前に到達した。奇しくも、この怪物が彼女に対してそうしたように。

「リュ――」

少女騎士がその名を口にする間もなく。

流護の右拳で吹き飛んだドラウトローが、背後の木に叩きつけられた。幹からずり落ちるより早く、流れるように追いついた拳の弾幕が突き刺さる。まるで不恰好な舞踏。怪物の身体が波打った。耳障りな、重低音の悲鳴が響く。壊れた玩具が、ひび割れた異音を発しているような。

「うるせぇよ」

流護はドラウトローの頭を掴み、無造作に幹へと叩きつけた。ただひたすらに、原始的な動作。果実を割ろうとする古代人さながらの。一回。二回。三回。叩きつけるたび、赤黒い飛沫(ひまつ)が爆ぜる。やや細めだった木幹は、七回目の衝撃でへし折れた。痙攣している黒い肉塊を、もはや見もせず放り捨てる。

絶句して流護を見上げるベルグレッテ。残る二体のドラウトローですら、何が起こったか理解できないように突っ立っていた。

「何を呆けてんだ。来いよクソザル」

言葉が通じたとは思えない。しかしすぐさま、一体のドラウトローが滑り込むような速さで肉薄する。太く短い脚からは想像できない速度。しかし強靭な筋肉の塊だからこそ実現できる速度でもあった。

疾駆した勢いのまま、怨魔は右腕を振りかぶる。身体に不釣合いな長さゆえ細く見間違えてしまうが、それもまた筋肉の塊だった。

しかしその鈍器と形容していい豪腕から放たれる一撃は、成果を生むことなく空転する。

それよりも遥かに速く。天空から打ち下ろされた槍さながらの一撃が、ドラウトローの顔面を貫いていた。空手において中段突きと呼ばれるそれは、流護とドラウトローの身長差ゆえ、顔面に着弾した。怨魔はブリッジを描いて、後頭部から大地に激突する。

「リューゴ！　後ろっ！」

緊迫したベルグレッテの声が届く。最後の一体が、すでに背後へと肉薄していた。

横合いから振り回された長い腕が、鈍い音を立てて流護の腹部にめり込む。

「グ、ッ」

びぎ、と身体の内側に響く音。肋骨にひびが入った音だった。

怨魔は、その手応えに醜悪な笑みを浮かべる。

「あ？　終わりか？」

しかし流護は平然と言い放った。腹に当てられたままとなっていたドラウトローの腕を掴み、大きく振り回す。

脇腹に走る激痛。おそらくは。ミネットが味わっただろうそれに比べれば、何でもない激痛。

怨魔は半月の軌跡を描き、凄まじい唸りを上げて巨木に衝突した。落葉が舞う中、すぐさま追撃の蹴りがドラウトローの後頭部に叩き込まれる。そうして幹に赤黒い染みを残しながらずり落ちた最後の一体も、それきり立ち上がることはなかった。

「…………っ」

ベルグレッテは、ただ言葉を失う。

暗き森は、再び静寂を取り戻していた。

◇

流護は、倒れたドラウトローの一体を静かに見下ろした。

細かに痙攣しながら、まだ息絶えてはいない。この生命力の高さも、恐れられる理由のひとつなのだろう。

地に伏した怪物を覗き込むように、流護は片膝をつく。脇腹に走る痛みを堪えながら、下段突きの姿勢を取った。コォ、と深く息を吸い込む。

(生きてんじゃねえ。なんでミネットが死んで、テメェが生きてんだ。そんなのは許さねえ。ブッ殺――)

握り締められた拳に、白くきれいな手が添えられた。

「リューゴ。もういい」

ベルグレッテが、泣き出しそうな顔で流護を制止していた。

「……ベルも、殺してやりたいって言ってただろ」

そう言う流護も、同じような顔をしている自覚があった。

「もちろんよ。けど、目標を殲滅(せんめつ)から捕縛に切り替える。このままドラウトローを研究部門に送らせて。魔除けが効かなかった理由、昼間に行動していた理由。それらを調べさせて。その過程で、こいつらは生きたまま解剖されることになる。決して、楽になんて死なせない」

「……そうか、……ぐっ」

「そ、そうよあなた、ドラウトローの攻撃を受けて……っ、傷！　傷を見せて！　ちょっと服を脱いで」

流護は言われるままに学ランの上を脱ぐ。

「な……」

するとベルグレッテは、Tシャツ一枚になった流護の身体を見て息を飲んだ。

「な、なんだよ。もしかしてヤバイのか？」

「……いいえ。ここ、こんなに腫れてる。少しガマンしてね」

そう言うと、ベルグレッテは流護の脇腹に優しく右手を宛てがった。少し気恥ずかしい思いもする少年だったが、すぐにそんな気持ちを驚きが上回った。

痛みが、引いていく。

見れば、脇腹に添えられたベルグレッテの手が、青白い光を放っていた。

「水の神詠術(オラクル)は、こういう応急処置が本領だから」

驚く流護の心中を察し、ベルグレッテが答える。

まさしくゲームでいう回復魔法のようだ、と驚く現代日本の少年をよそに、ベルグレッテは治療しながらも空いている左手の人差し指と中指だけをピッと伸ばし、指揮者のごとく優美に振るった。

彼女の顔の横、何もない空間に、水面の波紋とよく似たものが現れる。

「リーヴァー、こちらベルグレッテ。どなたか応答願います」

『リーヴァー。あら？　姉様ですか？』

　空中に浮かんだその波紋から、よく通る少女の声が聞こえてきた。

「あれ、クレア？　どうしてあなたが」

『それはこちらの台詞です。「銀黎部隊（シルヴァリオス）」を要請されたかと思ったら……今度はどうされましたか、姉様』

「ええっと、またお願いで申し訳ないんだけど……。少人数でいいから至急、ウェル・ドの森に人員の手配をお願いしたいの」

『はあ。まあ、姉様がそう言うのでしたら。ウェル・ドなら、近くを暇そうに巡回してる方が何人かいらっしゃるでしょうし』

「うん。お願いね」

『……姉様。何かあったのですか？』

「えっ？　い、いえ、別に。たいしたことじゃないんだけどね」

『そうですか。……姉様。私は姫様だけでなく、姉様の「盾」でもあります。何かおありでしたら、遠慮なく言ってくださいね』

「うん。だから今、遠慮なくお願いしたでしょ？」

『分かりました。そういうことにしておきましょう。確かに、人員の手配をしておきます』

「ん。ありがとう。それじゃね」

『はい。お気をつけて』

　その会話を最後に、空中に浮かんでいた波紋は消失した。

「す、すげえな。なんだ今の」

神詠術（オラクル）を使った携帯電話のようなものか。流護にも声が聞こえていた辺り、電話のハンズフリーや無線に近いかもしれない。

「通信の術ね。実は私、通信ってあんまり得意じゃなくて。上手い人は、通信する相手を自由に選べるんだけどね。今は、おおよその方角だけ指定して城に飛ばしたら、たまたま妹が出たけど」

ベルグレッテの妹。やはりとんでもない美人なのだろうか。何となく、この美しい少女騎士が少し小さくなったバージョンを思い浮かべる流護だった。

「そういやさ、神詠術（オラクル）ってのはどの程度のことができるんだ？　こうして傷を治してもらってるのもそうだけど……今の通信とかも便利そうだよな」

「そうね。基本的に今の時代、神詠術（オラクル）なしで生活は成り立たないと思っていいわ。昨夜、宿に泊まっただけでも実感したんじゃない？　明かりをともす、お風呂を沸かす、トイレを流す、離れたところにいる人と話す……。みんな、神詠術（オラクル）で賄っている。強力な術が扱えれば、それだけいい仕事に就けるし、だから詠術士（メイジ）を目指す人は多い。ただ、みんながなれるわけじゃないのよね」

そういえばミネットは、詠術士（メイジ）になりたくてもなれなかったと言っていた。倒れた彼女の顔が脳裏をよぎり、流護は頭を横に振る。

「個々が内包している魂心力（プラルナ）は、おおよそ生まれつきで決まっているから。ある程度は訓練で鍛えることもできるけど……爆発的に伸びる、っていうことはまずないの」

「生まれ持った才能か。身も蓋（ふた）もない話だな……。神詠術（オラクル）って、攻撃手段としてはどれぐらいのことができるんだ？　例えば城を吹っ飛ばすとか、山を消し飛ばすとか」

　あと隕石を落とすとか、時空を操作するとか。この辺りは意味が通じないかもしれない、と思ったので言わないでおいた。

「や、神詠術（オラクル）をなんだと思ってるのよ……。でも強力な詠術士（メイジ）になれば、自然災害に近い規模の破壊をも巻き起こせたりするわ。『銀黎部隊（シルヴァリオス）』には、そういった精鋭も多く所属しているし。それに、『ペンタ』なら――っ、……ううん。なんでもない。忘れて」

「……？」

　よく分からないが、ベルグレッテにとってあまり触れたくない話題のようだ。気にならないでもないが、そこは察し、続ける。

「ベルはどれぐらいのことができるんだ？」

「見ての通りよ。ドラウトローにも通用しない。詠唱する余裕があれば、凝縮した水を叩きつけて石壁を壊すぐらいはできるけど……実戦ではなかなか、ね」

　そう言って、ベルグレッテは少し悲しそうな表情を見せる。

「小さな頃は『竜滅書記』に憧れてね。勇者ガイセリウスの持つ大剣グラム・リジルを真似て、水で大剣を形作る練習もしたなぁ。いちおうやろうと思えばできるけど、詠唱に五分はかかるわ、一振りしただけで剣の形は維持できなくなるわ、あげく足腰が立たなくなるわで、とても実戦で使えるものじゃないわね」

　そう言って、恥ずかしそうな苦笑いを見せた。しかし流護の反応は違っていた。

「そ、それちょっとカッコイイなおい。大剣召喚とか。一発限りの大技とかカッコイイな」

流護もまだまだ『抑え切れぬ左腕が疼く年頃の少年』である。そういったものには、魅力やロマンを感じてしまう。

「そっ、そう？　珍しいわね。男子って、神詠術（オラクル）に頼りきることを好まない人が多いから。それこそ『竜滅書記』に憧れて、本物の剣と拳だけで闘うのがかっこいい、みたいなね。うちの学級にも一人、そんなことばっかり言ってる男子がいるし」

魔法みたいな力を使えるほうがカッコイイだろうに、と流護は思う。隣の芝生は青く見える、というやつだろうか。

「……はいっ。痛みはどう？」

会話しながらも治療を進めていたベルグレッテが、ふう、と大きく一息つく。

「……お、すげえ。おお、痛くねえぞ、全然」

脇腹の痛みは、きれいに引いていた。肋骨に入ったひびすらも繋げてしまうのか、と流護は改めて驚愕する。

「それじゃ、少し待ちましょう。出動要請した兵にドラウトローを引き渡して、それからまた出発ね」

「ああ。分かった」

流護は腰をひねり、身体が痛まないことを確認する。

その姿を、ベルグレッテはじっと見つめていた。

有海流護は気付かない。

少女騎士が、敵意にも似た鋭い眼差しで注視していることに。

彼女は思考する。

何の神詠術（オラクル）も使わずに、素手だけでドラウトロー三体を圧倒した。

術を行使した気配は感じられなかった。それでいて、神詠術（オラクル）による身体強化でも施しているとしか思えない動きで、奴らを無力化した。棍棒（メイス）にたとえられるドラウトローの一撃を受けて、肋骨にひびが入る程度で済んだ。

黒い服の下から現れた、あの凄まじい肉体。あんな鎧のような筋肉に覆われた身体など、見たことがない。かつての兄や父ですら、あそこまでの肉体など持ってはいなかった。

否。人間が鍛えて、あれほどの身体になりえるのか。まして、自分とそう歳の変わらないだろう少年が。ありえない。

それこそ『竜滅書記』に伝わるガイセリウスや、ゴーストロアに悪名高い『エリュベリム』でもあるまいし、そんな人間が実在するはずはない。

確かに学院や級友の少年たちは、そういったものに憧れる。

けれど。拳や剣だけで、人は戦えない。

そう。だから『憧れる』のだ。実現し得ないことだからこそ。

そんな空想を現実のものにしてしまう存在など、今さら認める訳にはいかない。

一体、何者なのか。この、アリウミ・リューゴという人間は。

いや。それ以前に、この少年。どこかで――

油断のない視線を送り続けるベルグレッテに、流護は気付かない。

◇

ミディール学院へ到着したのは、すっかり夜になってからのことだった。

本来であれば明るいうちに着くはずだったのだが、ドラウトローを回収しにきた兵士に「どうやって三体ものドラウトローを無力化したのですか？」と尋ねられ、さすがに「流護が素手で倒しました」と言う訳にもいかず、「三体が同士討ちしてたから最後に残った一体をなんとか倒した」などと苦しい言い訳をでっち上げ、さらには要請しっぱなしだった『銀黎部隊（シルヴァリオス）』の取り下げなどもあり、結果として予想以上に時間を食ってしまったのだった。

本当はベルグレッテが妹と通信した際に話しておけばよかっただけなのだが、事態が事態だけに、彼女もそこまで気が回らなかったようだ。

そんな訳で、時間がなくなったので特別に馬車まで出してもらい、ようやくの到着となった次第である。

「うっお……すげえ……」

そんな慌しさや慣れない馬車での移動による疲れも忘れたように、流護は感嘆の溜息を漏らしていた。

遥か上空に浮かぶ巨大な月。目の前に鎮座する巨大な建物、その内部から点々と漏れ出ている明かり。ぽつぽつと灯るそれらに照らされ、闇夜に浮かび上がるようにも見える——王立ミディール学院。

街から遠く離れた丘にそびえ立つその外観は、まるで巨大な石造りの城。周囲を高い壁に囲まれ、屋根の上には青い旗が揺らめいて見える。

「ようこそ、ミディール学院へ。大昔の城を改装して使っているから、一般的な学び舎とは外見がまったく違うけどね」

長いドレススカートの裾を翻し、ベルグレッテが振り返りながら説明する。

城みたいな建物ではなく、実際に城を転用しているのだ。怨魔のような脅威が跋扈する以上、大勢の生徒を預かる学校などは、これぐらい堅牢な施設でいいのかもしれない。

「あーと？　俺は、何しにここ来たんだっけ……？」

巨大で荘厳な城に圧倒されるあまり、流護は本来の目的を見失いそうになってしまった。

「あなたの素質を調べにきたの。記憶を取り戻す手がかりになるかもしれないから。さ、行きましょ。ついてきて」

ベルグレッテの後について、学院の敷地内へと入る。

まず二人を出迎えたのは、一面に広がる整った芝生。その上にベンチや手入れの行き届いた木々、それらを照らす外灯が点在していた。薄暗くとも、どことなく小洒落た雰囲気が伝わってくる。

「今歩いているここは中庭。正面の一番大きい建物が校舎。その横の建物が学生棟、生徒が寝泊りするところね。で、私たちが行こうとしているのは、その奥の建物」

　辺りを見渡す。夜だからなのか、他の生徒の姿は見当たらない。ほどなくして、その一番小さい建物の前にたどり着く。

「ここよ。研究棟ね」

「……ベル様」

　城壁の中でも隅にあって暗いせいか、不気味な雰囲気すら漂ってくる建造物だった。

「なによ。急にまた『さま』とか」

「俺、解剖されたりとかしないよな？」

「………」

「なぜ黙るのか」

「それを決めるのは、私じゃないから……」

「ぉ世話になりもうした」

　裏返った声を上げ、流護はキレのいい回れ右で引き返そうとした。

「ふっ。あははは、冗談だってば。まあここにいる博士はたしかに変わった人でね。女子はみんな苦手にしてる。……や、私もちょっとだけ苦手なんだけど。でも、ちゃんと公的に神詠術（オラクル）や魂心力（プラルナ）を検査する場所だから安心して。事情もちゃんと説明してあるから。ふふふふ」

　ツボに入ったのか、口元を手で押さえて上品に笑い続けるベルグレッテ。しかしその笑顔があまりに愛らしかったので、流護としてはむしろ悪い気はしなかった。

「な、なんだよ。んじゃ、入っていいんだな？」

「ふふ。どうぞ。なに？　意外と小心者？」

「ん、んなこたねーよ」

「そうよね。あんなに強いんだもの」

「え？　べ、別に強さとか関係ねえだろ」

「……そうね。入りましょ」


建物内部の一階は薄暗く、ごちゃごちゃと散らかっていた。紙の束や雑に積まれた机と椅子、何だかよく分からないものも散乱している。

ベルグレッテの後に続いて、螺旋階段を上っていく。

「ロック博士、こんばんは。ただいま到着しました」

「おお。来たね来たね」

やたらと散らかった二階の部屋にいた白衣の男は、ベルグレッテの声に反応して振り返った。

髪はボサボサで真っ白。汚れた灰色も混じっている辺り、生まれつきの色ではなく白髪なのだろう。どことなく、日本人に近しい顔立ちをしているようにも見える。年齢は四十代後半から五十代前半、といったところか。

小さなメガネをかけ、無精ひげを生やし、不健康そうな紫色をした口にはタバコが咥えられている。もちろん未成年かつ格闘技者の流護はタバコなど吸わないので詳しくないが、現代日本にあるような紙巻きタイプではなく、少し太めで葉巻に近い形のものだった。

総じて典型的な『変わり者の博士』といった雰囲気の男性が、二人を迎えた。

「話は聞いてるよ。有海流護クン」

「お」

「んん？　どうかしたかい？」

流護は危うく「名前の発音が完璧だった」と口にしそうになり、自分の『記憶喪失設定』を思い出した。

「い、いや。何でも」

「緊張してるのかな？　しかし現実は残酷だ、緊張するキミを意にも介さず、刻は無情にも進んでゆく……ああ……」

白衣の男は両手のひらを上向け、何もない天井を見上げている。

（うわやべえ。やっぱ変な人だった）

本気で窓から飛び出して逃げようか悩む流護をよそに、その怪しげな男は話を続ける。

「ああ、自己紹介がまだだったね。ロック博士、と人は呼ぶよ。ロックウェーブ・テル・ザ・グレートだ。よろしくね、少年」

何だその名前は。そう思う流護だったが、まさか声に出す訳にもいかない。

「さて、早速だけど本題に入ろうか。流護クンは記憶喪失で、神詠術(オラクル)検査を受けることによって身元に繋がる手がかりが得られるかも……って話だったね」

「そうです」

答えたのはベルグレッテだった。

「それじゃ、早速やろうか。流護クン、上着を全部脱いで、そこに立ってくれるかな」

流護は言われた通りに、学ランやシャツを脱いで上半身裸になった。

「………………っ」

ベルグレッテが息を飲んだ。

そういえば、と流護は思い出す。ドラウトローとの戦闘後、脇腹の治療をしてもらおうと脱いだときにも、彼女は同じような反応を見せていた。

「な、なんだよベル」

「……なんでも、ない」

「ま、ベルちゃんも年頃の女の子だしねえ」

しかしうつむくベルグレッテの表情は、ロック博士が言うような意味には見えなかった。本当に、見たくないものから目を背けるような。自分の身体つきが引かれているのだろうかと、流護は少し複雑な気分になる。

「にしても、すんごい身体してるねえ〜。ダイゴスも真っ青だろうね、これは」

ぺた、と冷たい何かが流護の素肌につけられた。聴診器のようなものが複数、次々と肉体に繋がれていく。

「それじゃ少しの間、じっとしててねぇ」

ロック博士は机の上にあるやたらとアナログチックな機械らしきものを操作し、脇にあるモニターみたいなものを見つめる。一分も経たないうちに、博士が頷いた。

「はいおしまい。服着ていいよ」

「え、もういいんすか」

「ロック博士。どうだったんですか」

真っ先に尋ねたのはベルグレッテだった。

「うん。ないね」

「は？　ない？」

意味が分からないとばかりに、ベルグレッテは聞き返す。

「そのままの意味さ。流護クンには、神詠術（オラクル）を操るために必要となる、内なる力……魂心力（プラルナ）そのものが存在しない。だから当然、神詠術（オラクル）は使えない」

「んな……っ、そんな人間が、いるはずが……！」

驚愕するベルグレッテだが、流護は当然ながら驚かなかった。

「んー。まあ、そんな人間もいるかもしれないよ？　いや、実際ここにいるんだけども。みんな大好き『竜滅書記』のガイセリウスだって、当時は神詠術（オラクル）理論なんてなかったみたいだからアレだけど、生涯において一度も神詠術（オラクル）を使うことはなかったっていうし」

「おとぎ話と現実は違うじゃないですかっ！」

ベルグレッテが、声を荒げていた。

「ベル……？」

なぜそこで、ベルグレッテが激昂するのか。流護には分からず、ただ呆けたように彼女を見やる。

「そうです。ガイセリウスは理想です。脆弱な、人間という生き物の理想。『ガイセリウスみたいに強くなりたい、こんなふうになりたい』。そんな夢を与える、おとぎ話の勇者さま。でも現実に人間は弱い。だから道具を作り、神詠術（オラクル）を生み出し、寄り添って暮らしている。リューゴがなにも持たず、神詠術（オラクル）も使えずにあれほど強いっていうなら……それはもう、人間じゃない！」

ベルグレッテが振り絞るように叫んだ。

「あ……っ」

「その発言はいただけないな。彼に謝るべきだ」

指でメガネのフレームを押し上げ、ロック博士はこれまでと異なる真剣な口調で言う。

ベルグレッテは反射的に流護を見ると、怯えたような表情で部屋を飛び出していってしまった。

「ううーん。ま、彼女も悪気はないんだよ。許してあげてくれるかな」

「いや、まあ。分かってますよ」

路地裏のケンカで「人間じゃねえ」と言われたことは何度もある。強くてそう言われるなら、それは褒め言葉だ。そもそも実際にこの世界の人間でない流護としては、さほどショックではない。

それより気になるのは、ベルグレッテがああも取り乱した理由だ。

「矜持、だろうねえ」

　ロック博士が察して答える。

「彼女は誇り高い騎士だ。まだ見習いではあるけどね。とはいえ、高潔な騎士の家柄に生まれたその魂に変わりはない。彼女が言った通り、人間は弱い。人が素手で勝てる相手というのは、せいぜい中型の犬ぐらいが限界らしいよ？　ともかく……そんな弱い人間である彼女が騎士として剣を学び、神詠術(オラクル)を修め、必死で身に着けた力。弱きを守る、騎士としての力。その力を、剣も神詠術(オラクル)も持たないキミが軽く凌駕(りょうが)するという事実。それを素直に受け入れられないんだろうね。自分の生き様そのものが否定された……と、そんな気分になっちゃったんじゃないかな」

　ロック博士はイシュ・マーニと呼ばれる月を窓越しに見上げ、タバコの煙を吐き出す。

「検査の結果、キミが『強力な神詠術(オラクル)を使える人間でした』なら、まだ納得もいったんだろうね。しかし、キミが持つのはただの膂力(りょりょく)だった。まるで、彼女が言った通りの……おとぎ話の住人みたいなね」

　短くなったタバコを灰皿に押しつけながら、博士は続ける。

「彼女はこの学院で、上から数えて六番目の詠術士(メイジ)でもあるんだ。上位五人はちょっとワケありだから、実質、この学院の生徒で最も優秀な術者といっても過言じゃないかな。キミにはピンとこないと思うけど、これはすごいことなんだよ。あの子は明るくて驕らないよくできた娘さんだけど、同年代で……しかも神詠術(オラクル)を使わずに自分より腕の立つ人間が現れたとなれば、複雑な気持ちにもなるんじゃないかな」

「……」

似ている、と少年は思った。

それなりに自信のあった空手の腕前が通じず、目標を見失った流護。

騎士として磨いた力を上回る『記憶喪失のよく分からない男』が、いきなり目の前に現れたベルグレッテ。

「とりあえず流護クン。あまり、目立たないようにしたほうがいいよ。魂心力(プラルナ)を持たない人間なんて少なくともボクの知る範囲でも前例がないし、それでいて素手だけでドラウトローを屠(ほふ)るような腕前だ。面倒のタネになりかねない。今回の検査結果は、ボクも見なかったことにしておこう。ベルちゃんも言いふらしたりする子じゃないから、心配はいらないよ」

「なるほど……分かりました。……そういや」

そこで流護は、このロック博士なる人物に向き直る。

「あなたは、あんま驚かないんすね。俺のことを知っても」

「んん？　いや、これでも驚いてるんだよ。ポーカーフェイスには自信があってね。それより、ベルちゃん追っかけてみたらどう？　いやー、青春だよね」

ベルグレッテは、うつむいて外の壁に寄りかかっていた。

「よう」

流護が気軽な調子で話しかけると、弾かれたように顔を上向ける。

「っあ……っ、その。あの。ごめんなさい、リューゴ」

彼女は本当にすまなそうに謝ってきた。泣きそうな顔だった。

「なんだろな。見た目はツンデレっぽいくせに、素直だよな」

「つん、でれ？」

「ちょっと話したいことがあるんだけどさ。さて、ベル様はどこまで信じてくれるのやら」

「え……なに？」

流護は頭上の大きな月——イシュ・マーニを見上げて、すぐにベルグレッテへ視線を戻す。

息を吸い込み、思い切って告げる。


「俺は、この世界の人間じゃないんだ」


ベルグレッテの表情に変化はなかった。おそらく、意味を理解できていない。

「記憶喪失ってのはウソだ。『この世界の人間じゃない』なんて言っても混乱するだろうから、隠してたんだ」

「ええと？　今、言ったみたいだけど」

意外と冷静なのか、ベルグレッテがきょとんとした顔で反応する。

「今なら信じる気にならないか？　見ただろ、俺の力を」

「……」

「俺のいた世界には神詠術（オラクル）なんてもんはないし、怨魔なんてバケモンもいない。代わりにえーと……科学とかが発展してて、んーと」

異世界の少女騎士は、「何を言ってるか分からない」といった様子で小首を傾げていた。言葉こそ通じても、やはり文明レベルや世界そのものが違う人間に説明するのは難しそうだった。

「ま、細かいことはいいか。多分、ベルは理解できない。俺は……そうだな、歩いて行けないような遠い世界から来たんだ、とでも思ってくれればいい」

「そ、そう言われても……」

「とにかくそうなんだよ。んでさ、そんな世界から来た俺だし、お前が……その、自信なくす必要なんかねぇよ。俺も、元いた世界で勝てないヤツがいてさ。お前の気持ちは分かる、すごく。でもお前に関しては、俺、この世界の人間じゃねぇし。だから気にすんなよな」

ポカンとしていたベルグレッテが、少し笑顔になった。

「……そっか、そういうことか。慰めてくれてるんだ？」

その窺うような表情が信じられないぐらい魅力的で、流護のほうが慌てて目を逸らす。

「い、いやまあ。だから、気にすんなっていう話」

「それはそれで、くやしいんだけどなあ。いちおう私も、修業中の騎士だし。驕るわけじゃないけど、それなりに誇りは持ってるつもりだし……。比較にならないほどリューゴと差があるのは分かるんだけど……やっぱり、うん、くやしい」

少し悲しそうな顔でそう言った。

「でも、どういう意味なの？　この世界の人間じゃないって。神詠術がなくて怨魔もいない、だなんて。そもそも、人間として生まれれば魂心力は絶対に内包しているし、となれば神詠術はどんな形であれ使えるはずだし。それに怨魔のいない地域があるなんて、聞いたこともないし」

こういうことなのだ。

魔法めいた力があって、モンスターのような化け物がいて、神に見守られて暮らしているなんて概念のあるファンタジー世界。そんな世界に住む人間は、自分たちのいる場所が惑星だとか、その惑星は宇宙に数ある天体のひとつに過ぎないだとか、そういうこと自体をおそらく理解できない。自分たちのいる場所が全てで、地面はどこまでも続いていると信じて疑わないのではなかろうか。一周して元の場所に戻ってくるなど、考えもしないに違いない。

このグリムクロウズという世界の文明レベルがどれほどなのかは詳しく分からないが、そこまで学問が発展していないことは流護にも想像できる。

「ベル。重力、って知ってるか？」

「じゅう、りょく？」

やはりそうなのだ。自分たちが地面に引き寄せられることで存在しているなど、思いもしないのだろう。となれば、流護の爆発的な力――おそらくこの世界の重力が弱いため――をベルグレッテに説明することも難しそうだった。

「んー、俺が『人間じゃない』っていうのは、あながち間違ってないってことかもな。この世界の人間からすれば」

「っ、ごめんなさい……」

「いや違う違う、気にしてるんじゃなくて。俺はこの世界の人間じゃないから、半分ぐらいは当たってんだよ。よし、この話はおしまいな！」

「……うん」

訊きたいことは山ほどあるが、ひどいことを言ってしまった手前、訊きづらい。そんな様子がありありと流護にも伝わってきた。

「だー！　思った以上にいいヤツだし女の子だよな！　お前ベル……ベル子。このベル子」

「んな、ベル『コ』ってなによ？」

「俺の国じゃ、女の子の名前に『子』ってつくことが多いんだよ。そのまま女の子の『子』な。よしお前、今度からベル子な」

「な、なによそれぇ……」

「あ」

そこで流護は思い出したようにハッとした。

「な、なに？　どうかした？」

「そう。俺は確かに違う世界から来た。しかし」

「し、しかし？」

「どうやって元の世界に帰るのかが、分からねんだよな……」

現代日本からやってきた少年は、今さらのようにガクリとうなだれた。今、一番知りたいのはそこなのだ。ひとまず当初の予定通り学院へやってきて検査を受けてはみたものの、実りがあったとはいいがたい状況だろう。

「あなたの話が本当だったとして……そもそも、どうやって来たの？」

「いやさ、いつの間にか気付いたらいたんだよ。そんでぼーっとしてるとこを、ミネットに……。ああ……ミネットには、記憶喪失だって言ったままだったな……」

「……うん、それは……しかたないわよ」

会話が途切れ、ベルグレッテは無言で夜空を仰ぎ見る。釣られて、流護も同じように見上げていた。

闇に浮かぶ、巨大な円。流護は、月と。ベルグレッテは、イシュ・マーニと。使う言葉は同じなのに、それぞれが違うものと認識する、白光の真円。流護にしてみれば、グリムクロウズへやってきて、最初に目撃した『異常』でもある。ある意味、この異世界を象徴するものといえるかもしれない。

「よし。こうしましょう」

うんと頷いたベルグレッテが、意を決したように提案する。

「元の世界へ帰る方法が分かるまで、ここに……この学院にいればいいわ」

「いや、でもそれは……いいのか？」

「少なくとも帰る方法が分かるまで、この世界で暮らしていく必要はあるでしょ？　あなたの腕前なら、怨魔退治で生計を立てることもできそうだけど……神詠術（オラクル）も使わずに怨魔を倒すなんて、どう思われるか分からないし。生徒って形にはなれないけど、この学院でしばらく仕事をしてお金を稼ぎながら、帰る方法を調べてみるのもいいんじゃない？」

「そう、だな……」

帰るまでは、否応なくこの世界で過ごさねばならない。行く宛てはない。この世界で使える金銭だって持っていない。知り合いはベルグレッテしかいない。選択肢など、最初からなさそうだった。

「……よし、分かった。そんじゃしばらくの間、世話になる。よろしくな、ベル子」

「ほんとにその名前で呼ぶんだ……。えっと、こちらこそよろしく。リューゴ」

握手を交え、やたら丁寧に頭を下げ合う二人だった。

少し気恥ずかしい空気に当てられている二人は、気付かない。

闇夜の中。建物の陰から送られている、その視線に。

◇

翌朝、流護は学生棟にある一室で目をこすっていた。

「…………」

昨日の出来事が、ミネットの顔が、森での闘いが。何度も、何度も夢に出た。おかげで、あまり寝た気がしなかった。

何となしに部屋の中を見渡す。

あの後、ベルグレッテから宛てがわれた学生棟の一室。空き部屋にひとまず寝泊りするためのシーツ類と時計を置いてもらっただけで、他には何もなく非常に殺風景だった。

この部屋は、一階の空室ばかりがある目立たない一角に位置している。できるだけ他の生徒と遭遇しないようにするためだ。現状、目立つのは避けたいところだった。

(どんだけの権限持ってんだかな……)

ベルグレッテは昨夜のうちに部屋の手配を済ませ、学院の雑務をこなす作業員として流護を雇用する話をまとめていた。

何でもこなしてしまう手際の良さが、彩花に少し似ているかも……なんてことを少年は思う。

「っし!」

パシンと自らの頬を張り、気持ちを切り替えた。

さて早速だが、仕事の初日となる。

別段難しくはない、誰でもできる雑務をこなす仕事だそうだ。アルバイトのようなものと考えていいだろう。もっとも、高校一年になって間もない流護はアルバイト経験などないのだが。

まだ早い時間だったが、軽く外の空気を吸うつもりで裏口から外へ出た。学生棟の裏側から望む風景。芝生の広がる中庭と、そびえる石壁。それはいいとして、

「あ」

「あ」

なぜか朝からいきなり、ベルグレッテと鉢合わせした。

「お、おはよう、リューゴ。……リューゴ？」

　そして少年は、そのまま稼動を停止した。

「ちょっ、どうしたの？　ねえ」

　ベルグレッテは、制服を着ていた。

　胸元に大きな赤いリボンがあしらわれた、上品なブラウン色のブレザー。黒い格子柄が特徴的な、短いプリーツスカート。膝までを覆う黒いソックス。

　その美貌（びぼう）と相俟って、ベルグレッテの制服姿というものは、流護の意識を完全に刈り取ってしまっていた。

「ちょっと、ねえ。ねえってば」

　少女は、立ったまま微動だにしなくなった相手の肩をガクガクと揺する。

「は、はっ⁉」

　ベルグレッテの可憐な制服姿によって遥か彼方へ吹き飛ばされていた思春期少年の自我だったが、ここでようやく帰ってくることができた。

「ちょっと、大丈夫なの？」

「気絶、していました」

「んなっ、大丈夫？」

「いや、なんつーか、その……」

　流護の目は、ベルグレッテの胸元や太ももへと吸い寄せられていた。特に、白く細い両脚。昨日までの、青い丈長のドレスでは完全に覆い隠されていた部分。まだ弱い朝日によって照らし出されるその部位の艶かしさに、思春期の少年は思わずゴクリと唾を飲み込んでしまう。

そんな視線に気付いたのか、ベルグレッテは露出した太ももを両手でさりげなく覆い隠すようにしながら、しかし健気に相手を気遣う。

「リ、リューゴ？　その、大丈夫？　疲れが溜まったりしてるんじゃない？」

他のものが溜まりそうです、とアホなことを口走りそうになった流護だったが、彼女の顔を見てハッとした。

ベルグレッテの目は、少し赤みを帯びていた。

（昨日、ミネットがあんなことになったばっかだもんな……）

眠れずに、泣いていたのではないだろうか。知り合ったばかりだった流護でさえ、あれだけの衝撃を受けたのだ。ベルグレッテの胸中は、どれほどのものだったろう。

そこへきてドラウトローと闘い、面倒な事後処理をこなし、日が落ちてようやく学院へ到着し、流護の神詠術検査結果にショックを受け、その当人に意味の分からない慰め方をされ、夜のうちに流護の部屋や仕事を手配し、そして今この瞬間なのである。

ベルグレッテのほうがよほど疲れていてもおかしくない。

（んだよ、世話になりっぱなしじゃねえか……）

流護は申し訳ない気持ちでいっぱいになってしまった。

このままではいけない。何か、少しでも助けにならなければ。少年は、胸の裡で拳を握り締めて奮起する。

「よし、ベル子。何でも言ってくれ。お前のためなら、何でもする」

流護はこの上なく真面目な顔で、ベルグレッテにそう宣言していた。

「はっ⁉　えっ？　は、はい」

気圧される形で、少女騎士が少しのけ反りながら頷く。

そこで。ガサッ、とかすかな物音がした。

流護とベルグレッテは、当然というかそちらへと顔を向ける。

「げ」

何とも、らしからぬ声を漏らしたのはベルグレッテだ。

学生棟の陰から、一人の少女が二人を見つめていた。いかにも、何かを目撃した家政婦のような感じで。

ベルグレッテと同じ制服姿。つまり学院の生徒だろう。赤茶色のハネるようなショートヘアがよく似合っており、背はかなり低く、百五十センチもなさそうだ。少し幼い雰囲気だが、割と日本人に近い顔立ちをした、愛らしい少女といえる。

そんな彼女は二人のほうを凝視しながら、見た目通りの幼い声を出した。

「……あ、」

あ？　流護は次の言葉を待つ。

「あああぁぁ！　ベルちゃんが男と逢い引きしてるウウゥゥーッ！」

幼い声が凄まじい絶叫に変貌を遂げた。なんつー声出してんだ、と流護は思わず耳を塞ぎそうになる。

「ちょっ、ミア！　違うから！」

ベルグレッテが焦った声を響かせるも、

「ンヒイイィーッ！　み、みんなあぁ！　べ、ベルちゃんが！　こっそり男を飼ってるウウゥ——ッ！」

ミアと呼ばれた少女は絶叫しながらくるりときびすを返し、やたらと乙女チックな走り方で駆け出した。

「ま、待ちなさい！」

ベルグレッテが慌てて追いかける——までもなく、ミアは「ウワー！」と叫んで勝手にすっ転んだ。そのままあっさりと組み伏せられる。

「あなたねえ……あることないこと言うのやめましょうね」

「だってそうじゃん！　そこの間男が『なんでも言ってくれ。え？　足を舐めてくれ？　よし分かった。ベル、お前に汚いところなんてないよ。ペロペロ』って言ってたじゃん！」

捏造であった。

「ねえ、ミア。このまま倉庫に放り込まれたい？」

「ベルちゃんと一緒なら、いいよ……って、ベルちゃん重い。おっぱい重い。もう、なに？　おっぱいまた大きくなったんじゃないの？　どういうことなの!?　あ！　そこの間男に揉ませてんのか!? こんなふうに! おらぁ!」

「あ、こら! ちょっ、や、やめ」

短いスカート姿のまま倒れ込み(しかしなぜか絶妙にスカートの中は見えない)、文字通りの揉み合いになってきた少女二人から慌てて目を逸らし、素早い動作で回れ右をして休めの姿勢を取る流護。朝焼けの空が、とてもきれいであった。

「ううう、ふざけんななんだよこのおっぱいは! もちもちしやがって! こうか、こうか! これがええんか! こう……あれ、なんだろ……変な気持ちに、なってきたよ……?」

「い、いい加減にしなさいっ!」

ばしゃあ、と水を撒く音が聞こえた。


「俺は何してんだろう……仕事初日じゃなかったっけ……」

「いや、もうしわけないです……」

静かな校舎内の廊下を、流護はベルグレッテと二人で歩いていた。仕事へは行かずに。

すでに最初の授業の時間帯らしく、他の生徒の姿は見当たらない。

今は、自習用の教材を取りに行ったベルグレッテに付き合って歩いているところだった。

あの後。

ベルグレッテはミアという少女にくれぐれも変なことを吹聴(ふいちょう)しないよう注意していたのだが、

あまり効果は期待できないと半ば諦めの境地。

それで結局、これ以上変に邪推されるぐらいなら、いっそ先手を打ってクラスメイトに流護を紹介してしまおう。と、そういう流れになったのだった。

確かに流護としても、色々と詮索されて神詠術（オラクル）を使えないことなどが明るみに出るのは、できる限り避けたい。

『記憶喪失かつ神詠術（オラクル）の才能もないから学院で働いている少年』という設定を浸透させておきたいところではあった。……もっとも流護としては、ベルグレッテとそういう関係だと誤解される分には悪い気などしないのだが。

「作業場のリーダーのローマンさんには、私から説明しておくから。ほんとにごめんなさい」

「いや、ベル子は悪くないからいいって」

苦笑しながら何となく窓の外を見やると、中庭を元気に走り回る子供の姿が流護の視界に入った。

かなり幼く、年齢的に小学生ぐらいだろうか――

（あれ？　子供？　なんで子供がここにいんだ？）

流護は思わず二度見しつつ尋ねる。

「なあ、なんか子供がいるんだけど……。小等部？　みたいのとかあるのか？」

「うん？　ああ、神詠術（オラクル）系の学院っていうのは、普通の学校とは違うの」

駆け回る子供たちを微笑ましげに眺めながら、ベルグレッテがそう答える。

「十歳から十九歳までの間なら、いつでも入学できるの。それで、四年間の学院生活を送る。だから、いろんな年齢の人がいるわよ。十九歳の一年生がいれば、十三歳の四年生だってありえるわけ。ちなみに私は今年、二年目の十五歳」

大学のシステムみたいなもんか、と流護は頷く。

「そういえばリューゴって、年齢はいくつなの？」

「ん？　十五だけど」

「あ、それじゃあ私と同い年なのね」

「お、おう。そうなるな」

微笑みかけてくるベルグレッテから、流護はつい目を逸らしてしまった。何だか恥ずかしかったので。

しかし同い年なのか。自分のクラスにいた女子とはあまりにも別格すぎる。色々と。胸とか。特に彩花なんかとは。と、なぜか流護はそんな比較をしながら歩く。

「さあ、着いたわ。ここが私の学級ね。……はぁ」

扉の前で足を止めて、少女は重々しく溜息をついた。

「まったくミアったら……。ちなみに神詠術（オラクル）の学院っていうのは、基本的に教員不足でね。私が、先生の代わりに自習のまとめをやったりもするんだけど」

「なるほどな。今日は先生がいないと？」

「ええ」

つまり。今日は教師がいなくてフリーダムなんだな、と流護は苦笑う。

「それじゃ、入るわよ？　準備はいい？」

ベルグレッテが扉の取っ手に指をかけ、目配せしてくる。

（いや、なんだそのボス戦前の確認みたいのは）

特に意識してはいなかったのに、そう言われると急に緊張してきてしまう。

「ま、まずは深呼吸をしてだな……」

「はい、覚悟決めて行きましょ」

ベルグレッテが扉を開けて入室してしまったので、流護も慌てて後を追った。

「ヴォオオォオーイ！　ね！　あたしの言ったとおり！　ね！　間男！」

「あ、ボスがいた」

例のミアが席から立ち上がって炸裂する。流護の脳裏に浮かんだのは、なぜかロケットの発射シーンだった。

「なにっ、ミアの話本当だったのかよ」

「ほんとにあのベルに男が……？」

「やけに背が低くないか？」

「あ。ちょっと、かっこいいかも」

「どっちかっていうと、可愛いって感じかな？」

「ケツ貸してくんねえかな……」

「いやー、さすがにベルとは釣り合ってないだろう」

「なんか変わった服着てるなー」

「ケツ貸してくんねえかな……」

至るところから、ひそやかなざわめきが聞こえてくる。

少し怯みながらも、流護は教室をざっと見渡してみた。クラスの人数はおよそ四十人ほど。広い空間に個々の席があるのは日本の学校と全く同じ。教室というものは国どころか世界、惑星を越えても共通なのかもしれない。

さて。まず目に入ったのは、やはり前列に座るミア。ちんまりとしていて、黙っていれば相当に可愛い部類なのだが、もはや歩く名誉毀損（きそん）だった。

そんな彼女のすぐ近くに、線の細い女子生徒……ではない。あまり特徴のないブレザー、下は長い黒のズボン。どう見ても男の制服だった。彼（？）は流護と目が合うなり、びくっと怯えたように顔を背けてしまった。そのか弱そうな振る舞いを見る限り、女子にしか見えないのだが……男なのだろうか。

その近くには、三十代にしか見えない、ひげの剃り残しが青くなっている中年男性のような人物。なぜか異常なまでに汗をかいている。

その奥に、さらさらな金髪が美しいメガネの女子生徒が座っていた。大人しそうな顔立ちで、かなり整った容姿をしている。文学少女、といった趣（おもむき）だろうか。流護のほうを全く見向きもせずに、ひたすらノートを取っていた。見た目通り、真面目な子のようだ。

そして窓際。茶色いパンチパーマのヤンキーらしき人物が、ひたすら流護を睨み続けていた。この世界にパンチパーマなどがあるとも思えないので、天然の髪型なのだろう。しかしすごい。まさしくガンをくれるというやつである。「夜露死苦」とでも言ってきそうな雰囲気だった。

さらにそのヤンキーの隣には、窓際の壁に寄りかかり腕組みをしている、ガッシリとした体格の巨漢がいた。その身長は、優に二メートル前後もあるのではなかろうか。こざっぱりした焦茶色の短髪、眉は太いが目は異常に細い糸目で、開いているのか閉じているのか分からない。しかしそれでもしっかり見えているようで、流護の視線に気付くなり「ニィ……」と少しだけ口の端を吊り上げてきた。実に底知れない、不敵な笑みである。どこの無頼漢だろうか。

（なんだこのクラス……）

流護の感想はその一言に尽きた。

「はーいみんな、席についてくださーい」

ベルグレッテがよく通る声を響かせる。皆が従い、ガタガタと椅子を引いてそれぞれに着席する。もう完全に先生だった。

「はいっ。それでは最初に、少し紹介させていただきま――」

「間男かアアァァーッ！」

ガターン！　とミアが立ち上がる――のを完全に予測していたのか、「はいそこ黙って」とベルグレッテが何かを投げつけた。ぱしゃーん、と軽快な音。

おお、水の神詠術（オラクル）ってこんな風にも使えるんだな、と流護は感心しきりに頷く。

「おぉぅ……おぉぅ……」と取り出した織物で顔を拭くミアを無視し、ベルグレッテは話を続けた。

「この彼は、アリウミリューゴさん。先日、兵舎で知り合ったのですが……実は、その……彼は、記憶喪失で。その影響で、神詠術（オラクル）を扱うことができません」

教室中がざわめきに包まれる。遮るように、ベルグレッテは言い連ねた。

「行くあてもないため、今日からしばらく、学院の作業員として従事してもらうことになりました。生徒ではありませんが、今後学院内で彼を見かけることもあるでしょうし、そういった特殊な事情のため、ここで少し紹介させていただきました。さて、それじゃあ授業を始めましょうか。自習だけど」

教材を配布し終わり、ベルグレッテは隅で突っ立っていた流護に声をかける。

「お待たせ。それじゃ、送っていくわね。ほんとごめんね」

二人で廊下に出る。……と、間を置かずに誰かが教室から出てきた。

しゅんとした様子のミアだった。

「あ、あの二人とも……ゴメンね、変に騒いじゃって。なにも知らなかったから……」

一転して元気のなくなったミアが謝る。

「あ、ああ。気にしてないからさ」

最初は「とんでもねえ女子だ」と思っていたが、こう落ち込んでいると少しかわいそうになってくる流護だった。

「……うん、ありがと。え、えっとよろしくね、リューゴ？　くん。あたしはミア・アングレード。よろしくね！」

小動物のように少し飛び跳ねて、上目遣いに自己紹介してくる。よく動く少女だ。ハムスターみたいだな、と流護は何だか微笑ましくなった。

「あ、ああ。よろしくな。俺、生徒じゃないけど」

「少しは懲りた？　ミア」

溜息をつきながら、ベルグレッテがジト目で問う。

「…………」

うつむいて泣きそうな顔になるミア。

「ベルちゃん、あたしのこと嫌いになった？」

「そんなわけないでしょ」

「ほんとに？」

「うん」

「おっぱい触っていい？」

「だめ」

そんなに懲りてなさそうだった。

「ほら、教室に戻って自習しなさい」

「うん……そだ、リューゴくん、ベルちゃんも。おわびに、お昼ごはんおごらせて。ね、いいよね！　決まり！　それじゃ、またお昼休みにね！」

ミアは強引に決めて、とことこと教室へ戻っていってしまった。流護としてはろくに金も持っていないので、ありがたい申し出ではある。

「……まったくもう。それじゃ、行きましょ」

何となく二人で苦笑して、歩き出すのだった。

静かな廊下に、ブーツの音のみがコツコツと木霊する。

流護を作業員のリーダーであるローマンに紹介し、彼らと別れたベルグレッテは、巡回も兼ねて行きとは違う順路で自分の教室へ向かって歩いていた。

「うん？」

無人の工芸教室の前を通りかかった折、授業で使う桶やハケ、大きな姿見が廊下に放置されているのを発見した。

「むむっ」

こういうのを見かけてしまうと、片付けずにはいられない性分である。

せめて隅に寄せておこう、と道具たちを動かしていき、ふと人の身の丈ほどもある大きな鏡が目に留まる。

ベルグレッテは全身が隈なく映るそれを見ながら、前髪をささっと整えた。寝不足気味なこともあって、目の下にかすかなクマができているのは仕方ない。他におかしなところはないだろうかと、自らの制服姿を客観視する。

「…………う、うーん」

最近はすっかり慣れてしまっていたが、やはりスカートが短い気がする。妹のクレアリアも、入学当初は随分と難色を示していたものだ。間違っても下着が見えたりしないよう、下に運動用のパンツを着用してはいる。しかし。

今朝、散歩の途中でばったり流護と遭遇して。その彼の目が、じっと太ももを注視していて……。

「うう……！」

何だか、急激に恥ずかしくなってきた。

この制服そのものは学院長の考案である。確かに可愛らしく、生徒の間での人気も高いのだが、やはりスカートが短い。しかしこれを着るように定められているのだから、仕方がない。仕方なく着ているのだから、しょうがない。

（なんなの、もう）

なぜだか、落ち着かない。どうして、こんなに心を乱す必要があるというのか。

少々育ちすぎた感のある胸を備えていることもあって、男性のそういった視線に晒されることも少なくない。今は、受け流すことにも慣れている。だというのに、なぜ彼の場合だけ。

「はぁ……」

疲れているのかもしれない。昨日、ミネットがあんなことになって。その元凶たるドラウトローと交戦して、流護の驚異的な能力を目の当たりにして。その彼の検査結果に、また衝撃を受けて。

騎士として常に平常心を保てるよう努めてはいるが、昨日は色々ありすぎた。

（……っ、そうよ。あんなことがあって……それに……）

そもそも、本当に彼は何なのか。

違う世界から来たなどと言われても、やはり今ひとつピンとこない。魂心力(プラルナ)をまるで内包していない、という点も異質すぎる。

これまで出会ったことのない、あまりに奇異な存在。けれど接してみれば、年齢相応のどこにでもいそうな少年。

ひとまず学院で暮らしていくことを提案しはしたが、果たしてこれからどうなるのか。

まるで想像のつかない未来を思いながら、ベルグレッテはしばしその場で立ち尽くしていた。


作業場の責任者であるローマンは快活な大男で、気さくに流護を歓迎した。初めての仕事（とりあえず午前中は薪(まき)割りだった）をこなし、無事に昼休みを迎える。

朝の約束通り、ミアが自費でパンを買ってきて、ベルグレッテと流護は奢(おご)ってもらう形で昼食をとっていた。

場所は見晴らしのいい中庭、白塗りのベンチで横並びになっている三人。いかにもお嬢様然とした上品な座り方で腰掛けるベルグレッテと、足をぶらぶらさせる元気娘ミアが対照的である。

「はぁ……でも、昨日の夜も見かけたから、間違いないと思ったんだけどなー」

雲ひとつない晴天の空を仰ぎ見て、ミアが呟く。

「ごち。昨日の夜って？」

あっという間にパンを平らげた流護が聞き返す。

「いやー。研究棟の前で偶然、二人を見かけたから。そしたら今朝のアレですよ。もう完全にそういうもんかと」

昨日の夜、ロック博士の部屋を飛び出したベルグレッテを追いかけたときのことに違いなかった。見られていたのか。……ということは、この世界の人間じゃない云々の会話も聞かれたのか？

と、流護は少し焦りを滲ませる。

「ああ、えーと……俺らの話、何か聞こえたのか？」

「むむっ？　聞こえたらまずい話でもしてたの？」

興味津々、といった様子で目を輝かせるお騒がせ娘。しかしこの反応から察するに、内容を聞かれてはいなかったのだろう。

「懲りてないわねー。ミーアーさーん？」

「あう、ごめんごめんごめんなさい」

笑顔で凄まれたミアは、よよよ、と怯えたハムスターのようにベルグレッテにくっついていく。

「でもそうするとほんと、ベルちゃんって男っ気ないなぁ。あたしが男だったら絶対ほっとかないもん。そう思うでしょ？　リューゴくんも」

「え？　いや……えーと、どうだろ」

さすがに本人の前で気恥ずかしいので、曖昧に濁さざるを得なかった。

「あ。あの人はどうなの、ベルちゃん。ロムアルドさんとか」

「どうしてそこで、ロムアルドが出てくるの？　あの人は、ただの兄弟子だし……」

ロムアルド。どこかで聞き覚えのある名前だ、と流護は記憶の糸を手繰り寄せる。

（何だっけ……あ）

思い出した。ブリジアの宿の風呂場で聞いたのだ。こっそり窓を開けたときに見た、ベルグレッテと親しげに話していた赤髪の青年兵士。

（そうか。彼氏だと思ったけど、違うのか）

なぜか少し安堵する少年だった。

「そもそも、そういうことに興じていられないの、私は。ロイヤルガードなんだから。……まだ見習いだけど」

「姫さまはともかく、ベルちゃんは関係ないと思うけどなー」

ロイヤルガード。何度か耳にしている単語だが、具体的に何なのかは聞いていない。

ベルグレッテに男っ気がないことを知って、なぜか気分がよくなった流護は、興味本位で尋ねてみることにした。

「ロイヤルガードってのは、具体的に何すんだ？」

「ん、そうね。王族の方々のおそばについて、この命に代えてもお護りするのが仕事。私と妹は、姫さまつきなの。……見習いだけど」

「いまは、クレアちゃんがついてるんだよねー」

「姫さまつきのロイヤルガードは代々、騎士の家柄の女性から輩出されるの。私と妹のクレアリアが次代で、今は定期的に交代しながら、実際に姫さまのおそばについて修業しているわけ。先輩のロイヤルガードの指導を受けながらね」

そう語るベルグレッテの顔は、この上なく誇らしげだった。ロック博士が言っていたように、矜持を持っているのだろう。

将来の進路をすでに決めていた彩花も、こんな顔をしていた気がする——と、流護は少しもやもやした気持ちになった。

「ふーん……。騎士の家柄の女性から輩出、って……女の人限定なのか？」

「ええ。これは、万が一の間違いを起こさないための措置なの」

「間違い？　どういうことだ？」

「姫さまつきを男性にしないのは、恋仲になられるのを防ぐため。『姫と騎士の恋』なんてたしかに夢があって素敵だけど、実際にされたら大変なことになっちゃうからね」

「ふむふむ。じゃあ例えば王子がいたら、男のロイヤルガードしかつかない……ってことになるのか？」

「ええ。今の王家に王子さまはいらっしゃらないけど、そういうことになるわね」

「はあ、なるほどなあ」

こういう世界も色々あるんだな、と流護は頷く。ちなみに『姫』の対義語は『王子』ではないと聞いたことがあるが、この世界では特に問題ないようだ。

「でも、恋に身分も性別も関係ないっ！　あたしがベルちゃん好きなのと一緒！　男っ気ないなら、ベルちゃんはあたしがもらいますから！」

そう宣言した彼女はごろんと寝転がり、ベルグレッテの膝上へ頭を置いた。いきなり脚を枕にされた少女騎士は慣れたものなのか、「はいはい」と笑顔で受け流す。ミアは優しい手つきで頭を撫でられ、目を細めて気持ちよさそうにしている。まるで子ネコのようだ。

「おう、ここにいたかよ」

そんな百合の花が咲き誇りそうな空間に割り込んできたのは、第三者となる男の声だった。

二人の男子生徒が、ベンチに腰掛けた三人の下へやってくる。

一人は、見事なまでのパンチパーマ……ではなく、天然パーマだろう。全方位にケンカを売って歩いているような、非常に剣呑とした目つきをしている。声をかけてきたのはこの少年だった。

もう一人は、身長二メートルはありそうな大男。その目はやたら細く、開いているのか閉じているのか分からない。

どちらも、ベルグレッテの学級で見かけた生徒だった。

「ベル。自習の課題、どこに出しゃいーんだよ？」

パーマの少年が、いかにも気だるそうにベルグレッテへ尋ねる。

「ああ、うん。ヴィクトール先生のところにお願い」

「もー、エドヴィン。『転生論』だったんだから、ヴィクトール先生に決まってるでしょー。くだらないことで、あたしとベルちゃんの邪魔しないでくださいー」

ベルグレッテの膝を枕にしたままのミアが、ぶーぶーと抗議の声を上げる。

「うるせーぞ、ミア公。提出先、間違ったらイヤだろが。珍しくマトモにやったのによ」

パンチパーマの少年ことエドヴィンが、チッと舌を打った。

ふと、その彼が流護のほうに顔を向ける。鋭い目つきで睨みつけながら、牽制(けんせい)するような声音で言い放った。

「いい身分だな、転入生。記憶がねーだか知らねーが、ベルも忙しいんだ。あんま手間かけさせてんじゃねーぞ」

「え？　あ、はあ」

「エドヴィンは、リューゴくんに絡むのおかしいと思いまーす。エドヴィンの顔と頭と成績と……えーととにかく全部悪いのは、リューゴくんのせいじゃないでしょー？」

「ぜ、全部!?　い、いくらなんでもひでーなテメェ！」

なぜかチラチラとベルグレッテのほうを見るエドヴィン。

（……ああ、そういうことか）

昔から鈍いと言われる流護でも即座に把握できた。

このエドヴィンという少年は、ベルグレッテに好意を持っているのだ。一緒にいる流護が面白くないに違いない。

その流護は何となく、隣にいる大男のほうへ視線を向ける。彼は先ほどから一言も発していないが、目（？）が合うと、「ニィ……」と意味深な笑みを返してきた。

（な、何だ。怖いぞ）

その身体の大きさも相俟(あいま)って、露骨な敵意を向けてくるエドヴィンよりも迫力がある。

「…………」

「…………」

しばし、無言で見つめ合う形になってしまう。

何だろうか。開いているのかどうかも怪しく思える巨漢の双眸は、どこか興味深げに流護を注視している風でもあった。

ええーと、何すか。

そう問いかけてみようと思う流護だったが、どちらかといえば口下手で人見知り気味な性分。なかなか話しかけるタイミングが掴めない。

そうこうしているうちに、ゴーン……と重い鐘の音が響き渡った。

「あー、もう昼休み終わりかあ。いい感じで眠くなってきちゃった……」

ベルグレッテの太ももを枕にしたままのミアが、むにゃむにゃと目をこする。

「ちっ。めんどくせーがしゃーねえ。行こうぜ、ダイゴス」

二人の少年は校舎へと向かっていく。

ダイゴスと呼ばれた大男は結局、最後まで一言も喋ることはなかった。

（……でも、なんつーか……すっげー見られてたっていうか、値踏みされてた感じ……？）

去っていく大きな背中を眺め、漠然とそんなことを考えた。

「エドヴィンのことは気にしないでね、リューゴくん。あいつバカだから」

直球すぎるほど毒舌のミアだった。

「一緒にいたダイゴスはいい人なんだけどねー。みんなのパパさん、って感じで。エドヴィンはバカ。ただのバカ。もうほんとバカ」

ひどい言いようだった。ベルグレッテも苦笑している。

「エドヴィンも悪い人じゃないわよ。見た目から誤解されがちだけどね」

「そういう擁護が残酷なんですけどねー」

ミアも、エドヴィンのベルグレッテに対する気持ちに気付いているようだ。いやむしろ、あれだけ露骨で気付かない人間がいるのだろうか。流護はベルグレッテの顔をチラリと窺う。

「んっ？」

可愛らしく小首を傾げ、流護に視線を返してくる絶世の美人さん。

ああ。この人、気付いてねえ。

はは、と少年は苦笑いを残すのだった。


「ヒュー、すげえな坊主！」

作業場の責任者、ローマンの野太い声が狭苦しい一室に響く。幾重(いくえ)にも積んだ穀物の袋、これをまとめて持ち上げた流護に対しての賛辞だった。

「ここに置けばいいんですか？」

「おう、そこでいいぞ！　しっかしすげえ力だな、助かるぜ！」

言われた場所に、どっかと袋を積み上げた。重さにして三十キロもない程度のはずだが、やはりこの世界においては驚きに値することのようだった。

「よーし、今日はもういいぞ。初日のお勤め、ご苦労さん。これが今日の賃金だ」

「あ……どもっす」

手に渡された、数枚の硬貨。自分で労働したことによる、正当な報酬。

流護はじーんときたというか、味わったことのない不思議な気持ちを感じてしまった。

「お疲れでーっす。いやぁ、しかしあの空見てくださいよ。今日のは、特にすごい」

外から作業場に入ってきた労働者の若者が、肩を竦めて言う。

釣られるように窓の外へ目をやると、夕焼け空を埋め尽くすようなうろこ雲の群れが広がっていた。それはまるで、巨大な蛇腹にも見える。

「……」

なぜだろう。

流護は思わず、その空にぞくりとする不吉なものを感じてしまった。

「まァ、今年はファーヴナールの年だからな」

ローマンが、流護と同じように空を仰ぎながら呟いた。

「ファーヴナールの年？」

流護はおうむ返しに聞き返す。

「ああ。ファーヴナールってのは、伝説の邪竜とも呼ばれる怨魔でな。寿命は一説によりゃ、二千年とも言われてやがる。んで、六十年に一回だったか？　ファーヴナールの年って呼ばれる年があって、その一年は不吉なことが多く起こるとかって言い伝えがあんだ。空がしょっちゅう、あんな不気味な雲で覆われたりもしてな。で、今年がその一年に当たるってワケだ」

「でも実際、ブリジア周辺にドラウトローが出たらしいですよね。そんなの今まで、聞いたこともないですよ」

若い作業員が不安そうに言い添える。

「ま、どんな年だろうが、俺らにできるのァいつも通り働くことだけだってんだ。おし、今日は終いだ。みんなお疲れ！」

作業場を出た流護は、不気味な空模様の下を歩き、学生棟にある自室へと向かう。

「お疲れさま、リューゴ」

玄関近くの石壁に、ベルグレッテが寄りかかっていた。

「おう、ベル子こそお疲れ。どした？」

「夕ごはん、食べに行かない？　……と、ミアからのご要望が。どう？　私とあなたと、三人で」

「む。いいぞ。初の給料ももらったしな！」

「おおー。おめでとうございますっ」

パチパチと拍手をしてくれる少女騎士。二人で笑い合いながら、学生棟の扉を引き開ける。

その学生棟の三階。

廊下の窓から、エドヴィンがそんな二人を……否、有海流護を見下ろしていた。

二人は気付かない。

殺意に近いものが宿るその瞳に、流護は気付かない。

「……む」

異世界で朝を迎えるのも、すでに四度目となるか。

ようやくまともに眠った気がする、と流護は頭を振った。昨日の初仕事で疲れたせいもあるだろう。……とはいえ、やはり夢にミネットが出てきたような気がする。そう簡単には、忘れられそうにない。

（今頃、日本だとどうなってんだかな……）

そろそろ警察に捜索願いが出されたりしていないだろうか。とはいえ、帰る手段については見当もつかない状態が続いて――

「……あ、れ？」

そこで、流護はふと思い至った。

異常な世界に来てしまった。帰らなければ。

突き動かされるみたいにそう思っていたが、帰ったところで待っているのは平凡な日常。つまらない繰り返しの日々。勉強だってできない。空手は目標が持てない。将来やりたいことだって思いつかない。

確かに、突然いなくなったことで父親には迷惑をかけているだろう。母親は流護が幼い頃に交通事故で他界してしまっているので、すでにいない。友達だって少ない。『アンチェ』を一緒にやる相手がいなくてソロプレイし続けたうえ、結局クリアを挫折したぐらいだ。たまに彩花と一緒にやる程度だった。

（……っ、彩花）

その幼なじみの顔が思い浮かぶ。彼女は、心配しているだろうか。

一緒に夏祭りへ行けなかったことを、なぜか無性に歯がゆく感じた。

「くそ、なんだってんだ」

振り切るように立ち上がり、仕事へ向かう準備をすることにした。

時間は昼休み。中庭の適当なベンチで昼食にしようとしていると、

「おおぉー、リューゴくんいたー、ごはんにしよー！」

手をぶんぶんと振りながら、ミアが走り寄ってきた。

「え？　おう、いや、俺はいいけど……昨日はともかく、ミアはいいのか？　友達とメシ食わなくて」

「へ？　リューゴくんだって友達じゃん」

「──っ」

不覚にも、流護は言葉に詰まってしまった。

「んっ？　なになに？　んんんんーっ？」

思わず背けた顔を覗き込んできて、にまーっと笑うミア。

「ふひひひ。ちょっとあたしに惚れそうだった？　でもいけないのだわ。あたしにはベルちゃんというおかたが……」

そこで遮るように、聞き覚えのある声が投げかけられる。

「おい」

流護とミアが揃って顔を上げると、仁王立ちするパンチパーマの少年ことエドヴィンの姿があった。昨日の敵意丸出しな目つきではなく、どこか感情のない瞳で流護を見つめている。

「またエドヴィンだしー。なんなのー、もう」

「ミア公はすっこんでな」

「……っ」

ただごとでない雰囲気を感じ取ったのか、ミアも反論に詰まった。

「転入生。聞いたぜ？　お前、ドラウトロー倒したんだってな」

「へっ？」

驚いたのはミアだ。当の流護は顔を伏せたままで静かに尋ねた。

「……どこでその話を？」

「ロックウェーブのおっさんだよ。興味があるぜ。お前、記憶なくて神詠術使えねーんだろ？　そんなんで、ベルと一緒だったとはいえ、どうやってあんな怪物を倒したんだよ？」

「…………」

流護は無言でパンを咀嚼する。

いや、ロック博士。「目立たないようにしろ」とか自分で言っておいて、なんでバラしたんだ。やっぱおかしいよあの人。そんなことを思いながら、平静を装いつつパンを完食した。

「メシは終わったか？」

「……？　ああ」

なぜそんなことを訊いてくるのか、流護には分からなかった。

一方で返事を聞いたエドヴィンは、くるりと回れ右をして歩き出す。五メートルほども進んだところで、再び流護のほうを振り向いた。

そしてエドヴィンは懐から取り出した短剣をスッと抜き放ち、その切っ先を流護へと突きつける。

その行為を見て、

「っ、エドヴィン、あんたっ……！」

流護の聞く限りで初めて、ミアが緊迫した声を出した。

通りかかった他の生徒たちも、その光景を見てにわかにざわめいている。

「……？」

流護には意味が分からない。そこで彼が宣言した。

「アリウミリューゴ。このエドヴィン・ガウル、お前に決闘を申し込む」

周囲のざわめきが一層大きくなった。周囲の生徒たちが足を止め、人だかりすらでき始めている。

「け、決闘？」

さすがに流護はポカンとしてしまった。

「ちょ、ちょっとエドヴィン！　本気なの⁉」

「冗談に見えるか？」

上ずったミアの声にも、エドヴィンは顔色ひとつ変えず答えた。人相の悪い面構えをした少年だが、そこにふざけた気配は一切感じられない。

「受けねーならそれでもいいぜ。受けるなら、俺と同じように剣を掲げな」

「……俺に決闘なんぞを申し込む、その理由を聞きたい」

「ドラウトローを倒したお前の力に興味がある。本当のことを言えば、昨日はただお前が気に食わねーだけだった。けど、お前のことを調べようとロックウェーブのおっさんに話聞き行って……実際に話を聞いて、理由が変わった」

男の瞳には、真剣極まりない光が宿っていた。

「神詠術（オラクル）も使わずにドラウトローをやっただぁ？　ふざけんなよ、まるでおとぎ話の英雄じゃねーか。俺はな、ガキの頃はそらぁ『拳』に憧れたモンよ。拳だけで最強になれたら、どんなにカッケェか。でも現実は、必死に小難しい理論だの何だの勉強して、神詠術（オラクル）に頼るしかねえ。その神詠術（オラクル）だって、『ペンタ』の連中なんかにゃ一生かかっても届かねえ」

独白するように語っていたエドヴィンは少しだけ空を仰ぎ、すぐに流護へと視線を戻す。

「だから。本当にお前が術を使わずに強えなら、その力が見てえ」

「エドヴィン！　あんた、いい加減に――」

食ってかかろうとするミアを、隣の流護は手で制した。

「って、ちょ、リューゴくん？」

「分かった。その決闘、受ける」

周囲のざわめきが大きくなっていく。

「リ、リューゴくん！　本気なの⁉」

それこそ『ベルグレッテと一緒にいるのが気に食わない』などという理由なら、流護は受けるつもりなどなかった。

しかし今、エドヴィンが語った理由。それは、ベルグレッテの『誇り』に似ている気がしたのだ。

何よりこの男の真剣な目を見ていたら、受けねばならない気がした。いや、受けてみたくなった。

元々、こういう目をした相手との『ケンカ』は嫌いでないのだ。

「い、いや。エドヴィンはただのバカだけど、いくらなんでも神詠術（オラクル）が使えないリューゴくんじゃ……。あいつ、いちおう『狂犬』なんて呼ばれる使い手だよ？」

「大丈夫だ。サンキュな、ミア」

「感謝するぜ、アリウミリューゴ。受けんなら、剣……ナイフでもいい、掲げな。俺と同じように。それで決闘は成立だ」

「いや俺、剣とかナイフとか持ってねえんだけど」

「は、護身用の刃物すら持ってねーってのか？　たまんねーな……じゃあ、拳でいい」

「了解した」

ベンチから立ち上がった流護は、エドヴィンに向かってぐっと右拳を突き出す。

「決闘成立だな。おらミア公、離れろ。巻き込むぞ」

エドヴィンは短剣を懐に戻し、弛緩したようにだらりと両手を下げた。これがこの男の構えなのだろうか。流護は警戒を強める。

「うう、エドヴィンのくせにー。頭にくる……」

心配そうな顔で、ミアが流護のほうへ向き直った。

「リューゴくん、カタキはあたしが取るから。あのバカ、ボッコボコにしてやるから！」

「はは。んじゃ、俺が負けたらお願いする」

「まかせて！」と親指を立てたミアが離れる。

周囲には、決闘することになった両者を囲む形で人垣ができていた。えらく目立つことになってしまったが、もう仕方がない。

「決着は？　動けなくなった方が負け、とかでいいのか？」

今さらながらに、流護は手首足首を回しながら、エドヴィンにルールを確認する。

「ああ。負けを認めるか、倒れるか。成立した以上、横槍を入れてくるヤツはいねー。ブチのめされて大ケガこいても、そいつ自身の責任だぜ」

「了解した」

流護はどっしりと腰を落とした構えは取らず、ほぼノーガードで左右のステップを踏み始めた。身体の大きいほうでない流護は、フットワークを使った一撃離脱こそが本領なのだ。

「で、始めていいのか？」

油断なく、戦闘思考に切り替わった空手少年が問う。

「――いや」

むき出しの犬歯を覗かせる凶悪な笑みを浮かべ、『狂犬』が答える。

「もう始まってんぜェ！」

刹那、エドヴィンはバスケットボールほどもある火球を手のひらに生み出し、全力で投げつけた。

「！」

速い。これは避けられない。流護は瞬時にそう判断した。


爆炎が舞った。その場にいた全員へ容赦なく土煙が吹きかかり、直前まで流護とミアの座っていたベンチが、勢いに煽られて飛んでいく。

「おわぁあ！　あ、危ねぇ！」

「お、おい！　エドヴィンの奴、いきなりスキャッターボム撃ったぞ！」

「事前に詠唱してやがったんだ！　さすが『狂犬』だぜ、卑怯くせぇ！」

「け、煙でなにも見えないし！」

集まった見物人の面々からは、悲鳴に似た叫びが巻き起こっていた。

「エドヴィンっ！　あんた、始める前にもう詠唱し終わってたの……っ！」

顔の前にかざした手で土埃を防ぎながら、ミアがエドヴィンを睨みつける。

「はっ、卑怯だってか？　ヌリーこと言ってんじゃねーよ」

エドヴィンは流護がいたはずの場所を睨む。ごうごうと立ち込める煙のせいで、その姿は確認できない。遠巻きに離れた生徒たちの声が届く。

「げほげほ、どういうこと？」

「ほら、強力な術ほど詠唱に時間かかるでしょ？　エドヴィンのスキャッターボムは、アイツの切り札。本当なら、あの規模の技は詠唱に二十秒はかかるはず。なのにアイツは、決闘開始と同時に撃った」

「あ。始まる前に詠唱終わらせておいて、いつでも撃てるようにしてたのね」

「だいたい、決闘開始の合図だって怪しいもんだったし！　やっぱり、詠術士（メイジ）の面汚しよアイツ。信じらんない！」

どいつもこいつも甘っちょろい。ベルグレッテもこの場にいたなら似たようなことを言いそうだ、と『狂犬』は鼻で笑った。

街の裏通り、治安の悪い地区でケンカに明け暮れることもあるエドヴィンとしては、彼らのような温室育ちの考えなど持ち合わせてはいない。

「――ああ、そういうことか」

土煙の向こうから、落ち着き払ったその声が聞こえた。

それが合図だったように一陣の風が吹き、視界が晴れる。

「！」

エドヴィンは目を疑いそうになった。

「いいねえ。きたねえとは思わんぞ。いい先制攻撃だった」

そこには。傷ひとつない、不敵な笑みすら浮かべている、有海流護の姿。

「っとおー熱っち。いやまあ、びっくりしたけどな」

左の手首をプラプラと振り、何でもないことのように言う。スキャッターボムを受けた少年の感想は、それだけだった。

「びっくりした、だぁ……？　直撃すりゃ腕の一本や二本、吹っ飛んだっておかしくねーんだぜ……？」

思わず呆然とエドヴィンは呟く。

「吹っ飛ばすつもりだったのかよ。おっかねえな」

ゴキンと、流護は手首を鳴らしながら続ける。

「まあ『これは危ねえ、しかも避けられねえ』って思ったから、さすがに正面から防ぐ気にはならなかった。だから打ち払ったんだけどな。こう、ガンって」

流護は言いながら、左腕を横に倒す動作を見せる。そんな少年のすぐ脇に、剥き出しになって抉れた地面があった。半端な防御術であれば弾くことすら許さない奥の手を、本当に素手だけで弾いてしまったというのか。

離れた位置に立つミアも、何が起きたか分からないといった表情で、目を見開いて固まっている。

「そ、……ッんなんで防げるシロモンじゃねーってんだよ！」

叫んだエドヴィンを取り巻くように炎が渦巻き、空中にいくつもの火球が出現する。先ほどのスキャッターボムとは違い、今度は石ころ程度の小粒な火球。

しかしその数は、軽く三十を超えていた。

「ウオォラァッ！」

エドヴィンの腕を振る動作に応え、多勢の火球が一斉に流護へと殺到する。それはもはや散弾の雨霰（あめあられ）。次々と着弾した火球が、再び噴煙と見物人の悲鳴を巻き起こす。

この場の誰もが「終わった」と思ったことだろう。

しかしエドヴィンは見た。

火球が流護の下へ到達するより速く、彼の姿がかき消えたのを。

「――――」

かき消える？　そんなことがあるはずはない。消えたように見えたなら、それはつまり目に捉えられないほどの速度で移動したということだ。

「ッ」

エドヴィンは素直に認め、油断なく視線を奔（はし）らせる。

視界の隅に、黒い影を捉えた。間合いこそ縮まってはいないが、エドヴィンから見て右真横に、この相手は一瞬で移動していた。

流護が駆け抜けた大地――整えられていた中庭の芝生は、耕されたような穴が穿たれていた。まるで重武装の軍馬が走り去った跡。どんな脚力してたらこうなんだ、とエドヴィンは戦慄する。

「ふうっ」

その流護が短く息を吐く。

数十にも及ぶ、火球の連続弾。そんなものを全て回避するなど、降り注ぐ雨粒を躱すことにも等しい。いくら何でも不可能だろう。だから、走り抜けたのだ。ひとつひとつの攻撃を避けるのではなく、攻撃範囲そのものから離脱した。あの一瞬で。

エドヴィンはそう理解した。どちらにせよ、もはや人間技ではないことは確かだった。

「ッらァ！」

手に生み出した火球を投げつける。流護は首を振る動作だけでそれを躱した。

直後、大地を蹴りつけて、その相手はエドヴィンへと接近する。

「ふざけんなよ……ッ！」

生み出した火球をふたつ、投げつける。あっさりと回避しながら、流護はさらに距離を詰める。

この程度の技では、足止めにすらならない。しかしもう、大技を詠唱するような時間はない。

「俺だってよ……」

炎の少年は、泣き出しそうな顔で歯を食いしばった。敵が、すぐ目の前に迫る。

「俺だってよぉ……」

強くなりたかった。

『竜滅書記』のガイセリウスのように。おとぎ話のように。男に生まれた以上、誰だって一度は考えるはずだ。

神詠術（オラクル）などに頼らず、拳だけで闘ってみたかった。子供の頃から夢見ていた。

「おおぉぉおぉぉア！」

エドヴィンはさらに火球を生み出――すことはせず、右手を握り締め、その拳に炎を纏わせた。

「闘いてーんだよ！　テメェみてぇによォ！」

全力で流護を迎え撃つべく、炎に包まれた右拳を振りかぶる『狂犬』。

しかし繰り出した炎拳は空を焦がすのみに留まり、視界が縦に回転した。


見物人たちが沸いている。

「……？」

なぜ歓声が上がっているのか、エドヴィンには分からなかった。ついでに今、なぜ自分が空を見ているのかも分からなかった。

背中にあるのは、大地の感触。視界に広がるのは、雲ひとつない澄んだ青空。

「す、すっげえ、なんだよ今の！」

「拳で人間が縦に回転するなんて、初めて見たぞ……」

「い、いや。強化系の神詠術(オラクル)だろ？　いくらなんでもさ」

そういうことか、と。

ここでようやく、自分が倒されたことにエドヴィンは気付く。

「う、うーおおぉー！　リューゴくんすっげえええぇ！」

流護の下にミアが走り寄っていき、ピョンピョンと飛び跳ねた。

「エドヴィンだっけ。立てるか？」

そう言って見下ろしてくる勝者の顔には、傷ひとつついてない。

「……はっ」

身体は動かない。どうやって倒されたのかすら覚えていない。エドヴィン・ガウルのこれまでのケンカ人生において、こんな負け方は初めてだった。

「立てねーよ。バケモンか、てめーはよ……」

けれど、なぜだろう。

手も足も出ずに倒されたというのに、『狂犬』はその名前にそぐわないほど、ひどくすっきりとした気持ちを感じていた。

◇

「ちょ、ちょっと！　なんの騒ぎなの、これ！」

ベルグレッテは騒ぎの中心に見知った顔ぶれを見つけ、慌てて走り寄っていった。

「えっ？　これってまさか、決闘……？」

囲う人波の中、立っている流護と、倒れ伏しているエドヴィンの構図。そうとしか考えられない。

「あ、ベルちゃーん！　リューゴくん、すごいんだよ！　こう、すごいんだよ！」

興奮しきりに抱きついてくるミアの頭を押さえながら、ベルグレッテは当事者に視線を送る。

「い、いやその。えーと」

その決闘を制したらしき少年は、バツが悪そうに目を逸らしてしまった。

「なんでこんな、リューゴ……あなた、こんな……決闘を受けるなんて」

「いや、ベル。これはどーしても、って俺が頼んだんだよ」

答えたのは、未だ仰向けになったままのエドヴィンだった。

「や、まあ、しかけたのは間違いなくエドヴィンなんだろうけど……」

そこで、ゴーン……と昼休みの終わりを告げる鐘の音が鳴り渡る。

その余韻を合図に、人だかりも興奮覚めやらぬといった様子でそれぞれ散っていく。

大の字で横たわったままのエドヴィンに、ぬっと巨大な影が差した。見物人の中にいたのだろう。ダイゴスだった。

「おー肩貸してくれや、ダイゴス。立てやしねーぜ。ハハッ」

「…………」

そう笑うエドヴィンの顔は、今まで見たことがないほど晴れやかで。彼と一年以上も同じ教室で学んでいるはずのベルグレッテは、わずかに困惑した。

「気は済んだか。エドヴィン」

「う、うお喋った」

低く喋ったダイゴスに驚いたのか、流護が気圧されたようにのけ反る。一方のダイゴスはそんな流護に顔を向け、「ニィ……」と不敵な笑みを見せた。

「ダイゴス……まさかあなたまで、リューゴと闘いたい、なんて言わないでしょうね……」

ベルグレッテは腕組みをしつつ、疑わしげな視線を巨漢へと送る。

「フ……興味がないな」

その答えを聞き、ホッと安堵した。と思ったのも束の間、

「と、言うのは負け惜しみかの。正確には、勝てぬと分かっている相手と闘う気はない、といったところじゃな」

エドヴィンに肩を貸して歩き出しながら、ダイゴスは振り返らずにそう言った。

「あー。やっぱ、おめーでも無理？」

「無理じゃな」

「………………」

ベルグレッテは、そんな会話を交わしながら遠ざかっていく二人の後ろ姿を無言で見つめていた。

「ベルちゃん、どうかした？　ほら、リューゴくんも戻らないとじゃない？　お昼休み終わりだよー」

「そ、そうだな」

促された流護も、仕事場へ戻ろうと歩き出す。そんな彼の背中を見送りながら、ミアが興奮気味にまくし立てた。

「いーやー。すごかったんだよ、リューゴくんってば。かっこよかった！　いやいやまあ？　あたしのベルちゃんに対する気持ちは変わらないから安心して！」

抱きついてベルグレッテの胸に顔を埋めるミアだったが、ふと不思議そうに顔を起こす。

「……ベルちゃん？」

「………………」

ミアの声にも答えず、少女騎士は歩いていく流護の後ろ姿を見つめていた。


「は？　なんつったんすか？　今」

流護は思わず聞き返していた。

「え？　いや、だから……リーフィアちゃんの手作りケーキをくれるって、エドヴィンが言うもんだからさ。つい、魔が差しちゃって……ねえ？」

場所は、ロック博士の住まう研究棟。時分は夕方。ボサボサの白い頭を掻きながら、気まずそうにその部屋の住人が自供する。

「いや、そのリーフィアちゃんが誰だか知らんけど。つまり女生徒の手作りケーキだかと引き換えに、俺の情報を売ったんすね？」

その問いには答えず、博士は窓の向こうを見やる。どこか哀愁を漂わせた表情で、訥々と語り始めた。

「ボクにはね、娘がいるんだ。生きていれば今年で十四になる。ボクはあの子が生まれてすぐ、遠く離れたこの地に来てしまったからね。分かるかい？　同じ年齢のリーフィアちゃんに、娘の姿を重ねてしまうボクの気持ちが。分からないだろう？　ああ、リーフィアちゃんの、あの愛らしい顔……さらさらな髪……控えめな胸……娘も今頃、あんな風に育っているのかと思うと……」

おい。犯罪者がいるぞ。

流護は思わずゾゾ、と後ろに引いた。ベルグレッテの話によれば、女子生徒の大半がロック博士を苦手としているとのことだったが、その理由がよく分かった気がした。

「そもそも博士の娘さんとか……博士そっくりな顔に育ってたらどうす――」

「キミはアアァァ！　ここへ！　何しにきたのかねエエェッ！」

ぐるん！　と妖怪じみた動きで流護のほうへと振り返るロック博士。

「いやあ、今日の夕陽はきれいな赤だよねえ。キミも、人体改造であんな色になってみるかい？」

完全に目が据わっていた。

窓の外。遠い空に輝く夕陽こと昼神インベレヌスのせいで、後光が差しているようにすら見え、博士の不気味さが増している。

「いやだから……あれ、なんで俺が責められる流れ……？」

ロック博士がなぜエドヴィンに情報を漏らしたのか、その理由を聞きに来た流護だったが、何だかどうでもよくなってきてしまった。

意味深に「あまり目立たないようにしたほうがいいよ」などと言っておきながら、あっさりと博士自らがばらし、その理由が女生徒のケーキである。脱力してしまうのも無理はない。

「もういいや……帰るっす」

「んん？　そうかい？」

階段へ向かって歩き出した流護の足元に、どさっと紙の束が落ちてきた。通りかかった脇の机から落ちたようだ。

「おっと悪いね。拾ってくれるかな？」

「へいへい……」

流護は屈んで紙束を手に取る。

ふと、その一枚に記された内容が目に入った。何かの研究資料なのか、書いてあることの意味は分からない。分からないが、字を読むことはできた。文字の形こそ細かく異なる部分もあるが——これは、日本語だ。

この世界の文字を目にしたのはこれが初めてだったが、日本語としか思えない言葉を話している以上、使われている文字が日本語に酷似していてもおかしくはない……のだろうか。

「そういや博士。この世界の言葉って、何語っていうんですか？」

「イリスタニア語。よほどのことがない限り言葉が通じないなんてことはないから、安心していいよ。数年前に北西の山脈を越えてきた部族が全く新しい言語を話してた……なんてこともあったけど、まあボクらは気にしなくていいんじゃないかな」

「……例えば、なんですが」

流護は紙の束を机上に戻し、そのままトンと平面に手を置く。

「机、ですよね。コレは」

「そうだね」

「デスク、っていう場合は何語になるんですか？」

「それもイリスタニア語だよ。ま、一口にイリスタニア語といっても、遥か昔にどこかの国で使われてた言語なんかが色々と入り混じってるそうだけど」

「そうなんすか……」

広い宇宙だ。地球以外にも知的生命体が存在する確率というのは、実はかなり高いのではないかと流護は思っている。

しかし。地球の人類と同様の姿、文化、言葉を持つ別世界の人間が存在する確率。さらには、そんな存在に遭遇する確率。それは、どれほどのものだろう。

元の世界に戻れれば、このグリムクロウズという世界が存在するという事実は世紀の大発見となる。もっとも誰かにそんな話をしたところで、頭がおかしくなったと思われるのがオチに違いないが。

ふと。ベルグレッテを地球に連れて行ったら、どんな反応をするのだろう――などと、流護は少しだけ夢想した。

「ところで流護クン。身体の調子は大丈夫かい？」

「？　何の話ですか？」

「例えばここ数日、身体の調子が悪いとか……そういうことはないかい？」

「え？　いや、別に……」

調子が悪いどころか、弱い重力のせい（多分）でちょっとした『超人』扱いである。

「……？」

「そうか、ならいいんだ。変なことを訊いたね」

不思議に思いながらも、流護はロック博士の研究室を後にした。

建物を出ると、ベルグレッテがすぐ脇の城壁に背を預けて、夕暮れの空を見上げていた。

（う、お……）

その横顔はどこか寂しそうで、それでいてあまりに美しすぎて。完成されたひとつの『画（え）』を思わせるその光景に、流護はしばし呼吸すら忘れて魅入ってしまった。

「あ。お疲れさま、リューゴ。博士になにか用だったの？」

いきなり絵画の人物が動いたように思え、少年はドギマギしながらも受け答える。

「お、おう……いや、エドヴィンに俺のこと話した理由を聞きに来たんだけどさ」

「ああ、そうなんだ。それで、博士はなんて？」

「何とかって女子生徒のケーキがもらえるから、とか……」

「あ、あー。リーフィアね。は、ははは」

乾いた笑いを上げるベルグレッテだった。

「やべえよあの人……。犯罪一歩手前だろ、どう考えても……」

「ふふっ。夕ごはんにしましょ。ミアが待ちくたびれてるわよ」

二人で学生棟へ向けて歩き出す。そこへ、

「よう」

静かな声をかけながらやってきたのは、エドヴィンだった。

「エドヴィン……まさかあなた、また」

「ち、違ぇよ。そこの転入生……じゃねー、アリウミリューゴにちっと話があってよ……」

「アリウミかリューゴかにしてくれ」

「どっちが名前なんだ……？　まァいいや。じゃ、じゃあアリウミ」

なぜか少し恥ずかしそうに頬を染めながら、エドヴィンが目を逸らして言う。

「俺ぁよ、何を喰らって倒されたんだ？　みっともねーが、記憶が飛んじまってんだよ。気がついたらブッ倒れてて、むしろスカッとしちまったぐれーだったけどよ。そこだけモヤモヤしてんだ。自分がどうやってやられたのかぐれー、せめて知っておきたくてよ」

その言葉を聞き、流護は自分が出場した春の空手の大会を思い出した。

気がついたら負けていた。あの悔しさは、今でもはっきりと覚えている。

「右のパンチ。大技は詠唱に時間がかかる、とか周りに集まった人が言ってたからさ。あんたが単発の火の球で牽制してきた時点で、次の大技の詠唱ができてないって判断して、一気に突っ込ませてもらった」

「へっ、あれだけでよくもそこまで……。まァ大技もクソも、スキャッターボム弾くようなヤツ相手じゃ、もうどうしよーもなかったけどよ？」

そういうエドヴィンは晴れやかな笑顔だった。そのまま二人に背を向け、歩き出す。

「ま、それが聞きたかったんだ。じゃーな。次は、一発ぐれー当てるぜ？」

「ああ。次があったらな」

炎の男は振り返らず、ただ右の拳を空へ向かって突き上げた。

「………………」

そうして去っていく級友の後ろ姿を、ベルグレッテが無言でじっと見送る。

「どしたベル子？」

「う、うん。昼間もそうだったんだけど……エドヴィンのあんな笑顔、今まで見たことなかったから」

「あれか！　男はコブシで分かり合うってやつかあ！」

いきなり横から割って入ってきたのはミアだった。

「たしかに、エドヴィンがあんなふうに笑うのって初めて見たかも。まあどうでもいいけど！　さ、ごはんごはん。ごはんにしよー！」

「何でそんなテンション高いんだミア……」

元気娘ミアは両手で流護とベルグレッテの腕をそれぞれ取り、ぐいぐいと二人を学生棟に引っ張り込んでいくのだった。


「リューゴくーん！　お昼ごはんの時間ですぞー！」

翌日の昼休み。またもベンチでパンを食べようとする流護のところへ、だーっとミアが駆け寄ってきた。相変わらずの見ているほうが疲れそうな元気っぷりに、少年は苦笑いする。

「い、いや気持ちは嬉しいんだけどさ。他の友達はいいのか？」

「うーん。クレアちゃんは学院来てない時期だし、レノーレは気付いたらいないし、アルヴェは風邪で休みだし、ベルちゃんは今日なんか様子おかしいし……。ん？　リューゴくん、もしかしてあたしが来ると迷惑だった？」

「い、いやいや、全然そんなこたないんだけどさ」

今まで、彩花以外の女子と一緒に食事をした経験などなかった流護としては、まだ恥ずかしさが拭えないのだった。三人ならともかく、二人っきりとなると余計に。

「そういや、ベル子とはいつも一緒にメシ食ってる訳じゃないのか？　昨日は決闘であれだったけど、アイツが来たのは昼休みの終わり際だったし」

「ううん、わりと一緒だよ。そりゃもう愛し合ってますから！　まあベルちゃんは学級長（クラスリーダー）だから、忙しくて一緒に食べられないことも多いんだよね。……でも今日は、そんなに忙しいわけじゃないと思うんだけど……」

珍しくミアが言葉を濁す。

「なんか今日のベルちゃん、様子がおかしいんだよなー。ぼーっとしてるっていうか」

「様子がおかしい？」

「うん。まあベルちゃんも女の子だから、そういう日もあるのは当然なんだけどもー。……いやでもベルちゃんの『女の子の日』って、まだのはずなんだよなぁ……」

もぐもぐと両手でパンを食べながら、とんでもないことを言い出す。

いや何でミアがそれを把握してんだよ、と思ってもさすがに声には出せない少年だった。聞かなかったことにしよう、と心に決める。

「そ、そういやさ。ミアってどんな神詠術（オラクル）使うんだ？」

妙な話題になってしまう前に、流護は慌てて話をはぐらかす。この辺りは思春期の本領発揮である。

「……もぐもぐ……んくっ」

しかしミアは流護の問いに答えず、食べ終わったパンの袋を片付け始めた。

え？　まさかのスルー？　と不安になり出した辺りで、後始末を終えた彼女はゆっくりと流護のほうへ向き直る。そしてその小さな両手で、包み込むように右手を握ってきた。

「はー。リューゴくんの手、すっごいゴツゴツしてる」

「は、はっ？　い、いや何してんだミア……っ⁉」

当然というべきか流護は動揺する。一方のミアは手を握ったまま、無言で見つめてくる。

元気娘というか暴走する小動物というか、そんな印象の強い少女だったが、改めて見るとかなり可愛い。ぱっちりとした二重まぶたが印象的で、日本人に近いハーフのような顔立ちだ、と流護は息を飲む。

「なんだと思う？　あたしの神詠術（オラクル）」

「へ？　い、いや。ていうかなんで手を」

「ネェ。ナンダト思ゥ？　アタシノ、神詠術（オラクル）」

ぞくり、と。

流護の背筋が凍った。

今までに聞いたことのない、静かな声。今までに見たことのない、冷酷な瞳。

あまりにも唐突な彼女の豹変に、流護の口からはしわがれた声が漏れる。

「ミ、ア……？」

「あたしの神詠術（オラクル）はね、雷属性。ねぇリューゴくん。この状態からだと、どっちが速いのかなぁ……？」

幼いながらも妖艶な色気すら漂わせる声と、感情というものが全く感じられない瞳に、流護はただ戦慄する。

小さな少女に握られた、右の拳。流護の腕力ならば瞬時に振りほどくことは容易だろう。しかし、『雷』だという彼女の力。例えば稲妻の速度は、秒速百五十キロに及ぶとも言われている。流護が少しでも動く素振りを見せれば、彼女は瞬時に――

「なぁーんちゃってー！」

と、ミアが満面の笑みを浮かべた。

「……はっ？」

「ね、びっくりした？　びっくりしたろー！」

ぱっと流護の拳から手を放す。

「ふひひひ。そんなわけであたしのは雷だよー。こう見えても、エドヴィンのバカなんかよりはずっと優秀な詠術士(メイジ)なんだぞ」

少女は偉そうに腕組みをして、ふんっと鼻息を漏らした。

「っていってもなー。リューゴくん、スキャッターボムを素手で吹っ飛ばしちゃうぐらいだもんね。あればっかりは、エドヴィンの技でもスゴイほうだし……。となると、あたしが電撃とか流しても効かなそう」

「は、はあ」

「えっと大丈夫？　おどかしすぎた？　まいったな。あたし、演技で食べていけるのかも」

「い、いけると思うぞ、うん、まじで」

ようやく、瞬間的に凍りついていた流護の思考が解凍されていく。

「んふふ、そっかそっか。演技もいけるし、神詠術(オラクル)もいけるし、かわいいし、将来安泰すぎるなーあたしってば」

「かわ、いい……？」

「なにっ、そこに異論があるのっ。むー。やっぱリューゴくんって、ベルちゃんが好みなの？

――ヤッパリ、ココデ消シテオコゥカナ……？」

　またも後半部分の声音を変えて、冷たい瞳を向けてくる。

「や、やめれ」

「ぷっ、ははははっ。あんなに強いのに面白いなー。まあ、あたしじゃリューゴくんをどうにかするなんて無理だから安心して。エドヴィンだったら百回勝負しても負けないけど。『ミア公やらせろ！』なんて襲いかかってきても、ヨユーで撃退しちゃうよー。でもリューゴくん相手だと、たぶん無理だから……そのときは、責任取ってね……？」

　なぜか恥ずかしそうな上目遣いで見つめてくる。

「い、いやなんの話だよ。ってか、ミアってそんな優秀な詠術士（メイジ）なのか？　……って訊くと、優秀って答えるんだろうな」

「ぬえーい、先回りしおってー。こう見えても、春の順位公表では三十七位だったんだから！　この学院で、三十七番目に優秀な詠術士（メイジ）ってこと。どうだ！」

「すまん。ピンとこない」

「なんでじゃあ！　学院の総生徒数、三百八名。その中で三十七位。いや、自惚れるには早いし、まだまだがんばるけどね！」

　つまり学校の成績が三百八人中、三十七位ということか。そう考えると、成績など半分より下で安定していた流護にしてみれば、すごいことだと理解できた。

「うーん、実はすげえんだなミア！　いやー俺、てっきりミアってバ……」

「……バ？」

「なんでもありません」

「…………」

「ミアさん、今日の晩ごはんどうしますか？　何かおごらせてくれませんか？」

流護はダメな男であった。

「いっ、いやでも、マジで。三百八人中、三十七位ってすげえと思うよ、ほんと」

「ま、まあ？　ずっと二百五十位以下のエドヴィンなんかに比べれば？　全然いいんだけど？　まあ、うん」

いざ素直に褒められると、少し赤面して目を逸らす少女だった。

「エドヴィンなんて、炎属性なのにローソクに火がつけられないんだよー。授業でいきなり全部溶かしちゃって、『俺ぁ実戦派なんだよ。チマチマしたのは性に合わねー』とか言って先生に怒られてるし。アホかってのー、もう。まあ実際、模擬戦闘の成績はいいんだけどね、アイツってば。それ以外がだめだめだから」

「ははは。なんかイメージ通りだなそれ……あれ？　生徒の総数が三百八？　学院って四年制だよな？　学年ごとに分かれてないのか？　そういう順位とか」

「ん。神詠術（オラクル）の学院っていうのは普通の学校とは違って、新入生も四年生もみんな一括で順位を出すんだよー。定期的に」

「へえ。四年になって、新入生にいきなり順位負けたりしたらヘコみそうだけどな」

「うん、そういうのは普通にあるよ。……へっ、所詮は才能がモノを言う世界なのさ……」

ミアが三十七位。エドヴィンが二百五十位……以下。

となれば、やはり流護としても気になるのは——

「そいやさ。ベル子って何位ぐらいなんだ？　なんか一位っぽいイメージだけど」

瞬間。ミアの表情から、色が消えた気がした。

「まったくもう、リューゴくんってば。二人っきりでいるときに他の子の名前出すとか、いけないんだからねー？　……ベルちゃんは、六位だよ」

六位。

少し、意外だった。一桁台なのだから、すごいことに違いはないのだろう。が、手際よく物事を処理したり、教師の代わりを務めたり、おっぱいが大きかったりと、およそ欠点らしきものが見当たらなかったので、トップという印象を勝手に抱いていたのだ。

「ベル子の上に五人もいるのか。想像つかねえな……」

「ううん。ベルちゃんが一位だよ」

「？」

一瞬、流護はミアがおかしくなったのかと思った。

「実質、ベルちゃんが一位。……あたしは、『ペンタ』なんて認めない。リーフちゃん以外は」

「……『ペンタ』？」

何度か聞き覚えのある単語だった。

「さっき言ったとおりだよ。才能がものを言う世界なの。世の中には『ペンタ』って呼ばれる天才さまがいてね。あたしたちの努力なんて関係なしに、ただ『ペンタ』ってだけで問答無用で上位に位置づけされるお人がいるの。この学院にも五人いるから、ベルちゃんは自然と六位にされちゃうの」

この少女らしくない、心底忌々しく吐き捨てるような口調だった。

「天才、か……」

「あんなに努力してるベルちゃんが認められないなんて、おかしいもん……」

ミアはその『ペンタ』を好ましく思っていないようだ。が、それも当然か。どれだけ努力をしても問答無用で『ペンタ』とやらの下にランクされてしまうのなら、馬鹿らしくて投げ出すと流護でも思う。

（そうだ。そういや初めてここに来た夜、ロック博士が何か言ってたっけか）

ベルグレッテは上から六番目の詠術士（メイジ）で、上位五人は訳ありだとか何とか。あれがまさに、その『ペンタ』のことだったのだろう。

「まあ、あの人たちは基本的には学院に来ないし、あんまり関係ないんだよね。だからあたしのベルちゃんが一位です。六位だけど一位です。異論は認めません！」

そんな会話をしている二人のところへ、一人の少女がしずしずとした足取りで近づいてきた。

肩まで伸ばしたさらさらの金髪が美しい、メガネの女子生徒。大人しそうで整った顔をしているが、無表情。静かに咲く花みたいな印象だ。

（ん、あれ？　この女子、見覚えがあるな）

考えかけて、すぐに思い当たった。ベルグレッテの学級へ行ったとき、流護には見向きもせずひたすらノートを取っていた少女。可愛い子はよく覚えているのだ。年頃の少年とはそんなものである。

「あっ、レノーレだ。どしたの？」

レノーレと呼ばれた金髪メガネの少女は、やはり無表情のまま、イメージ通りの静かな声でミアに問いかけた。

「……午後の予習、終わった？　……今日、ミアが指名される番」

「え？　あ、あああぁぁぁああぁ！　忘れてたぁ！　なんだっけ？　内容！」

「……ファーヴナールについて」

「ファーヴナールってなんだっけ！　いやさすがに知ってるけど、なんだっけ！」

やたらと取り乱すミアとは対照的、実に落ち着き払っているレノーレが小さく息を吸い込んだ。

「……ファーヴナールとは、カテゴリーSに区分けされる怨魔。古いおとぎ話や詩などに伝説の邪竜として謳（うた）われており、その実在は五百年前に確認された。が、実際の目撃報告は皆無に等しい。寿命は二千年とも云われ、餌を求め一定周期で世界中をさまよっていると考えられている。硬質な鱗に覆われた皮膚と、鋭利な爪を伴う強靭な四肢、広範囲を移動するための巨大な翼、岩盤をも噛み砕く太い牙を持つ。六十年に一度、ファーヴナールの年と呼ばれる厄年があり、不吉なことが多く起こるとされている。尚、今年がその年に相当するが、全ての民衆は風評に惑わされず行動すること。……覚えた？」

「覚えられるかああああぁー！」

ガターン！　とミアが立ち上がる。コントみたいだな、と流護は何だか微笑ましい気持ちになった。

「……じゃあ、昼休みのうちに覚えないと」

「そ、そだね。よけいな補習受けたくないし！」

ミアは流護のほうへ顔を向け、

「ごめんリューゴくん、あたし行くね！　また放課後に！」

「お、おう。勉強がんばってな」

「おうよー！　いこ、レノーレ！　さっきのもっかい教えて！」

元気に走っていく元気娘。一方のレノーレは静かに歩いてミアの後をついていく。

「はは。勉強、か。したくねーしたくねーって思ってたけど、俺はどうすんだかな……。こんな世界に来ちまって」

やや自嘲気味に、日本の男子高校生は独りごちた。何気ない日常こそが幸せ……とは、どこで聞いた言葉だったか。

「……あ。そういやベル子、来なかったな。様子が変だとかミアが言ってたけど……」

そんな呟きとほぼ同時に、昼休みの終わりを告げる鐘の音が鳴り響いた。

◇

「うーし、今日もお疲れさん！」

空も赤み始めた夕方。いつものように仕事を終え、ローマンから日当を受け取る。

「次は三日後だな。またヨロシクな！」

「え？　三日後？」

「おお、そうか。記憶がねえんだから知らねえわな、リューゴは。明日はイシュ・マーニの安息日、明後日はインベレヌスの安息日。学院も休みになるぞ。翌、黒の曜日からまたお仕事、ってなワケだな。ってことで二日間、ゆっくり休んでくれやな！」

「あ、そう……なんすか。分かりました。お疲れでした！」

流護にしてみれば、突然降って湧いたような休日だった。とはいえ、休めるのであればありがたい。

何をして過ごそうか。でも漫画もゲームもないんだよな、などと考えながら作業場を出ると、周囲の景色が赤一色に染め上げられていた。空を仰げば、先日のようなうろこ雲に覆われた、どこか薄気味悪い夕焼け空。

「ファーヴナールの年、か。いやな空ね。インベレヌスの領域を、ファーヴナールが侵食しているみたい」

どこか詩的に言ってやってきたのは、ベルグレッテだった。

そういえば今日、ベル子に会うのはこれが初めてだな……なんてことを流護は思う。

「今日もお疲れさま、リューゴ」

「おう、ベル子こそお疲れ。しっかしファーヴナールの年？　だっけ。雲やら夕陽やらがすっげえことになってるよな」

ぼこぼこに広がるうろこ雲、それらに覆い隠されて歪んで見える太陽。

「ゆうひ？」

「あ、そっか。『夕陽』は俺らの世界の言葉になるん――っ、？」

現代日本からやってきた少年は、そこで何か引っ掛かりを感じた。

「そうなんだ。……んっ？　どうかしたの、リューゴ。立ち話もなんだし、行きましょ」

「お、おう」

促されるまま、二人は並んで歩き出す。

（そ、そうだ。それより……）

ミアによれば、今日はベルグレッテの様子がおかしいとのことだった。ちらりとその横顔を窺ってみる。

「ん？」

彼女はあっさりと視線に気付いて、横目を向けてくる。そんな表情もまた、恐ろしく美しい。

「あ、ああいやなんでも」

「リューゴも明日、明後日はお休みよね。どうするの？」

「どうするってもなー。どうすっかな。ベル子は？」

「うーん……。休日になると、実家へ戻る人も多いんだけど……。私は今回、どうしようかな……」

手を後ろに組んで空を眺めながら、少女は独りごちるように言う。

何だろうか。様子がおかしいというより、元気がないように思えた。

「なあベル子。何かあったのか？」

率直に訊いてみた。回りくどいのは流護の性に合わないのだ。

「ん？　別に、なにもないけど……」

「ミアが心配してたぞ。ベルちゃんの様子がおかしいー、って」

「は、はは……そっか。あの子、ほんっと鋭いなあ……」

観念したように、少女騎士は弱気な笑みを見せる。

「ね、リューゴ。こないだのあれ、まだ有効かな？」

優雅な動作で、くるりと流護のほうへ向き直るベルグレッテ。そのまま、自然と二人の足が止まった。

「こないだのアレ……？」

「えーと……リューゴがここに来た次の日の朝、言ってくれたこと。『ベル子、なんでも言ってくれ。お前のためなら、なんでもする』、だったかしら？」

どくん、と。

流護は、自分の心臓が跳ね上がったのを自覚した。

つい勢いで言ってしまったセリフ。それをベルグレッテがはっきり覚えていて、恥ずかしそうな表情で口にしている。

「えええーとそうだな、まあ。ベル子にはすげえ世話になってるし……うん。な、何でもするぞ」

「わかった。じゃあ、ひとつだけお願い。すっごく、自分勝手なお願いするね」

そう言いながら、少女はそのまま三、四歩とスキップするような足取りで先を歩く。

そしてくるりと振り向き、何かを覚悟したように。ベルグレッテは、凛とした瞳を流護へと向けた。

当の流護は、思わずごくりと唾を飲み込む。

ベルグレッテは懐から短剣を取り出した。


「リューゴ。あなたに、決闘を申し込む」


短い刃、その切っ先を流護へと突きつけ、毅然とした声で少女騎士が告げる。

「……え？　は？」

流護はつい、間の抜けた声を出してしまっていた。

無理もない。女の子が「じゃあひとつだけお願いしちゃおうかな」などと言ってきて、まさか「決闘を申し込む」などと続くとは思うまい。

「リューゴに、『自分はこの世界の人間じゃないから、気にするな』って言われて。頭では、納得してたつもりだった。でも、あなたと決闘したエドヴィンを見て……負けたのにあんな笑顔のエドヴィン、見たことなくて」

ベルグレッテは少し、悲しそうな笑顔を見せて。

「あのダイゴスも、その決闘を見ただけで……あなたには敵わない、ってすんなりと認めていて」

胸を苦しげに押さえた少女から、かすかに震えた言葉が零れ落ちる。

「私って、ダメな女だなぁ……。騎士の家に生まれたから、誇りばっかり一丁前で。私、くやしい。

リューゴの強さが、妬ましい。でもエドヴィンみたいに、リューゴと闘ったら……全力で闘ったら、悔いも残さずに笑えるのかなって。自分の中に渦巻いてる、あなたに対するよく分からない気持ちとかが、理解できるのかなって」

授かった名は、ベルグレッテ・フィズ・ガーティルード。

生まれは、ロイヤルガード候補の家系として選出されている貴族の名家。優しい父と母、今は亡き兄、そして自分を慕ってくれる妹。

幼少の頃より剣を磨き、神詠術(オラクル)を学び、弛まぬ努力を重ねてきた。両親の期待に応えられるよう。かつての兄のような騎士を目指して。妹の模範となるために。

しかしそれは、そうでもしなければ『強さ』を手に入れられないという事実の裏返しでもある。

そこへ現れた、『異世界の少年』。その拳で敵を打ち砕く存在。子供の頃ならば、きっと憧れた。伝説の勇者様だと。

しかし成長し、現実を知った少女には遅すぎた。努力して身につけた力を易々と凌駕する都合のいい『勇者様』など、今さら認める訳にはいかなかった。

それでいて彼は、決しておとぎ話に謳われるような、完全無欠の存在ではなかった。

ある少女の命を奪った怪異に激昂、涙して。この世界での出来事に戸惑って、ときには感心して、笑って。そして、自分や他の少女たちに、少しだけいやらしい目を向けるようなこともあったりして。

彼は、『勇者様』と呼ぶにはあまりに普通の少年だった。だから余計に、よく分からなくなってしまった。

自分の中に渦巻く、明らかな嫉妬。それと、よく分からない複雑な思い。

だからベルグレッテは、考えるのだ。

「あなたなら、そういうごちゃごちゃしたもの全部、吹き飛ばしてくれるのかなって」


「だめ、かな……？」

決闘を申し込んでいるとは思えないほど弱気な、泣き笑いのような表情で、小首を傾げる少女騎士。

おそらくは、彼女のことだ。断れば、大人しく剣を収めるだろう。

しかし流護は、無言で右の拳を突き出した。それは、了承の合図。

「……何でもするって言ったろ？」

驚いたような顔を見せるベルグレッテに、
しっかりと、宣言した少年は答える。

「うんっ」

直視できないほど愛らしい笑顔だった。流護は思わず目を逸らす。

（いや、これから闘うんだよなこれ。デートするの間違いじゃないよな）

随分と格好つけて拳を突き出してはみたが、本当にこれから——

「おっふたーりさんっ！　ミアも仲間に入れて……ぇ、ええぇぇええ!?　なにっ、なにしてんだよおぉぉおおっ!?」

スキップしながら寄ってきたミアが、右腕を掲げ合う二人を、決闘の合図を見て、力の限り叫んでいた。

「え、ちょっ、なに!?　ほんとどうしたの？　痴情のもつれ？」

おろおろと交互に二人の顔を見る。

「え、えーとだな……」

流護もどう説明しようか迷ってしまう。……と、ミアの絶叫に釣られたのか、次第に人が集まってきた。

「なんの騒ぎ？　ってあれ、ベル？」

「まさか決闘？　な、なんで？」

「ど、どういう状況だ？　あいつ、エドヴィンとやったヤツだよな？」

見知らぬ生徒らに加えて、

「あんの騒ぎだよこりゃ……ってベルとアリウミ？　な、何してんだよオイ」

「……決闘？」

「ほう」

果てはエドヴィンやレノーレ、ダイゴス、他の級友たちも続々と集まってくる。

「え、えっとベル子。やるの？」

「うんと、お、お願いします」

「そ、そうか」

「じゃ……じゃあ、いくね」

「お、おう」

短剣を鞘に収め、くるりと回して左手に持つベルグレッテ。次いで、水の剣を右手に召喚する。

それだけで、生徒たちから歓声が上がった。

「ベルグレッテ・フィズ・ガーティルード！　推して参ります！」

凛と響く宣言。周囲の喝采（かっさい）が熱狂へと変わる。

「うおおおぉ！　ベルちゃあぁぁん！　結婚しよう！」

おいミア。ついさっきまで動揺してたのに真っ先にノッてんのかよ。

流護は思わず、心の中でツッコミを入れてしまった。

それにしても、凄まじいまでの歓声。それだけ、この少女騎士が皆に慕われているのだと分かる。

完全に敵地（アウェイ）、しかも相手が何の恨みもないどころか世話になっているベルグレッテとあって、流護としてはこの上なくやりづらい状況だ。

「はっ！」

水流がベルグレッテを取り巻く。と同時に、その中からいくつかの水弾が発射される。流護は地を這うような低い体勢を取り、飛礫を潜り抜けながら一気に突っ込んだ。瞬く間に距離を縮め、ベルグレッテの目前へと到達する。

「！」

しかし、そこで驚いたのは流護だった。

その初動を読んでいたようにベルグレッテは自ら踏み込み、水の白刃を振り下ろす。

袈裟懸(けさが)けとなる一撃を、流護は上半身のみ反らすスウェーで躱し、その隙を突——けなかった。

ベルグレッテが左手に携えた、鞘へ収めたままの短剣。これが、フォローする形で真横の軌道を描く。さらにその隙を埋めるように、翻した右の水剣が宙を薙ぐ。

二刀流。

これがベルグレッテの本領なのだと、流護は理解する。

煌(きらめ)く水を纏い、次々に繰り出される双(ふた)つの剣閃。それはまるで舞踏だった。

「あぁ！　ベルちゃんかっこいい……抱いて……ってエドヴィンも見とれてんの？　このスケベ」

しかしそんなミアの罵倒(ばとう)に反応することなく、エドヴィンは呆然と呟く。

「……ベルがすげぇのは言うまでもねぇ。けどよ」

空を切る双刃の音が、絶え間なく響く。

そう。空を切る音が。

「なんッで当たらねーんだよ、アリウミ……ッ！」

小型の竜巻と形容して問題ないその連撃を、流護は紙一重で躱していく。躱しながら少しずつ、確実に間合いを詰めていく。

「届くぞ」

ダイゴスが低く呻いた。エドヴィンとミアが、同時に息を飲む。

剣撃の嵐を潜り抜け、流護は拳が届く間合いに到達しようとしていた。

ざんっ、と。流護が深く、大きく踏み込む。

手を伸ばせば届く間合い。

全ての連撃を躱し切った流護は、完全に『台風の目』へと入り込んだ。

刹那。

「水よ！　我に力を！」

ベルグレッテの声に応え、爆音のような水音を纏い、それが現界する。

「……！」

流護の真横に、その身長よりも大きい水流が現れていた。

それはまるで。獲物を呑み込まんとする、巨大な水の大蛇。

ここで流護は初めて気がついた。自分が、『詠唱』というものを勘違いしていたことに。

強力な神詠術（オラクル）ほど長い詠唱が必要となることは、エドヴィンとの闘いで聞いていた。そして、詠唱している間は無防備になるのだと思っていた。

事実、エドヴィンは隙を作らないよう決闘開始前にスキャッターボムの詠唱を終えていたし、間合いを詰められそうになったときには火球で牽制もした。

だからこそ流護はベルグレッテに詠唱の隙を与えないよう、一気に接近した。

接近されてしまったベルグレッテは止むを得ず、せめて流護の間合いに入らないよう応戦してい

るかに見えた。

しかし、違う。

流護が踏み込んできた瞬間に、この技を見舞うため。

あれだけの連撃を仕掛けると同時に、裏で詠唱を遂行していたのだ。

水が、爆ぜた。

銀色に煌く水の双牙が、横合いから流護へと喰らいつく。

もはや水によるものとは思えない、爆撃じみた轟音が鳴り響いた。

「出たぁ！　ベルちゃんのアクアストームだぁぁ！」

熱狂も最高潮に達したミアが飛び跳ねる。

「ベルのヤツ、あれだけの攻撃しながら詠唱してたってのかよ……。いつの間にそんな高等技術を」

半笑いのエドヴィンに、「ベルは努力家じゃしの」とダイゴスが返す。

まさかの大逆転劇。完全決着だった。

それで、流護が倒れていれば。

ベルグレッテ渾身の一撃を、空手家は全力で踏ん張り、左腕一本で防ぎ切っていた。獲物を噛み砕けなかった水蛇は、無数の雫(しずく)となって周囲に降り注ぐ。

それは局地的な、激しいにわか雨。ずぶ濡れになった少年は、目の前の美麗な詠術士(メイジ)に微笑みかける。

「ツッ、こりゃすっげえなオイ。効いたぜ……！」

彼女も優しく、微笑み返す。

「だから。効いた、程度で済まされちゃ、自信なくしちゃうんだってば——」

優しく、ダンスへ誘うように。流護はベルグレッテの手を取り、軽くその足を払う。

華奢な見た目に違わず、少女の身体は軽かった。

ぐるりと空中を一回転した彼女は、そのまま優しく大地に横たえられる。

「決着、でいいか？」

「まだ負けてない……って言ったら、どうするの？」

「んじゃ、これでトドメな」

こつん、と流護はベルグレッテの額を指で軽く弾く。デコピンだった。

「お、おお、お……」

聞こえてきた震え声に顔を向けると、ミアがわなわなしていた。

「ベルちゃんのアクアストームはなー、完全武装したデブだって吹っ飛ばすんだぞー！　このおー！」

自分のことのように悔しかったらしく、半泣きで流護を指差してくる。

「いや何だよ、完全武装したデブって……。ベル子、ほれ」

苦笑しつつ、横たわるベルグレッテに手を差し伸べた。

「うん」

しかし返事をしながらも、彼女は倒れたまま動こうとしない。

「はぁ……やっぱり、負けちゃったな」

紅に染まる空を見つめながら、誇り高きベルグレッテは呟く。負けを受け入れた騎士は、どのような心境なのだろうか。

「……」

小さな吐息のようなものが、流護の耳へ届いた。

「お、おいベル子。大丈夫か？　どっか痛めたのか？」

「……っ」

彼女は答えない。その代わり、とでもいうように。その美しい薄氷色(アイスブルー)の瞳から、大粒の涙が溢れ出す。

「ぁう……くやしいよぉ……ばかぁ……」

子供のように純粋な。どうにかなってしまいそうほど、愛らしい泣き顔で。

「え、えー？　いやベル子、その」

ずきりと、流護の胸の奥で良心が痛んでしまう。

「アアアァアリウミリュウウウゥゥゴオオォォ！」

瞬間、エドヴィンが吼えた。その身体が、猛り狂う炎に包まれる。

「リューゴくんサイテー！　ベルちゃん泣かすとかなにしてんじゃああらっしゃあああぁぁぁぁぁ！」

バチッ、とミアの周囲に火花が散る。

「おい、あいつ……ベルを泣かしやがったぞ」

「野郎……」

「女の敵っ……」

ギャラリーもざわざわと色めき立つ。生徒たちから、水、風、雷……様々な属性の気配が立ち上る。

「え？　いや、ちょっと待ってくれ」

流護が一歩、後ずさる。

それが合図だった。

「死んで詫びろやあああぁテメェエエエェエエエェェッ！」

「ベルちゃんのカタキいいいぃいぃ！」

「仕留めろーッ！」

「炎、水、雷、風！　属性で四方から囲めッ！」

「我が力、レインディール王国のために！」

「おい、ちょっとケツ出せよ」

「生かして帰すな！　まず門を封鎖しろ！　増援を呼べエエェエエェッ！」

それまでの観戦者たちが、一丸となって流護に襲いかかってきた。

「ちょっとまてえええええぇえぇええぇ」

一応の勝者たる少年は、迷わず逃げ出した。

流護を追いかけて走っていくクラスメイトたち。

「もう、みんな、なにして……っ、ぁう、なんで泣くかな、私……恥ずかしぃ……」

倒れたまま腕で顔を覆い、鼻をすするベルグレッテ。

「……ベル、元気出して」

抹殺に参加せず、無表情のままベルグレッテに声をかけるレノーレ。

「ん、だいじょうぶ……ありがと……」

離れた位置でそんな皆の様子を見守るダイゴスは、まるで子供の成長を喜ぶパパさんのように、腕組みをしながら頷いているのだった。

◇

「それでベル、大丈夫？　ケガはなかったの？」

「ん。問題ないわ、ありがと。だから、みんなにも伝えておいてほしいの。ええと、その……」

「きひひ。これ以上雑用のカレを追っかけ回さないように、って？　りょーかいでーす、学級長殿(クラスリーダー)！」

にまにまと笑い、そしてひらひらと手を振りながら、級友の少女は学生棟を後にしていく。校舎へ向かうその足取りはやけに軽く、楽しくて仕方ないといった雰囲気がだだ漏れになっている。

「あぁ、もうっ……！」

ベルグレッテは思わず、玄関口の支柱に額をコツンと打ちつけた。

恥ずかしい。顔から火が出そう、とはまさにこのことだろう。

手も足も出ず、決闘に負けて。皆の前で、あんな風に泣いてしまって。

(でも、なんだか……)

胸の奥にわだかまっていた澱のようなものが、すっと消えた気がした。

玄関を出て、広々とした学院の敷地を望む。外壁の遥か彼方、山々の向こう側に、昼神インベレヌスがその真円の身を沈めていく。朱色に染まった空からは、いつしか例の異様な模様も消えていた。どこまでも晴れ渡り、実に心地いい。

「うんっ」

この天気のように、ベルグレッテの心はすっきりとした気持ちで満たされていた。

決闘そのものには、全力を尽くした。悔いも言い訳もない。あれで勝てなかったのだから、今の自分にはどうしようもない。己の未熟さを改めて認識するいい機会だった、と前向きに捉えることができた。

しかしそこは、何気に負けず嫌いな性分。

より腕を磨いて、次こそは勝つぞと奮起し――

(次、か……)

一転して、胸の内側にスッと冷たい何かが落ちる。

あるのだろうか。

勝者たる彼は、一時的にこの学院に身を寄せているだけ。元の居場所に帰る方法が分かるまで、仮滞在をしているだけだ。いついなくなるとも知れない身の上。

果たして、次回などというものがあるのだろうか。

つまり。そう遠くない未来、彼はこの学院から出て行ってしまうのではないか。

（……なによ、もうっ）

おかしい。そう思うと、苦しい気持ちになる。

ベルグレッテは自問するように、自らの胸へ手を当てる。

心の中にあった複雑な思いは解消されたはずなのに、胸を締めつけるような、切なくなるような感覚は消えない。それどころか、より強くなっているようですらある。

（アリウミ、リューゴ……）

生まれて初めて味わう、不思議な気持ち。

彼という強者に対する嫉妬も、その出自に関する怪しさも、今は感じていないというのに。

流護のことを考えると、奇妙な感覚に襲われる。

でもそれは決して不快ではなくて、くすぐったいような、それでいてなぜか認めたくないような。

「はぁっ……」

扉の脇、外壁に背中を預ける。

先の級友の話によれば、流護は校舎内を逃げ回っているらしい。

ミディール学院の生徒とは、一定の基準を満たすことで所属を許された、いわば有望な詠術士（メイジ）の卵である。そんな彼らの多勢を相手取って捕まらない辺り、さすがは彼といったところか。

会った友人たちにはこれ以上追いかけ回さないよう言い含めておいたし、こちらから探しに行っても行き違いになりそうだ。

となれば、じきに学生棟へ戻ってくることだろう。

「んっ」

ぱんぱん、とベルグレッテは自らの頬を両手で張った。

彼が戻ってきたとき、これまで通り迎えられるように。

なぜか、その瞬間が少しだけ待ち遠しい。

「どうしてなのよ、もうっ」

声に出してみても、その理由は分かりそうになかった。


もうすっかり夜になっていたが、流護はこの世界において発揮されるその脚力を存分に駆使し、何とか追手を振り切ることに成功したのだった。

そういえば一人、おっさんみたいな顔をした人が余裕で追いついてきて焦ったので、つい足を引っかけて転がしてしまったのだが……大丈夫だったろうか。

エドヴィンが「お、おやっさーん！　アリウミてめぇ、血も涙もねーのかよォ！」と激昂していた。もう訳が分からない。

そんなことを考えながら、さすがに疲れた身体を引きずって学生棟へと向かう。

ベルグレッテのアクアストームなる大技を喰らったおかげで、全身ずぶ濡れなのだ。このままでは風邪を引いてしまう。と、

「あ」

「あ」

学生棟の前にいたベルグレッテと遭遇した。

先ほどの彼女の泣き顔を思い出し、流護はつい言葉に詰まる。

「あ、え、ええーと、その、大丈夫か？」

「べ、べつに」

いや、今の質問に対して「べつに」はおかしくないだろうか。

（……ん？　つい最近、似たようなやりとりをした覚えが――）

深く思い至るより早く、

「あぁー、でもっ！」

ベルグレッテが、晴れ晴れとした表情で夜空を仰ぐ。

「なんだかすっきりした！」

そう言う彼女は、花のような笑顔だった。

「つきあってくれて、ありがと。あとみんなに追いまわされちゃって……ごめんね。みんなには説明しておいたから。……まだミアが見つかってないけど」

「い、いや、どういたしまして？」

「なんだろうなあ。エドヴィンも、こんな気持ちだったのかな。負けたときは、くやしかった。でも思いっきりその、泣いちゃって……すっきりした。もうあまりに届かなすぎて、逆にすっきりしちゃった。……でも」

　ベルグレッテは真摯な瞳で、流護を見据える。

「リューゴだって……そこまで強くなるのに、きっと努力を重ねてきたのよね。おとぎ話の、都合よく強い勇者さまなんかじゃない。あなたは、今ここに実在している人間なんだもの」

　少し照れくさそうな笑顔になりながら、少女騎士は続ける。

「私も、もっと強くならなきゃ。……次は、負けないいんだからね」

「ええと、次があるのか？」

「えと、そのうち。もっと、私が強くなったら……またお願いしようかな、なんて」

「そ、そうか。負けず嫌いなんだな……。んでもあのアクアストームだっけ？　あれはすごかった。腕折れるかと思ったぞ。びしょ濡れになったし……」

「や、アクアストームだとか、ミアが勝手につけた名前なんだけどね。あれは詠唱に時間もかかるし、まだまだ頑張らなきゃ……」

　ベルグレッテは泣き笑いのような表情になった。その顔がやたらと可愛くて、直視するのが恥ずかしくなってしまった少年は、それとなく話題を変える。

「そ、そういやさ。結局『詠唱』ってのは何なんだ？　俺はてっきり、『精霊よ、我になんとかかんとかー』みたいなこと呟いて、終わったら神詠術をどーんと出すようなもんかと思ってたんだけど。んで当然、詠唱中は無防備になるもんだとばかり」

　だからこそ、剣舞からのアクアストームには度肝を抜かれたのだ。

「ん、基本的にはそのとおりよ。ようは『神詠術（オラクル）を発動するために集中して、魂心力（プラルナ）を練ること』を詠唱っていうの。もちろん集中力のいる作業だから、慣れないうちはどうしても無防備になるわね」

そう言って、ベルグレッテは胸の前で手を合わせた。

「私の場合、心の中で水の神ウィーテリヴィアに祈りを捧げる。教会のシスターさんとかの場合、実際に祈りを声に出す人も多いわね。言葉として発声したほうが調子が出るっていう人も少なくないし。修業を重ねれば、詠唱を短くしたり、他のことをしながら詠唱したりもできるようになるわけ。ちなみに、ごく簡単な神詠術（オラクル）なら詠唱はいらないの。こんなふうに――ねっ！」

言うと同時、ベルグレッテは人差し指を流護の鼻先へと向ける。怪訝に思う間もなく、顔面に水が吹きかかった。

「だばっ、な、何すんだよおい！」

「……リューゴの顔見てたら、またくやしくなってきたんだもん」

この少女らしからぬ、子供じみた行動と口調だった。

しかし拗（す）ねたように少し頬を膨らませるその表情に、流護は思わず胸が高鳴るのを感じてしまう。

（だめだ。くそかわいい）

何だか負けた気がして恥ずかしいので、必死に反論する。

「っ、なんだよ、すっきりしたんじゃなかったのか？」

「ふんっ。次は、絶対負けないから。えいっ」

「うおっと」

今度は避けた。

「むむっ」

「おっと」

「ていっ」

「よっと」

「このっ……と見せかけてとうっ」

「んがばが」

鼻の穴に入った。

「イチャ……イチャあぁあんがばあばば！」

どこから現れたのか、よく分からないことを叫びながらミアが突っ込んできた。その形相は修羅のそれである。なんて顔をしているのか。

ジタバタする凶暴ハムスターことミアを捕獲し、流護はベルグレッテに替えの服を用意してもらい（やはり世話になりっぱなしである）、ようやく落ち着いて三人で食堂へと向かうのだった。


昼は基本的にパンだが、夜は食堂で食べる。この数日で、流護の食生活には自然とそんな流れが出来上がっていた。

ちなみにこの世界に来てから、朝は食べていない。空手家の端くれとしては、あまりよくない傾向である。明日から休日なので、この機会に改善していこうと流護は考えていた。

「フム。美味であった……」

仕事をして、日当をもらって、その金で食事をする。少年はそんなサイクルに達成感を覚え始めていた。

ちなみに、『ザルバウムの焼肉定食』というメニューが流護のお気に入りとなっている。牛肉のような味わいで量も多い『ザルバウムの焼肉』をガッツリと食べられて、麦飯と野菜もついてくるのだ。満足度の高い一品といえる。

「ところで気になってたんだけどさ、ザルバウムって何?」

「…………」

「…………」

ベルグレッテとミアは、なぜか目を逸らしてうつむいてしまった。

「え、ちょっ」

「にしてもリューゴくんって、すっごい食べるよねー。ダイゴスより食べるんじゃない?」

ミアが食後の紅茶を飲みながら、少し呆れたように言う。

筋肉量が多ければ、消費カロリーも多くなる。となれば当然、食べる量も多くなる。

食堂内をざっと見渡すだけでも分かるが、この世界は男性でもかなり細身の者が多い。皆、流護より背は高いのだが、筋肉がないのだ。となればやはり、食事の量も少ないのだろう。確かに、流護ほど食べている者は見当たらなかった。

「リューゴ、すごい身体してるものね。たくさん食べないと、もたないんだろうなあ」

上品な仕草で紅茶を口にしながら、ベルグレッテが言――

「なあぁっ！」

ガターン！　とミアが立ち上がった。

「ベルちゃん、リューゴくんがすごい身体してる、って……なんでそんなこと知ってんの⁉」

「えっ？　い、いやミアなにか勘違いしてない？　私、リューゴがここに来たときの神詠術（オラクル）検査に立ち会ってるから……」

「あ、ああ、あ。そっか。そうだよね。びっくりしたー」

少女は安心した様子で、丁寧に座り直す。

と同時に、首を傾げた。

「あれ？　リューゴくんって、神詠術（オラクル）の検査受けたの？」

「ん？　まあ、一応な」

「そだったんだ。てっきり、生徒じゃないから受けてないんだと思ってた。なら、記憶がないとはいっても、自分の属性ぐらいは分かったんだよね？」

むっ、と流護の動きが止まった。

「ね、ね。リューゴくんの属性はなんだったの？」

思わぬ追及を受け、言葉に詰まってしまう。

「むーっ。昼間はあたしに『ミアはどんな神詠術（オラクル）使うんだ？　ほら……ちょっと服脱いで見せてみろよ』とか言ってきたくせに！　自分のことは言いたくないのね！　あたしのことは遊びだったのね！　なによ、『ミアの神詠術（オラクル）……もうこんなになってるぞ……』とか言ってたくせに！」

捏造であった。

「いや、言いたくないとかじゃなくてだな……」

ちら、とベルグレッテに視線を送る流護。彼女も、困ったように視線を返してきた。

「あー！　いま目配せしたでしょ二人とも！　通じ合ってやがるッ！　二人はあれか、夜のアクアストーム経験済みか！　やっぱりべ、べべベッドをともにした関係ッ……」

「してない！」

「してねえ！　つか夜のアクアストームって何だ」

ともかくこうなっては、本当のことを言うしかなさそうだった。

周りの生徒が聞いていないことを確認し、流護は慎重に説明した。

自分が、グリムクロウズに迷い込んできた別世界の人間であること。ベルグレッテと出会い、故郷に戻るための手がかりを探してこの学院へやってきたこと。それを現状、ベルグレッテだけが知っていること。

黙って話を聞いていたミアは手にしたカップを置き、ちょっとアンニュイな表情を見せた。

「ふー……。まじめに話す気、なしと。ちょっとだけそんな気はしてたけど、リューゴくんって、あたしのこと嫌いなんだろうね……」

「ち、違うっつの」

「じゃあ好き？　あたしのこと」

まっすぐ見つめてくるミアの瞳に思わずドキッとしてしまった流護だが、今はそのペースに乗せられてはいけない。

「い、いやそういう話じゃなくてだな。ロック博士の検査で、何だっけ……魂心力（プラルナ）？　ってのが俺にはないってことも判明してる。だから神詠術（オラクル）は使えない。俺はこの世界の人間じゃないから、当たり前なんだ」

「ベルちゃんは、リューゴくんの話に納得してるの？」

「んー……話だけ聞いていれば、やっぱり信じられないわよね。正直、今でも半信半疑かなあ。でもリューゴに魂心力（プラルナ）がないのは本当だし、ただの素手であれだけの強さを発揮できるなんて話も、やっぱり普通ならありえない。ミアも見たでしょ？　リューゴの実力」

「うん、見たよ。ベルちゃんのかわいい泣き顔も」

「っ、それは忘れて！」

「もう、一週間ぐらい経つんだよな……。この世界に来て」

迷い人たる少年は椅子の背もたれに寄りかかって、食堂の天井を見上げる。

「……じゃあさ。元いた場所はどういうところなの？　どうやってここに来たの？」

ミアは紅茶のカップにおかわりを注ぎながら、もっともな疑問を呈した。

「んー……。俺のいた世界は地球って名前で、住んでた国は日本って名前で。神詠術（オラクル）なんてモンはねえし、けど代わりに科学が発展しててさ。他には……何だろ。いざ説明するとなると、難しいな」

広々とした天井を見つめながら、どこか懐かしむように続ける。

「んで、ちょうどこんな休みの前日の夜に、親父からお使い頼まれて出かけて。気付いたら、この世界にいたんだよな。そこだけ分からない。ほんとに気がついたら、いつの間にかこの世界にいた」

何となくそのまま三人とも黙り込んでしまって、無言の間が生まれた。

「それじゃ、元いた場所からいきなり迷い込んだ、って感じなのかなぁ。……リューゴくんのお父さん、心配してるだろうね」

ミアが神妙な面持ちで呟いた。

「んー、どうかな。豪快なオッサンだからなー、あの親父も。大して気にしてないかもしれん。別に、他に心配してくれるような人間もいね――」

――彩花の顔が浮かんだ。

「……いねえし、最初はこの世界に来て戸惑ったけど、今は結構落ち着いてるよ」

「そうなのかあー。うーん。疑うわけじゃないんだけど、その元いた世界？　の証拠みたいのとかないの？　あったら見てみたい、ってぐらいの話ね。疑うわけじゃないんだけど」

「いや、思くそ疑ってるだろミア……。んー、証拠なあ……」

「今は着替えてるけど、いつも着てる黒い服はたしかにこのあたりでは見たことないわよね」

ベルグレッテがやんわりと言う。全く信じないのも悪い、とフォローしてくれているのが分かって、流護は少しじーんとする。

「ああ。あれは俺が通ってた学校の制服なんだ。他に証拠となると……あ」

流護の脳裏に、それが思い浮かんだ。

「ある。この世界に来たとき、持ってたものがある」


明日は休みだし証拠を見てみたいしリューゴくんの部屋に行ってみたい、というミアさんのご要望により、三人は流護の部屋へとやってきていた。

「むうう。思った以上になんにもない」

ガッカリしたようにミアが肩を落とす。宛てがわれた部屋は閑散（かんさん）としており、私物と呼べるようなものは何もない。

「うーん。こんな時間に男の人の部屋っていうのは、ちょっと……」

時刻は夜の九時半。ベルグレッテは何やらそわそわしていた。

「あー。たしかに、クレアちゃんに知られたらまずそうだねー。だいじょーぶ、黙っておくから」

そこではしっ、とベルグレッテに抱きつくミア。

「へっへっへ。けど黙っててほしかったら、分かってるだろうなお嬢ちゃんよぉ。ぐへへへ」

「分かりません」

ぐいっとミアの顔を押しのけるベルグレッテ。

「……」

そんなやり取りを横目に、流護は備えつけの引き出しに入れておいた『それ』を取り出した。

確かに、この世界へ来たときに持っていたものではある。だが、証拠になるかどうかは怪しい気もしてきた。

「ほれ、これだよ」

ベルグレッテに向かって、それを軽く放り投げる。

「わっと……これ、なに？」

「んっ？　わわ、なにこれ」

二人とも、まじまじとそれを凝視した。

「携帯電話。前にベル子が見せてくれた、通信の神詠術（オラクル）ってのがあったろ？　あれと似たようなことができるんだよ、それがあれば」

「へぇー。どうやってやるの？　……あれ？　でもそれなら、これで元の世界の人と連絡取れないの？」

「それが無理なんだよ。連絡の取れる範囲が決まってて、この世界からじゃ届かない。あと動力になる電池ってのが入ってるんだけど、それが切れてるから使えない」

「んんー。たしかに見たことないものだけど……これだけじゃなー」

と、ミアがベルグレッテから携帯電話を受け取った――瞬間。

ばぢん！　と、火花が散った。

「うっわ！」

驚いたミアの手から携帯電話が滑り落ち、ごろんと音を立ててシーツの上に転がった。

「うおい、ミア大丈夫か？　……大丈夫そうだな。ってか何だ、今の火花――」

そこで流護の目が驚愕に見開かれた。

携帯電話のディスプレイが、光っている。

「って、え？　な、なんで電源入った？」

慌てて拾い上げた。見れば電池のアイコンがふたつ分、回復している。電源を切っておくと少しだけ回復したりすることもあるが、それだけでここまで持ち直すことはないはずだ。これは――

「あ！　ミア、お前って雷の神詠術（オラクル）使うんだっけ？」

「はは、はい。そ、そそそうです」

『証拠品』を壊してしまったと思ったのか、電撃娘はびくびくしながら答えた。

「はは。じゃあ、そのおかげかもな。これに使ってる電池ってのは、電気って言って……こう、雷の力みたいなのを使って回復させるんだよ。いや俺もびっくりだけど……すげえな、神詠術（オラクル）って。でもこれで、もっと珍しいもん見せてやれるぞ。少しは証拠としてマシに――」

瞬間。流護は、画面を見て固まった。

電波は圏外だというのに、点滅するメールのアイコン。

『新着メール　一件』

開く。日付は、流護がこの世界へと迷い込んだその日。

あの出来事の直前に、彩花へ送ろうとしたメール。

『そういや明日祭りだっけか。一緒に行くか？』

その、返信。

『いいよー。それじゃいつもと同じように待ってる。時間も去年と同じでいいよね？　遅れないように！　待ってるからなー』

送信履歴を見る。

届かなかったと思っていたメールは、履歴の一番上に表示されていた。

返信されたメールの時刻を見れば、一分と経っていなかった。

「────」

どうして。思わず、崩れ落ちそうになった。

（アホか。さすがに今年は彼氏と行けよ。つうかなんで速攻で返信してんだ）

あれはいつの祭りだったか。予定の時間よりも、かなり遅れてしまったことがあった。

それでも、浴衣姿の彼女は待っていた。合流すると「遅すぎ！」と言いながらも笑顔を見せていた。

そして去年。やたらと気合の入った浴衣姿の彩花が、まるで別人のように見えて。あまり屋台も回れず、来年こそはリベンジと奮起していて。

毎年一緒に行っていた、夏祭り。

「ちょ、リューゴくん……っ？」

「っ、リューゴ、大丈夫？」

二人が、慌てたように流護を見ていた。

「ん？　なんだよ。どうかした……か、あ、れ？」

流護はそこで、ようやく気がついた。

自分の頬を、涙が伝っていることに。

「ちょっ、なっ、なんで涙出てんだ……っ」

「わ、わわわ。あれ、あたしがさっき、バチッてやっちゃったせい？」

「ち、違う。全然関係ない。いやなんで涙出てんだか全然分かんねえし……！」

それでも二人は流護を茶化すことなく、落ち着くまで待ってくれていた。


「え、えーとだな。花粉症って知ってるか？」

「カフンショー？」

「リューゴの世界の言葉？」

二人が首を傾げる。

「木から出る花粉とかで、涙が出たりするんだよ。さっきの俺のはそれ。泣いてたんじゃない」

「そっ、そなんだー。大変なんだねリューゴくんも、うん」

「う、うん。分かった」

もう恥ずかしくて死にそうな心境の流護だった。二人とも追及してこないのが、逆にもどかしい。

思いっきり気を遣われている。

「くっそ……それよりもだな。面白いモンを見せてやる。信じる気になるはずだぞ」

流護はカチカチと携帯電話をいじる。

きっと驚くに違いない。こんなモヤモヤした空気など一撃で消し飛ばしてくれる、と鼻息を荒げる。

「よし。二人とも、もっとくっついて座ってみ」

「っっっ！」

「へっ？　リューゴ、なにを……ちょ、ミア、やめっ」

「いや、そういう意味じゃないぞミア。抱きつかなくていい、普通にベル子の隣に座ってくれ」

「えー」

ミアはやや不満そうに、言われた通りベルグレッテの隣へ座り直す。

「よーし。そのまま動くなよー、っと」

「わ！」

「えっ!?」

突然の閃光と、カシャッという聞き慣れないだろう音に、二人は驚きの反応を見せた。

「わ、わ。びっくりした！　なに？　いまのなに？」

「な、リューゴ……今のは？」

「フフフ。これを見るがよいぞ、二人とも」

流護は偉そうに二人へ画面を掲げてやる。

「うぇぇぇぇぇ⁉　な、なにこれ！　あ、あたしとベルちゃんが⁉」

「う、うそ……。どうなってるの？　これ」

「これは写真っていってな。こんな風に、その瞬間を収めることができる超技術だ。どうだ、びっくりしたろ。これは神詠術（オラクル）でも無理なんじゃねえか？」

まるで自分が考案した技術であるかのように、胸を反らして得意げに語る。

「す、すげぇぇぇ！　これほんとすっごい！」

「これは……うん、びっくりした」

「どうだ。少しは信じる気になったか？　俺のいた世界を」

「えぇーと。でもそれとこれとは、別、かなぁー？」

「ん、うーん」

「何でじゃい……」

「すごいし不思議だけど、どうだろうなあ～」

「たしかに、神詠術（オラクル）では難しい技術かもしれないけどね」

なかなか信じてはもらえないようだった。

フォルダの中に変わった写真でもあればよかったかもしれないが、実は携帯電話のカメラをまともに使ったのはこれが初めてだったりする。父親から譲り受けた古い機種を使っているので、動画機能すらない。

「あ！」

そこでミアが思い出したようにハッとした。

「その、しゃしん？　せっかくだから、三人でやってみようよ！」

「え？　いや、でも三人だと……かなりその、くっつかんと枠に入らねえっていうか」

「だったら、くっつけばいいじゃない！」

ぴたっ、と有無を言わさずミアが流護の右肩にくっついた。ふわりといい匂いが漂う。

「っ、だっ、ミアちけえっ」

「リューゴくんがまんなかで、ほれベルちゃん左側に！」

「え、う、うん」

控えめではあるが、今までにないほどベルグレッテが流護に近づいた。完全に肩と肩が触れ合う。ミアとは異なる、しかし甘い香り。さらりとした彼女の長い髪が頬に触れ、心臓がバクバクし始める。

「んだよ、そんじゃ撮るぞ！　さっさと撮るぞ！」

いい匂いと柔らかい感触に挟まれてどうにかなりそうだった流護は、とにかくすぐ写真を撮ってしまうことにした。


一枚の写真。

流護の肩に遠慮なく頬を乗せて、弾けるような笑顔を見せるミアと。

少し遠慮がちに流護の隣へ立ちながら、優しげに微笑むベルグレッテと。

二人に挟まれたおかげで、顔を赤くして不自然な表情になった流護。

そんな一枚の写真が、携帯電話のフォルダに保存された。

第二章　暴虐の王

苔むした石垣に背中を預けて、暮れなずむ団地の風景を眺める。

燃え盛る太陽。朱色に染まった家々、それらを繋ぐように架かる電線、遠い雲と空。道行く人々の足元から延びる影法師。

少しずつ暑くなり始めたこの季節、何もせず立ち尽くしていると汗ばむ程度にはなってきた。とはいえ、まだ初夏と呼ぶにも少し早い季節。夜になれば、思ったより肌寒くなりそうな気配が感じられる。

「おっせぇなぁ……」

そんな現状分析にも飽きた流護は、首筋にうっすら滲んだ汗を拭いながら顔を巡らせた。

遠目に二階部分だけが見える蓮城家。そこから待ち人がやってくる気配はまだない。

普段であれば閑散としている住宅街の舗道は、多くの人出で賑わっている。

道路端で突っ立っている流護の前を、親子連れやカップルが通り過ぎていく。浴衣姿の者も少なくなかった。

（今日なんか夜んなったら冷えそうなのに、気合入ってんなぁ）

しかし無理もない。本日は近所の神社で開催される夏祭り当日。流護自身は普段と何ら変わりない適当な服装だが、人によってはおめかしも当たり前、といったところだろう。

（まあ、こっちとしちゃ目の保養にはなるんだけども）

おお、きれいな姉ちゃんだ。おっ、いかにも年上清楚美人って感じの人だ……けど男連れか。むっ、このお姉さんはうなじがセクシーでイイネ！　などと通り過ぎる浴衣姿の女性陣を好き勝手寸評していたところで、

「お⁉」

続けてやってくる一人に、視線が吸い寄せられた。

ほっそりした身体を包むピンク色の浴衣。柄は桜模様で、派手すぎず地味すぎず。頭の後ろでまとめて結い上げた黒髪は、解けばかなりの長さになりそうだ。顔立ちも地味めながら、驚くほど整っている。全体的に細く、胸はあまりないものの、そんなことが瑣末事に思えるほどの容姿といえた。

（うおやべぇ、かわいくね⁉　しかも、俺と歳変わらなそ――）

そこで視線の合ったその少女が、手を振りながら笑った。

「お待たせ、流護！」

「……ッ⁉　は⁉　彩、花……⁉」

たじろいだ流護は、そのまま背後の石垣に後頭部をぶつけた。しかしそれを気にする余裕もないほど、小走りでやってきた浴衣の少女に釘付けとなる。

「え？　まじで……え？　彩花？」

「なに言ってんのあんた。当たり前でしょ。記憶でもなくしたの？」

いちいち反抗的な物言いと小生意気な声は、確かによく知る幼なじみのものに違いない。

「あ。ふーん。ふふふふ。なに？　いつもの私と違ってて、びっくりした？　見とれちゃってた？」

いかにも意地悪そうに含み笑う彩花は、腕を水平に掲げながらくるりとターンして見せる。高いゲタが不安定で危なっかしい。

「は、はあ？　お前なんかに見とれるわけねーだろ、アホか」

いつものように毒づく流護だが、なぜか声が少し上ずった。そんな自分に苛立ちすら感じてしまう。

（不覚、一生の不覚……っ、謎の美少女かと思ったら彩花だった、とか最悪なんすけど……！）

とてつもない敗北感を味わいながら、しかし反撃に転じる。

「つうか何だよその髪型、紛らわしいだろ。あとそんな浴衣、いつの間に買ったんだ？」

「紛らわしいってなによ。浴衣は、ゴールデンウィークに買ってもらっちゃったー」

えへへ、と嬉しそうな幼なじみの笑顔を前にすると、追撃用に準備していた「似合ってねー」「変な頭」「ブス」といったセリフは、発せられることなく自然と心の中で霧散していった。……まるで、事実と異なることは言えない魔法でもかけられたかのように。

「ったく、おじさんとおばさんに無茶言って買ってもらったんじゃねえのか？」

「そんなんじゃないってば。高校決まったから、そのお祝い」

「……ああ、そっか」

二人は現在、中学三年生。流護としては、そろそろ進路について頭を悩ませる時期。

一方で彩花は、いずれ料理関係の職に就きたいと明確な夢を持っている。大きな料理部を擁し、卒業後の進路に強みもある地元の高校をすでに行き先として定めていた。

受験に合格するかどうかはまた別の話だが、そもそも偏差値が高い学校でもない。彩花の成績から考えたなら、おそらく勉強せずとも受かるだろう。それでもこの少女は妥協せず全力で試験に臨み、トップクラスの成績で合格するに違いない。そういう性格なのだ。

「流護は……高校、どうすんの？」

「そーだなー……。どうせなら空手も続けたいけど、俺の成績と釣り合いそうなとこがなー……。簡単に行けそうなとこだと、空手部なかったりするし……」

「今からでもちゃんと勉強しなさい」

「おうおうおーう、せっかくの夏祭りだぞ。テンションの下がる話はやめよーや」

「ったく……。んじゃほら、いこいこ！」

導くように、浴衣姿の彩花が足を弾ませる。

「高いゲタ履いてんだから気ィつけろよー」

何だかんだで久しぶりにどこか微笑ましい気持ちになりながら、ゆっくり後をついていく少年だった。


そして例年通り、色々な屋台などを見て回る二人――のはずだったが、

「いたたたた……」

石段に腰掛けた彩花が、かすかに顔をしかめて右足を押さえる。

「ケガすんなって言ったのにケガしやがりましたよ、先生」

「ごめんってばー……。だって、あんなとこに段差ができてるなんて思わなくて……」

「まあな……この神社も古いし、石畳が欠けてたんだな。大丈夫か」

「うん……」

それこそ子供の頃、二人でよく遊びに来たりもしていた場所。それゆえの油断、というのはおかしいか。

二人で隅の石段に座りながら、闇の中に浮かび上がる祭りの様子を見やる。

吊り下げられた提灯、屋台の照明、賑わう人波、聞こえてくる祭囃子(まつりばやし)。思い出したように散発的な頻度で打ち上がる花火は予算の関係なのか正直貧相だが、これも昔からおなじみのものだ。

「うー、やっぱり座ってるなんてもったいない……」

「悪化すんぞ」

焼きそばのプラケースを開封しながら、流護は立ち上がろうとする彩花に釘を刺す。

「まあ食い物は買ってきたし、今回はこれで我慢しろ」

「悔しーい」

綿飴を受け取りながら、諦めて座った浴衣の少女は唇を尖らせた。

「……なんかごめんね、流護。私のせいで、全然回れなくなっちゃって……」

「いや。俺がこの祭りに求めてるのは、この焼きそばだけだ。こうして食ってるし、もう悔いはない」

なぜか六百円もする割高な屋台の焼きそばだが、これが妙に絶品なのだ。建前でなく、幼少時代からこの夏祭りにおける最大の楽しみだったりする。

「ったくもう。あんたは祭りの雰囲気を楽しむー、とかそういうのがないんだから……、っ、くしゅ」

「何だその面白い語尾は。祭りの雰囲気を楽しむ者にのみ許される語尾か」

「なわけないでしょ！　くしゃみに……きまっ……くしゅ！」

「だからさー、この祭りの時期に浴衣着てくんのって割とチャレンジャーなんだよなー。ほれ」

何かをごまかすように大げさに言いつつ、流護は脇に丸めていた自分の上着を差し出す。

「………ありがと」

やや迷うような素振りを見せながらも、彩花は素直に受け取った。おずおずと自分の肩に羽織る。

「つーかさ、大体にして祭りの時期がアレだよな。次のめぼしい祭りはもう秋だし」

流護たちの住む町内では、一応の夏季に開かれる祭りがこれしかない。昔から、夏祭りといえばこの神社の祭事を指す。正確には、夏（が始まりそうな頃に開かれる）祭りといえるかもしれない。

八月下旬には商店街をメインとした大規模な祭りもあるが、あれは市の名前を背負った別物だ。

「あとこの祭りのいいとこは、時期的に蚊に刺されることがほとんどねえってぐらいか……」

「もう、なんか雰囲気も情緒もないなあ……」

そうして他愛もない雑談を交わしながら、二人の前を通って神社に入っていく人々を眺めていると――

「うわぁ……！」

いきなり彩花がとろけそうな声を上げた。

何事かと少女の視線を追えば、親子連れだろう。両側から大人の男女に手を引かれた小さな女の子が、溢れんばかりの笑顔でトコトコと歩きながら鳥居を潜っていくところだった。三、四歳ぐらいか。しっかりと小さなサイズの浴衣を着ていて、

「か、かわいいぃ～……！」

そんな彼女に、彩花の視線が釘付けとなる。

「ヨダレ出てるぞ」

「出てないってば！」

言いつつも、彩花は慌てて口元を拭う素振りを見せた。

「つかお前、相変わらずだな……」

「だってだって！　ちっちゃくてかわいいじゃん！　ああ、かわいい……」

蓮城彩花は、無類の小さいもの好きである。条件に合致した対象を発見すると、ただひたすら「かわいい」を連呼しまくる存在と化す。

ネコやハムスターといった動物はもちろん、ちんまりとした人間（流護の体感では身長百五十センチ以下）に対しても発動する。

ただ、普通とは明らかに一線を画す奇妙な特徴があった。

「でもあの子、そろそろおねむになっちゃう時間じゃないのかな～……。ああ、あの子がうとうとしてるとこを、ほっぺたつんつんして起こしちゃいたい。嫌がるところをつんつんしまくりたい」

「彩花さん、相変わらず歪んでるっすね。引くわ」

「ち、違うってば！　ちょっといじわるしたいだけ！　ちゃんとその後ぎゅってして、朝までぐっすり眠らせてあげたいもん」

「いや、引くわ……」

「うっさいばか！」

ハムスターに対して「ヒマワリの種で手なずけて安心して寄ってくるようになったところにデコピンしてあげたい。そのあと全力でごめんねって謝りたい」などと言い出す人間である。幼なじみの少年としては正直かなり心配だった。

そんなこんなでしばらく食べ物を口にしながら祭りの風景を眺めていると、今度は新たにリクルートスーツ姿の一団が参道をやってきた。会社帰りに寄ってみた、といったところだろうか。

何となしに視線を向けていたところで、

「あれ、流護くん？」

その社会人一行の中から、一人の優しげな男性が歩み寄ってきた。

「おお、やっぱり流護くんだ」

「あ、どもっす……」

気さくに話しかけてくる相手を見た流護も、見知った顔と気付いて小さく会釈する。

歳は二十代中盤ほど。メガネに七三分け、いかにも知的なサラリーマンといった風貌の人物だが、

「最近さ、流護くんのアドバイスのおかげで、少しずつ蹴りのコツが掴めてきた気がするんだ。ま

た今度、よろしくね」

「はは、それならよかったす。俺でよければいつでも……」

不格好なファイティングポーズと爽やかな笑顔を見せるこの男性は、流護と同じ道場に通う数少ない門下生の一人。

といっても、入門したのは半年ほど前。理由は運動不足の解消。当然、過去に格闘技経験はなし。会費の安さ、自宅からの近さが決め手になったという。

目的はどうあれ、ここ数年で珍しく増えた貴重な同士——だったのだが、この秋、転勤によって県外の地元へ帰ることになったそうだ。つまり、遠からず辞めてしまうことが確定している。

そんな彼が、声を潜めて耳打ちしてきた。

「一緒にいる可愛い子、彼女？　いやあ、流護くんも隅に置けないね……！」

「は？　いや、違う。全然違う。まじ違いますから」

必死に否定するも、彼は「流護先輩、失礼します！」と十字を切ったかと思いきや、微笑ましげな表情で鳥居を潜っていく。こう、「流護くんも年頃の男の子なんだなあ」みたいな顔で。

（えーいくっそ、誤解したまま行っただろ絶対……！）

ぐぬぬと悔しがりながらチラリと隣へ視線をやると、彩花は彩花ですっとぼけたように明後日の方角を向いていた。何とも白々しい。聞こえていたのが丸分かりの反応だった。

（こいつ、可愛い子とか言われて調子に乗ってやがんな……？）

ついムカッときてしまった少年は、子供の頃のように言い放つ。

「おい、ブス」

「はぁ!? いきなりなんなの!? なにこのばか！」

即座に平手が飛んでくるも、予期していた流護は「見切った！」などと言いながらその一撃を外腕で受けて流す。

「あ！ このー！」

めげずに何度も振り回される腕を、次から次へと丁寧に受け止めてやった。

もちろんその気で捌けば、それだけで彩花の細腕にケガを負わせてしまうことになる。その点にだけは、しっかりと注意を払いながら。

「無駄だ。貴様の拳では、我を倒すことはできぬ」

「はー、はー……。むかつくんですけど……」

睨みつけてくる彩花だったが、やがて諦めたような溜息をつく。

「……あんたさ。空手はすごいよね。あんな大人の人が、流護先輩ー、なんて呼んじゃったりして……」

「そら一応、やり始めて十年になるからな」

「最近はどうなの？ 道場のほう」

「んー……さっきの人が秋には辞めちまうし、これから新しい人が入ってくるかっていうとなあ……」

流護が通う道場は団地の一角にひっそりと佇んでおり、幼少時の習い事や、運動の一環として嗜んでいる者がほとんど。進学や就職、転勤といった環境の変化に伴い人は増減するが、最近では減少の一途をたどっている。何年か前、二駅ほど離れた街に大きな空手道場ができたことも要因のひとつだろう。

「あとあれだ。お前があんま来なくなったから、師匠寂しがってたぞ」

「うっ……。先生によろしく言っておいて……」

子供の頃は、毎日のように二人で道場に通っていた。小学校低学年から高学年、中学一年、二年……となるにつれ、勉強や部活や友人関係の絡みもあり、彩花が顔を出す頻度は減っている。

昔は、門下生全員が二人と顔見知りみたいなものだった。最近では先ほどの社会人の男性を始め、彩花の知る顔はほとんど残っていない。

「どうせなら、お前もやってみれば？」

「無理無理、絶対無理だから」

成績優秀で料理上手、容姿端麗で人当たりも良好（流護以外には）といった評価の彩花だが、運動だけはやや苦手としていた。

密かに彩花に憧れている男子もいるようで、そういった連中にしてみれば、なまじ完璧超人でない点がポイントなのだとか。悪趣味な奴もいるな、と幼なじみの少年は鼻を鳴らすのだが。

「流護は、先生に攻撃当てられるようになったの？」

「いや、あのジジイ人類じゃないんで……。なんかたまに、物理法則無視した動きするし……」

「あははは。なによそれ」

しばしそんな談笑に興じるも、やがてどちらからともなく無言になった。祭りの広場から聞こえてくる太鼓の音頭や、時折思い出したように上がる花火の音だけが、二人の耳を賑わせる。

……最近、こうして双方が黙り込んでしまうことが増えていた。

小学校、中学校と上がるにつれ、一緒にいる時間は自然と減っていった。比例して共通の話題が少なくなっていき、妙な間が生まれるようになってしまった。

流護としてはこの沈黙が嫌な訳ではないのだが、何となく落ち着かない。

「……」

ちらりと隣を窺えば、いつもとは別人のように艶やかな彩花の姿。

その横顔はどこかそわそわしているようで、こいつも同じようなこと考えてんのかな、なんてことを少年は思う。

「あのさ、流護」

そんな中、彩花がどこか意を決したように切り出した。

「空手部、あるよ」

流護は思わず彼女の顔をまじまじと見つめてしまった。発言の意味が分からなかったのだ。もどかしそうに少女が繰り返す。

「だから……空手部、あるんだってば」

「あん？　何が？」

純粋な疑問から聞き返せば、彩花は唇を噛み締めながら睨みつけてくる。よほど腹立たしいのか、顔まで赤い。

「まあ落ち着け。あと言いたいことがあんならはっきり言え。クイズ番組みてえにヒント小出しにすんな。俺がパーなのは分かってるだろ」

「だからっ！　――高に、空手部があるんだってば！」

ドン、と唐突に上がった大きな花火。舞い降りるしばしの沈黙。

そして、重大な告白でもしたかのような彩花の顔。きゅっと唇を引いて、頬を紅潮させて。下から睨みつけてくる瞳は、少し潤んでいて。

花火の音に紛れてしまったが、間近で叫ばれた流護には確かに聞き取れた。嫌でも耳に入っていた。

彩花が進学を決めた高校に、空手部がある――と。

「それが何だってんだ」などとは言えなかった。依然、赤らんだ顔で睨みつけてくる――返事を待っている少女を前にしたら。

「お……おう、そ……そうか」

ところがいざ、口を突いて出た少年の言葉は何とも気のきかないもので。

「そ、そうよ」

しかし少女の反応もまた、大差なかった。

「ええーと、その……あれだ……あそこって、強いのか？　部員は何人ぐらいいるんだろな」

「んと、今年は八人だったかな。県大会に出たりもしてるみたいだけど……入賞したことはあんまりないみたい」

「へー。詳しいな」

「そ、そりゃそうよ。自分が行くつもりの学校だもん」

彩花は後れ毛をいじりながら、反論を挟ませないような勢いで続ける。

「私らの家からも近いし……流護の成績でも、もう少しがんばれば全然大丈夫だと思うけど」

「勉強……がんばりたくないでござる……」

「そんなことでどうすんのよ。同じとこに行くなら、私が勉強見てあげることもできるし。うん、いいんじゃない？　そうしたら？」

「んー……家から近くて、空手部もありか。成績がアレだから、あそこは考えてなかったんだけど……まあ確かに、条件は充分っちゃ充分だよな。入れさえすれば、通うのも楽だし。えーとまああれだ、参考にしとくわ」

「うん、そうして」

そこでまた、妙な沈黙が生まれる。

流護としては、その間がなぜか妙に気恥ずかしかった。

一方の彩花は、ぷいと顔を背けていた。


カラコロと、夜の道路にゲタの音が響く。

「もうちょっと離れてよ……」

「無理難題すぎやしませんかね」

足を挫いた彩花に肩を貸しながら、二人三脚のような足取りで。

人影もない夜の道を、流護たちは歩く。

食べるものは食べたし、彩花の足の状態では満足に歩いて回ることもできないため、二人は早めに撤収することにしたのだった。

「……」

「……」

一歩一歩、ゆっくりと。夜の静寂が、二人の間に満ちていた。

(……えーい、何だってんだよ……)

流護の胸中に、複雑な思いが渦巻く。

いつからだろう。子供の頃は何の遠慮もなかったのに、いつの間にかこうして触れ合うことには抵抗ができてしまった。

腕に抱く彩花の柔らかい感触。鼻をくすぐる甘い香り。

「も、もう少し離れてってばー……」

やはり彩花も、意識している節があって。

「それじゃ支えにならんだろ。お前は妹みたいなもんなんだから、大人しく支えられとけって」

自分にも言い聞かせるような口ぶりで言えば、

「はあ?　あんたが私の弟みたいなもんなんですけどー」

「いや、お前が妹だ」

「誕生日は私のほうが早いもん」

「そういうガキっぽいこと言う時点で妹だろ」

昔からおなじみのやり取り。どちらからともなく吹き出してしまう。

「ふふふ。でも、久しぶりだったね。流護とこうして出かけたの」

「ま、そーだな」

神社からは比較的近い。二人三脚みたいに歩きながら、未だ打ち上がる花火を時折立ち止まって眺めたりしながらでも、ほどなくして蓮城家の前へとたどり着く。

「着きましたよ、お客さァん。料金、七万円になりやす」

「ぼったくりタクシーもいいとこね。クレームつけるわ」

呆れ気味に言いながら、彩花が流護から離れる。

「……今回は、ご迷惑をおかけしました」

そんな彼女が、玄関前で神妙に頭を下げた。悪態をつき合う間柄でも、こういう律儀なところは昔から変わらない。

「ま、気にすんなって。妹を支えるのは当たり前だからな」

「たまには弟に肩貸してもらうのもいいかなーって思っただけですー」

笑い合う中、彩花が唐突にぐっと拳を握り締めた。

「来年リベンジ！」

「お、おう。なんだいきなり」

「今年は不完全燃焼でした。いや、私のせいなんだけど。だから来年は、もっと屋台回ろ！　キマリね！」

「まあ、別に構わんけどさ」

どうせ、何だかんだといつも一緒に行っている夏祭り。来年も自然と行くことになるはずだ。

「それじゃ、今日はこれにて解散ー。おやすみ流護」

「おう、待て。俺も忘れるとこだった。その前に上着返せ」

玄関のドアを開けようとしている彩花を咄嗟に呼び止める。ハッとした彼女は、自分の肩にかかったままとなっている流護の服をきゅっと握り締めた。

「……あー……。えっと、洗ってから返したいんだけど……」

「いや、そんなん気にすんなよ」

「ちょっと汗かいちゃったし、私が気にするの！　月曜には返すから。ね？」

「はあ……まあ、分かった」

今度こそ挨拶を交わし合い、彩花の姿がドアの内側へと消えていく。

溜息ひとつ、流護も踵を返した。

「………」

夜道を行きながら、しみじみと実感する。

これも、そうだ。

昔は、こんな服の貸し借りで変に気を使ったりすることなどなかった。

少しずつ。しかし確実に、二人の関係が変わりつつある……。

「……ったく、何だってんだよ」

閑静な住宅街にある、蓮城家の一戸建てを振り仰ぐ。二階の窓から――彩花の部屋から、明かりは漏れていない。祭りから帰って、リビングで父や母と話でもしているのだろう。風呂に入る準備でもしながら。

「あら、早かったのね彩花」「いや、ちょっと足くじいちゃって」「そんな高いゲタを履いていくからだ。また流護くんに迷惑かけたんだろう?」「あんなヤツに迷惑なんてかけてないです―」

蓮城親子のそんな会話が脳裏に浮かぶ。そういうことも手に取るように分かる関係。

「……っし」

気にしすぎだ。

今までも、そしてこれからもきっと変わらない。気兼ねなく本音をぶつけ合って、馬鹿なことを言ったりやったりして。来年もまた、一緒に夏祭りに行く。

そんな間柄や日々が変わらないことを願いながら、少年は一人帰途についた。


翌年の春。

二人の関係に大きな変化が訪れることなど、知るはずもないまま。

◇

翌朝の流護の目覚めは、いいような悪いような何とも複雑な心地だった。

携帯電話に興味を持ったファンタジー世界の少女二人と遅くまで遊んでいたこともあり、起床はいつもより遅い。しかし、休日なので問題はない。

友達とあんな風に夜遅くまで遊んだのは久々だったし、と考えてそこで躓く。

（とも、だち。友達で、いいんだよな。その、女子だけど）

今まで女友達なんていたことのなかった流護は、嬉しいやら恥ずかしいやら、思春期特有の複雑な気持ちになった。

例えば彩花などは、女友達というようなものではなく――

「くっ」

さらにそこで、彩花のメールで泣いてしまったことを思い出して頭を抱えた。

「…………」

しかも、それが原因だろうか。

去年の、一緒に行った夏祭りの夢を見たりして。

（いや、あいつは妹みたいなもんだし、約束したのに祭り行けなかったとか、もう会えないかもしれないとか思えば、泣いたっておかしくはないだろ別に、その）

そう、必死で自分に言い聞かせる。

「んがあばあぁぁ！」

流護は悶々とした気持ちを振り払うため、すでに乾いていた学ランに着替え、散歩に出ることにした。


外は、雲ひとつない快晴。

中庭を歩きながら辺りを見渡してみると、生徒の数がやたらと少なく感じられた。ベルグレッテから聞いた話によれば、休日になると実家へ帰る生徒が多い、とのことだった。

のんびり散策していると、珍しい場面に遭遇した。

石壁にもたれかかり、空を見ながらタバコをふかす白衣の男。

「おはよーさんです、ロック博士」

うさんくせえ、こりゃ女子生徒が近寄るはずもない、と流護は苦笑する。

「おはようさん。もう昼になるけどね」

「博士って、外に出るんすね。部屋に篭って、怪しい研究ばっかしてる人かと思ってました」

「おいおい、ボクも人間だよ。たまには、日の光に当たらないと腐っちゃうからね」

「…………」

そこで、流護の中にあったある疑念がほぼ確信へと変わる。

「リューゴくんっ！　おっはよーござっ……」

唐突に建物の陰から飛び出してきたのは、元気なハムスターことミアだった。そしてなぜか、挨拶の途中で凍ったように固まる。

「……ロック博士も、おはようございます……」

かと思いきや別人としか思えないテンションの低さで博士へ挨拶して、ミアはそのまま後ろ歩きで戻っていってしまった。ビデオの巻き戻しかよ、と流護は内心で突っ込みを入れてしまう。

「いやあ。嫌われてるよなあ、ボクって」

しかしまるで気にしていないのか、ロック博士は笑顔で頭を掻いていた。

「どんだけ女生徒に嫌われてんすか。ていうか、なんか」

流護はここで博士の目を見る。

「女生徒に変なセクハラとか、してないっすよね？」

「はは、そんなことするワケないでしょうに。失敬だなキミは。ボクを何だと思って――」

「んじゃ、ロック博士。何者なんですか？　あなたは」

博士の瞳を見据えたまま、流護は言う。

「まあ、割と最初から『あれ？』って思ってましたけどね」

「ほうほう」

興味深そうに、当のロック博士が相槌を打った。

「博士が俺の名前を呼ぶイントネーションはいつも完璧だし、俺のことをエドヴィンに話した理由を聞きに行ったとき、博士は夕陽って単語を口にしてる。その後、俺もうっかりベル子に夕陽って言ったことがあったんだけど、あいつには通じなかった。んでつい今も、博士は『日の光に当たらないと腐っちゃう』って言いましたしね」

流護は快晴の青空を仰ぎ見る。降り注ぐ日の光は、実に心地いい。

「太陽や月を神として見るこの世界に、月明かりや夕陽って言葉はないんすよね。それでいくと多分、日の光も。それに、セクハラってこの世界で通じるんすか？　この言葉って、割と近代になってからの造語とか聞いた覚えがあるんすよね。ベル子たちは花粉症とかも知らなかったから、どうなんだろなと思って」

そんな流護の説を聞いたロック博士は、ヒュウッと口笛を吹く。

「うーん、てっきり猪突猛進タイプの子なのかと思ってたよ」

「格闘技って頭も使うんすよ？　勉強の成績とはまた別っす」

空手少年は苦笑しながら答えた。

「博士の本名は何ていうんすか？」

「岩波輝(いわなみあきら)。それが、日本にいた頃の名前さ。それを文字って、ロックウェーブ・テル・ザ・グレート。いいセンスだろう？」

「いや、ザ・グレート関係ないじゃん。ザ・セクハラにしてみたらどうすか？」

「だからしてないって！」

二人して声を上げて笑った。

「はあーあ……。ま、何となく博士は日本人だろうな、と思ってたんすけど……。でも正直、認めたくはなかったですね」

「……ふむ。なるほど、そういうことだね」

瞬時に流護の意図を察したロック博士――岩波輝は、同情するように肩を竦めた。

「博士がここに来たの、十四年前って言ってましたっけ？」

「うむ。さすがにもう懐かしいねえ」

それはつまり。十四年もの間、日本に戻ることができず、この世界で暮らし続けているということだった。

「ベルちゃんから話を聞いて、すぐ分かったよ。同郷の士が来た……いや、来てしまったとね。残念だが今のところ、戻る方法は――」

「……っ、すよねえ」

それとなく覚悟していたことではあった。しかし現実として突きつけられると、やはり衝撃は大きい。

「博士は……どうやって、この世界に来たんすか？」

「ボクは、向こうじゃ教授なんかをやってたんだけどね。ある夜、帰ろうと研究室を出たらこの世界さ」

元教授は、短くなったタバコを携帯していたカップの中へ入れた。

「無論、家族のことは心配だけど……この世界、神詠術という力は、ボクの研究欲を刺激するに充分すぎた。気付けば、こんな世界へ来ても似たような研究職に就いてるってワケさ」

そう、自嘲気味に笑う。未練などないと、自らに言い聞かせようとしているかのように。振り切ろうとしているかのように。

「他に……この世界に来た地球の人間って、いるんすかね？」

「いや、今のところボクとキミ以外は知らないな。魂心力（プラルナ）を持たない――神詠術（オラクル）を使えない人間がそんなにいれば、もっと騒ぎになってるはずだしね。キミに魂心力（プラルナ）がないって知ったときの、ベルちゃんの取り乱しっぷりを見ての通りさ」

首をコキッと鳴らし、博士は「あ、そうだ」と思い出したように流護へ顔を向けた。

「流護クンは、この世界へ来てそろそろ一週間ぐらいかな」

「そう、っすね」

「同じ日本人同士っていうこともバレちゃったし、いい機会だ。言っておこうか」

「え？　なん、すか？」

レンズ越しに見る博士の目はかつてないほど真剣で、流護は思わず言葉に詰まってしまう。

「こないだ、キミに訊いたよね。『身体の調子は悪くないかい？』って」

メガネのフレームを指で押し上げながら、続ける。

「ボクも専門外だから、あまり詳しくはないんだけどね。けどボクの予想が正しければ、キミは――」

ごうっ、と。

少し強めの冷たい風が、二人の間を吹き抜けた。

「これって、どういう……」

食堂にて少し早めの昼食をとりながら、ベルグレッテは一人思案に暮れていた。

テーブルの上には、紅茶の入ったカップとパンと、そして大量の紙束。あまり行儀のいいことでないと分かってはいたが、すぐ目を通さずにはいられなかった。

四日前に流護の活躍で生け捕りにした、ドラウトロー三体。その分析結果が届いたのだ。

そこに記された内容を読み、ベルグレッテはその意味を考える。

と、かたっと控えめに椅子を引く音が聞こえた。

ベルグレッテが顔を上げると、対面に腰掛ける少女の姿。さらさらの金髪を肩まで伸ばした、メガネの無表情な女子生徒。

「おはよう、レノーレ。あ。時間的にはもう、こんにちはかな」

「……こんにちは」

静かな声でレノーレが挨拶を返す。彼女は少し首を傾けて、ベルグレッテの前にある紙束を見つめた。

「はい、成績優秀なレノーレに問題。怨魔ドラウトローの特徴を述べよ」

いきなり問われた彼女は少し息を吸い込み、

「……カテゴリーB。夜行性。極めて獰猛。長く強靭な腕から繰り出される打撃は脅威の一言。鉱石や金属を集める習性があるほか、音鉱石に狩りの様子を記録するという特徴を持つと言われている。万が一、学院の生徒が遭遇してしまった場合は、いかなる手段をもってでも退却を優先すること」すらすらと淀みのない回答だった。「教本を開くよりレノーレに訊いたほうが早い」とは、ミアが生み出した数少ない名言のうちのひとつだと級友たちの間で語り継がれている。

「さすが、満点の回答ね。……今までの常識なら、だけどね」

ベルグレッテは資料の一枚をレノーレへと差し出した。目を通した彼女のメガネ越しの瞳が、わずかに見開かれる。

「……怨魔は解明されてない部分のほうが多いし、こういった特徴があっても不思議じゃないと思う」

「私もそう思うわ。ただ、そうなると……四日前、ブリジア周辺に現れた三体のドラウトロー。奴らの『習性』を引き起こした原因っていうのは——」

その瞬間だった。

「べ、ベルッ！」

一人の男子生徒が、ただならぬ様子で食堂へ駆け込んできた。

「ど、どうしたの？」

ぜえぜえと肩で息をしながら、彼は真っ青な顔で答える。

「し、信じらん、ねえ……な、なんだよあれ。ありえねえ。あ、あっ」

ガタガタと震え、顔を左右に振っている。ただごとではない。

「落ち着いて。ゆっくりと話して」

「でっ、出かけようと思って、学院の外、そ、外に出ようとしたんだ」

「うん。それで?」

「街道の、向こうから、走ってくるのが見えたんだ。学院に、目がけて。も、もうすぐ来る」

「……なにが、来るの?」

「ドラウトローが! 二十体はいる!」


買い物へ行こう、とミアは思い立った。

本当は、昨夜の『ケータイデンワ』について流護と喋ったりしたかったのだが、ロック博士が一緒にいたのでつい逃げてしまった。

ミアも年頃の女の子である。博士が嫌いという訳ではなく、ただ単純に変わり者で年上の男性が苦手なのだ。

(あ、あの人ちょっと変態っぽいし……。そんなことないだろう、っていうのは分かるんだけどー)

平服に着替えようか迷ったが、少し出かけるだけなので、そのまま外へと向かう。

安息日の門は基本的に開け放たれている。さあ買い物に行こうと一歩、学院の敷地を出た。

そこに、異様なモノがいた。

かなり背の低いミアだが、さらに小さいソレ。

不吉さしか思わせない黒は、真昼の空の下、あまりに際立って見えた。

「――――え？」

ドラウトローの腕が振り下ろされる。

ミアの視界が、朱に染まった。

彼女が、鈍い音とともに力なく倒れていくを様を見て。

ゴミ捨て場に放り投げられる人形みたいだ、と思ってしまった。

「ミ、アッ……う、ぉ、ぉおおあァァアアッ！」

駆けつけた流護の絶叫が轟く。

一瞬でも思い浮かんでしまった唾棄すべき思考を、咆哮とともに吐き出す。

その勢いのまま、倒れたミアの傍らに立つドラウトローへと肉薄。醜いその顔面に右拳を叩き込んだ。まるで事故のように、黒い矮躯（わいく）が吹き飛んでいく。

「ミ、ミア！　おいミア、しっかりしろ！」

転がっていった怪物の末路を見届ける余裕もない。彼女を抱き起こし、必死に声をかける。しかし、いつも明るい少女は目を閉じたまま返事をしない。

頭から、おびただしい量の血が流れていた。小さな頬を伝い、真紅の雫となって地面へ滴っていく。まるで、命そのものが零れ落ちるように。

ミネットの顔が、流護の脳裏をよぎった。

「う、おあ、あぁぁあぁぁ！」

ミアを抱え上げる。その身体は信じられないぐらいに軽かった。このまま、消えてなくなってしまうのではないかと思うほど。

（ベル子だ……！　あいつに、回復の神詠術（オラクル）をっ）

その思考を寸断するように、ドドッと重々しい音が響き渡った。

それは、複数の影が着地した音。

反射的に顔を上げれば、ドラウトローが二人を取り囲んでいた。

その数、七体。

「――な、なんッ」

見回した流護の顔色が蒼白になった。

（なん、だ、こりゃ!?　何が、起きて……！）

今しがた殴り飛ばしたドラウトローも、街道の隅で身を震わせながら立ち上がりかけている。それを含めれば八体。

考える間もなく、横合いから黒い残像が空を切った。ミアを抱えたまま、必死で一撃を躱す。

「くそっ！」

流護はそのまま全力で駆け出した。中庭を突っ切り、学生棟を目指す。

飛び跳ねながら追いすがる、七体の影。流護の脚力だからこそ逃げられているものの、一瞬でも躊躇すれば捕まるほどの速度だった。

勢いのまま、学生棟の扉を蹴り開ける。反動で戻ってきた厚い板が、派手な音を響かせて閉じられた。

紙一重の差で、扉を叩く嵐のような音が鳴り響く。開ける、という知能はないのだろう。しかし、強引に破られるのも時間の問題だ。今のうちに距離を稼がねばならない。

と、学生棟内にある部屋のドアがちらほらと開かれた。

「なんの騒ぎだ？」

「なに？」

「うるせえなあ。なんだー？」

自室にいる学生たちが、次々と顔を出していた。

「ドラウトローの大群だ！　逃げろ！」

彼らがその言葉を信じたかは分からない。

しかし流護の腕に抱えられるぐったりしたミアと、凄まじい勢いで叩かれる学生棟入り口の扉を見て、異常事態であることは察したようだ。

「なっ、ドラっ……は？　逃げるたってどこに！」

「は、そんな……え？　ドラウトロー？　ありえないだろ」

「学院内に？　こんな昼間からドラウトローが？　へ？　この学院に？　冗談だろう？」

とはいえ、あまりに突然すぎて誰も動こうとはしない。

（まずい……！　今、扉を破られたら――）

そこへ、毅然とした声が響き渡った。

『学院内の全員に緊急連絡です！　学院内に、ドラウトローの出現が確認されました！　全員速やかに、食堂か最寄りの堅牢な部屋へ退避してください！』

余韻を残して辺りに木霊したのは、ベルグレッテの声だった。

（そうか、通信の神詠術！　館内放送みてえに使えるのか……！）

ベルグレッテの切迫した声によって、ようやく生徒たちが動き出した。悲鳴や叫び声が上がる混迷の中、それでも皆、二階の食堂へと走っていく。

次の一瞬、それなりに重厚な造りだった入り口の扉が吹き飛んだ。

学生棟内へとなだれ込むのは、七体――

「な！」

増えていた。その数、十体。

流護は避難する生徒たちのしんがりを務めながら、階段を駆け上がる。

跳ね回る黒の群れの中から、すぐさま一体が追いついてきた。

「だっ、らァ！」

ミアを抱えたまま、無理な体勢ではあったが蹴りを繰り出す。横薙ぎに顔を打たれたドラウトローは、後続の数体を巻き込んで階段から落ちていく。階下に転がったドラウトローたちから、爆炎が上がった。

何事かと思えば、

「い、今のうちに！」

女子生徒の一人が、踊り場から追撃の援護射撃を放ってくれていた。

「サンキュ！　行こう！」

そのまま二階へ上がり、直線の廊下を駆ける。

食堂は二階廊下の突き当たり。もうすぐそこだ、と終わりが見えたその瞬間。

窓ガラスを突き破り、一体のドラウトローが飛び込んできた。

「きゃあぁっ！」

すぐ前を走っていた、今ほど流護の援護をした女子生徒へと、ガラスの破片が降り注ぐ。と同時、着地したドラウトローは彼女へ向かって、その黒い豪腕を振り下ろした。

みぢっ、と鈍い音を発し、ドラウトローが吹き飛んだ。黒い怨魔は壁に叩きつけられ、放り捨てられたように倒れ伏す。

「大丈夫か」

そんな太い声の主は、ダイゴスだった。

その手には、雷だろうか。バチバチと白い火花を散らす、長さ二メートルもあろう紫の棍があった。

「あ、ありがと……ぅ、ぐすっ」

「食堂はもうすぐじゃ。走れ」

巨漢は、ガラスの破片を浴びて傷だらけになった女子生徒の背中を優しく押す。

「アリウミ、お主もじゃ。行くぞ」

「あ、ああ」

頷くや否や、ダイゴスに薙ぎ倒されたはずのドラウトローが跳ね起きた。

反撃とばかり、自らを吹き飛ばした巨漢へ踊りかかる。

「ぬうッ！」

異様な光景だった。

身長二メートルもあるダイゴスが、一メートル程度しかないドラウトローに掴まれ、易々と振り回される。その巨体が壁に叩きつけられそうになったところで、

「させるかよ！」

ミアを抱えながらも素早く間を詰めた流護の蹴りが、ドラウトローの後頭部へ直撃した。バランスを崩した怨魔の腕を振り払い、ダイゴスが吼える。

「唸れ、雷節棍！」

下から突き上げた雷の棍によって浮き上がった黒い怨魔は、そのまま窓の向こうへと転落していった。

「助かった。例を言うぞ、アリウミ」

流護は頷いて返す。

油断なくしんがりについたダイゴスを最後に、何とか食堂へと駆け込んだ。

硬い金属製の扉をガッチリと閉める。この扉の厚さなら、ドラウトローといえど破れはしないは

ずだ。

「ベル子ッ！」

「リューゴ、やっぱりあなたは無事で――」

ほっとした顔を向けかけたベルグレッテの顔が、瞬く間に蒼白となった。

「ミ、ミア……？」

「ミアがやられたんだ、頼む、早くッ……」

「そこに！　ミアを寝かせて！」

素早くミアを横たえたところで、すぐさまベルグレッテが回復の神詠術(オラクル)を施術し始める。事態を把握した他の生徒も数名、術をかけ始めてくれていた。

「大丈夫、なのか？」

「血が流れすぎてる。でも……なんとかする。絶対に……絶対に、助ける」

流護は拳を握り締める。その手は、赤色に濡れていた。ミアの血だ。

「頼む。ミアを、頼む……」

「当ったり前でしょ。絶対に、死なせたりしないっ……！」

流護の脳裏を、ミネットの顔がよぎっていた。ベルグレッテもきっと、同じように。

死なせない。今度は、死なせない。

「ふうっ」

流護は浅く息を吐く。こんなときだからこそ、落ち着かなければならない。

広い食堂を見渡せば、ざっと三十人ほどが避難していた。

さすがにざわざわと混乱していて、泣いている女子生徒や、ケガをしている者の姿も目立つ。

「しっかし、何が起きたんだよマジで……」

いきなりの事態に、流護はそう呟かずにはいられなかった。

「分からない。ただ、ドラウトローの大群が学院目がけて押し寄せてる、って報告が入ってきて。なんとか、避難を促しはしたけど……」

ベルグレッテはうつむいて唇を噛んだ。

「……それでも安息日だから、学院にいる人数が少なかったのは不幸中の幸いかもしれない」

そう静かに言い添えたのはレノーレだった。

「今日は何人ぐらいが学院に残ってるんだ？」

「正確な人数は分からないけど、いつもは五十人ぐらい。今週も、そう変わらないはず。……とすると、現状で二十人はここに避難できてないことになるわ」

ベルグレッテが悔しさを滲ませてそう答える。

「咄嗟に三十人も避難できて上出来、と考えるべきじゃろうの。校舎へ退避した者も多いようじゃ。エドヴィンはそっちに行ったと連絡があった」

「ん。みんな、無事だといいけど……」

ダイゴスの言葉を聞き、不安げにベルグレッテが首肯する。会話をしながらも、治療の手を緩めることはない。

「リューゴは、どういう状況でミアを？」

「俺は、外でロック博士と話してたんだ。そしたら、何か叫びながら走ってく男子生徒が見えて。中庭に行ってみたら、学院の入り口でミアが……」

「……ミア、出かけようとしてたのね。ロック博士はきちんと避難できたのかしら」

「あのおっさんは大丈夫だろ……研究室のドアも分厚いし」

　そこで気の弱そうな女子生徒が近づいてきて、落ち着かない様子でベルグレッテに尋ねた。

「ね、ねえベル。詳しい状況は分かったの？」

「確認されたドラウトローは、総数二十四体。……まるで悪夢よ。『銀黎部隊（シルヴァリオス）』の出動もすでに要請したけど、早く見積もっても到着に四時間はかかるわ」

　それを聞いていた他の男子生徒が、泣きそうな声を震わせる。

「な、なぁベルよぉ。『銀黎部隊（シルヴァリオス）』ですら、何ともできねぇんじゃ？　ドラウトロー一匹相手に、兵士が三人はいるんだろ？」

「だいたい、助けが来るまで……四時間も、隠れていられるの？」

「今回の安息日、先生も二人しか残ってないし……」

「もう最悪っ、実家に帰っていればよかった」

　生徒たちからは、口々に不安の声が漏れていた。

　ミディール学院は街から遠く離れた丘に建っていて、最寄りの街までですら馬車で約二時間。王都レインディールへ行く場合は、四時間もかかると流護は聞いていた。

「なあ、ブリジアとかディアレー辺りから兵士呼べねえのか……？」

「相手は二十四匹のドラウトローだぞ。少しばかりの兵が来たところで、無駄に死体が増えるだけだ……」

神よ、と祈る生徒たち。状況は絶望的。

この学院は今、完全に孤立してしまっている。

「きゃあぁぁぁっ！」

そこで突如として、悲痛な悲鳴が響き渡った。

「あ、あれ……」

一人の女子生徒が、窓の外を指差している。

何事かと集まった生徒たちが、それを見て次々に動揺した。

流護も窓際に寄って、目撃する。

二階の窓から見下ろす地面。芝生の上に、人が倒れていた。中年男性のように見える。生徒ではないだろう。ただ分かるのは、辺りに飛び散った血。あの男性がどうなってしまったのか。それだけは、考えるまでもなく明らかだった。

「あれって……バート先生だよね……？」

「し、死んでるよ、な」

「せっ、先生がやられちゃうなんて！　ど、どうすればいいのよ！」

「こんなときに限って、『ペンタ』はいねえのかよ!?」

「も、もうだめだよ！　わ、私たち、みんな殺されるんだわ！」

「やめろよ！」

水に落とした墨のように、黒い不安が広がっていく。

「な、なあ、あんた！」

突然、流護は見知らぬ男子生徒に肩を掴まれた。

「あんたさ、エドヴィンやベルに決闘で勝ったヤツだよな！　すげえ強いんだろ、あんたなら何とかできるんじゃねえのか？」

そうであってくれ、首を縦に振ってくれと言わんばかりにすがりついてくる。周囲の生徒たちからも、かすかなざわめきが上がりかけるが――

「……それは無理」

浮ついた空気を締めるように、レノーレが静かな声音を響かせた。

「お主は、自分が何を言っとるか分かっとんのか？」

ダイゴスに窘められ、男子生徒はハッとしたように縮こまる。

「そっ、そうだよな。いくら何でも……。あ、あんた、すまん。忘れてくれ」

「いや、いいよ。ベル子。ミアの様子は？」

「えっ？　う、うん……大丈夫、かなり持ち直してる。このままいけば、絶対に大丈夫」

「そうか。よかった……マジよかった」

流護は脱力した。心の底から安堵した。そうして、反するように力強く拳を握り締める。

「じゃ、行ってくるわ」


「え？」

ベルグレッテが呆けた声を漏らす。

それだけではない。その場の全員が、呆気に取られた顔で流護を見ていた。

注目された張本人は、低く。ただ低く、声を震わせる。

「こっちゃもう、爆発寸前なんだよ。ミアやられて、必死でミア抱えてるとこ追いかけ回されて、ここに追い込まれて」

「い、いやあんた。さっきおれの言ったことは、忘れてくれって」

先ほどの男子生徒が泣きそうな顔で言う、その直後。

「ね、ねえ！　あれ、窓の外！」

またも誰かの悲鳴じみた声が皆の注目を集める。

「あっ、あれって！」

「だ、ダメだ、もうどうにもならねえぞ！」

「うわあぁ、間に合わねえよ！」

窓の外を見れば。この学生棟へ向かい、必死で走ってくる女子生徒の姿。その後ろを、いたぶるように追いかけるドラウトロー。

すでにこの中にも、あの怪物がひしめいているのだ。

詰んでいる。彼女の末路は、どう見てもすでに決まっていた。

今、ここで。有海流護が、動かない限り。

「行ってくるぞ？　ベル子」

「ッ……断れないじゃない！　絶対っ……絶対、死なないで……！」

ベルグレッテは半泣きだった。

顔を背けたその姿が、流護の中でなぜか彩花と重なる。

「おう。約束は、絶対に守る」

あの幼なじみとの約束は守れなかった。だからせめて、これは。そんな思いを胸に、流護は二階の窓から飛び降りた。

必死で逃げ惑っていた女子生徒の目の前へと着地する。

「っ、!?」

少女は驚いて、弾かれたように流護を見た。

すり傷と涙でぐしゃぐしゃになった幼い顔。流護より少し年下かもしれない。そんな彼女へ、少年は優しい笑顔を見せる。

「もう大丈夫だ。助けに来たぞ」

ただそう言って、少女を追ってきた怪物へ向かい、力強く踏み込んでいく。そしてただの一撃で、ドラウトローを殴り倒す。

まるでいつかのエドヴィンみたいに、怨魔は縦回転しながら地面へと叩きつけられた。しかしあのときとは違い、一切の加減をしていない。

女子生徒は脱力したようにぺたんと座り込み、流護を見上げた。


颯爽と空から降りてきて、悪しき存在を打ち倒す。

その姿は。

少女が子供の頃に憧れた、おとぎ話の勇者様のようだった。


ダイゴスが二階からロープを垂らして、女生徒を引き上げていく。無事に食堂へ入ることができた彼女の号泣が、流護の下にも聞こえてきた。

のそり……と。殴り倒したドラウトローが、身を震わせながらも起き上がる。

流護は、『岩波輝』の言葉を思い出していた。

『ボクの予想が正しければ、キミは――』

思考を振り払う。そんなこと、今はどうだっていい。

通じないと分かっていて、流護はドラウトローに言葉を投げかけた。

「よう。お前らってマジ性格悪いのな。俺のときは全力で追っかけてくるクセに、女子が相手だとわざとゆっくり追っかけんの？　追いかけっこ好きなのか？」

黒い怪物はもちろん答えず、のそりと流護に近づく。

「なら、俺とも追いかけっこしようぜ。ま、追うのは俺だけどな」

そう言って笑みを浮かべる少年の形相は、まさに鬼。

この瞬間。

狩る者と狩られる者が、逆転する。

暴力の塊。

そう表現するに相応しい、風切り音すら伴って振り下ろされたドラウトローの右腕。これを、流護は素手で掴んで止めていた。表情ひとつ、変えることなく。

「これもてめえらの特徴だ。最初から全力で殴りかかってこねえことが多い」

だからこそ、ミアは助かった。

だからこそ、ミネットは死ぬまで嬲（なぶ）られ続けた。

みしり。流護の右手に掴まれたドラウトローの腕が、軋みを発する。

詰まった下水めいた汚い悲鳴を上げて、ドラウトローは残る左腕を振るう。しかしそれは流護の前蹴りによって迎撃され、へし折れた枯れ木みたいに捻じ曲がった。

躊躇はあった。ミネットを殺され、ミアを殺されかけて。

それでもまだ、自分が『生き物を殺す』ということに、流護は戸惑いがあった。

無論、ドラウトローを殺すことに憐憫じみた躊躇いがあるのではない。ただ生物を殺すということに、嫌悪感があるだけだ。

ミネットのときは、考える余裕などなかった。ただ結果として、ドラウトローが死なかっただけ。研究部門へ送るために止めを刺さなかったが、放っておけば息を吹き返す可能性もあったかもしれない。

『護る』気があるのなら。確実に、敵を殺せ。

ここは、そういう残酷な世界だ。

日本という国で培った常識や嫌悪感を、流護は殴り捨てる。もう故郷には帰れない。ならば。この世界で、生きるために戦う。自分の力で助けられる誰かがいるのなら、護ってみせる。


例え、残された時間が、残りわずかであっても。


この世界へ来て、初めて。

明確な殺意をもって、突き出す打突。

砲弾じみた重さと速度を併せ持った全力の正拳突きが、ドラウトローの頭部を粉砕した。

何かを砕く音。命を砕く音。

よく分からない中身を盛大にぶちまけて、ドラウトローは大地へ転がった。

間違いなく絶命した黒き怨魔を前にしながら、流護は残心の動作を取る。

「まず、一匹」

歓声が聞こえた。

振り向くと、二階の窓から生徒たちが手を振っている。親指を立てて応え、流護は歩き出す。

この世界で生き残るための戦いが、始まる。


「う、ん」

ミアが目を開けると、心配そうに自分を覗き込むベルグレッテの顔があった。

「ミ、ア?」

「ん……どしたの、ベルちゃ――わっ!」

いつもとは逆。ミアのほうが、ベルグレッテに抱き締められた。

「よかっ、本当に、よかったっ」

「わわ、どしたのベルちゃ……あ」

そこでようやく、少女の思考が現実に追いつく。

「そか、あたし……」

「……よかった。……大丈夫? ミア」

いつも無表情なレノーレも、安堵した表情で優しく声をかけた。

「うん！　もう全然だいじょ……あ、れ？」

ふらついたミアを、ベルグレッテが優しく抱きとめた。宝物のように。

「ばか、無茶しないの。傷は塞がっても、血が足りてないんだから」

そこで、他の生徒たちのどよめきが巻き起こった。

「これは……！　いったい、どうなって」

「索敵担当から報告！　ドラウトローの数が、すごい勢いで減っていきます！　二十、十九！　すごい、こんなことって！」

策敵の神詠術（オラクル）を展開している少女が興奮気味に叫べば、周囲の生徒たちにも歓喜が、希望の気配が広がっていく。

「リューゴ……！」

怨魔の数を減らしているであろう少年の名前を、ベルグレッテが呟く。

「……あの人なら、本当になんとかできるのかも」

いつも感情を表に出さないレノーレですら、声に熱を篭らせていた。

「リューゴ、くん……」

意識がなかったはずなのに、かすかにミアの記憶に残っている。自分を抱えて、必死に走っていた流護の姿が。

「うむむ」

なぜか少女は、頬がカッと熱くなるのを自覚した。

「そうだ、今のうちに」

ベルグレッテが素早く指を舞わせて、通信の術を紡ぐ。

「リーヴァー、こちらベルグレッテ！」

『ね、姉様？　ご無事ですか、姉様！』

空中に浮かんだ波紋から、取り乱したクレアリアの声が響いた。

「なんとか大丈夫よ、今のところはね。それよりクレア。至急、学院の北にある国境近くの森に、部隊を送ってほしいの。それも、できる限りの精鋭を」

『え？　学院ではなく、ですか？』

「こっちには、さっき『銀黎部隊（シルヴァリオス）』を呼んだでしょ。例のドラウトローの資料を見て、どうしても気になることがあって」

『で、でも。こんなときにですか？』

「うん。むしろ、こんなときだからこそ……かな。いい？　クレア、よく聞いて。今、学院を襲ってるドラウトローは、おそらく――」

言い終える暇（いとま）はなかった。

「ッ⁉　この反応、近いっ！　来ますっ！」

索敵担当の少女が鋭く叫んだと、ほぼ同時。

凄まじい破砕音が轟いた。

二階食堂の窓ガラスを突き破って、飛び込んで来るは黒い異形。

ドラウトローはその短い足と長い腕を振り回しながら、振り子のように絶妙な均衡を保って着地した。ついに食堂内へと侵入してきた怨魔を目の当たりにし、生徒たちの悲鳴が響く。

『ね、姉様！　何の音ですか⁉　姉様っ！』

「ごめんクレア！　こっちは大丈夫だから、とにかく部隊をお願い！」

返事を待たず、ベルグレッテは通信を切った。今度は攻撃のために、詠唱を始める。

「アリウミが頑張っとんじゃ。一匹ぐらい、何とかせなの」

ダイゴスが、その手に紫電の棍を召喚する。

「同感っ」

ベルグレッテが、輝く水の剣を喚び出す。

「……うん」

レノーレが、自身の周囲に吹雪を纏わせる。

「先手！　必勝おおぉッ！」

そしてミアは起き上がりざまに、ドラウトローへ向けて両手をかざす。先ほどやられたお返しとばかりに、迸る雷撃を浴びせかけた。

バチン、と確かな直撃の手応え。

「どうだこのやろー！　って、あ、あれっ？」

しかし、怨魔は微動だにせず。攻撃を仕掛けてきた相手、つまりミアに平然と顔を向けるのみ。

「はあああぁぁッ！」

その隙を埋めるように、ベルグレッテが床を蹴って斬りかかった。

「はぁ、はあっ、は……っ！」

少女は、もう限界だった。息は切れ、膝は悲鳴を発している。

そもそも、何が起きているのか分からなかった。

この安息日に何をしようかとのんびり思案しながら校舎内を歩いていたら、突然、黒い怨魔が現れたのだ。学院には当然、魔除けの神詠術(オラクル)だってかかっているのに。間違っても、怨魔などが侵入してくるはずがないのに。まるで意味が分からなかった。

「っ、もう、だめ」

喉が干上がっていた。もう走れない。

隠れようと、手近な一階の教室へと入る。

「――――――」

愕然(がくぜん)とした。

ドラウトローが、教室の中にいた。一体何の冗談なのか、窓から外を眺めている。

少女が入ってきたことに気付き、振り返って笑みすら見せる黒い怨魔。まるで、待ち合わせでもしていたみたいな気味の悪さだった。

もうだめだ。終わった。

そう思った瞬間、少女の脇を通り抜けて飛んだ火球が、ドラウトローに直撃した。

「ボーッとしてんじゃねえ！　こっちだ！」

エドヴィンは呆然としている少女の手を引く。

「え、あ」

「やっぱ、逃げ遅れたヤツはまだまだいるみてーだな！　校舎にいた連中は、二階の大会議室に避難してる！　走れ！」

「う、うん」

そうして二人で走り出した瞬間、エドヴィンの肺から空気が漏れた。

「ご、は……………ッ？」

背中への激痛。力なく身体を屈め、崩れ落ちる。

「え……？」

少女は、何が起きたのか分からずにただ戸惑っている。

コロンと、エドヴィンの背中から何かが転がった。それは、緑色の小石。

「ごふ……！　これ、はッ」

音鉱石。

ドラウトローが狩りの様子を記録するために使うという、音を保存する性質のある石。エドヴィンが痛みを堪えながらゆっくり後ろを振り返ると、その細長い手で石をポンポンと弄びながら佇むドラウトローの姿があった。

「ヤ、ロ……ウ……」

先ほどの火球のお返しと言わんばかりに、石を投げつけたのだ。エドヴィンがそれを理解したと同時。怨魔は大きく振りかぶり、手にしたその石を投じる。

鈍い音だった。

頭から赤い飛沫を舞わせ、すぐ隣の少女は糸が切れた人形のように倒れ伏した。

「――――――」

何だ。何でこんな、あっさりと。エドヴィンの思考が、紅に染まる。己が属性の、燃えるような色彩へと。

「テメェエェエアァアッッ！」

エドヴィンの手に業火の球が生まれた。

それを叩きつけようと振りかぶった瞬間、指が折れ曲がった。視界に入るのは、関節を無視した自分の指と、緑色の石。

不発に終わった火球が、その場で力なく消失する。

ぐしゃぐしゃに潰れた指を押さえた『狂犬』の絶叫が、廊下に轟いた。

これが現実。圧倒的な怪物の前に、弱者はただ蹂躙(じゅうりん)されるのみ。

どこまでも単純で、だからこそ分かりやすい弱肉強食。

（だけど、負けられねえ。ただで負けやしねえ。刺し違えてでも、ブッ殺してやる——！）

歯を砕かんばかりに噛み締め、エドヴィンは顔を起こす。

そうして、見た。

その圧倒的な怨魔をもさらに上回る、究極の弱肉強食を。

外から飛んできた何かが、ドラウトローの頭を弾き飛ばした。それだけで、終わった。

まるで輪舞曲（ロンド）でも踊るみたいに一回転して倒れた怪物は、それきりピクリとも動かない。あまりにも、呆気なく。

「……」

エドヴィンは、呆然と窓の外へ目をやる。

校舎の外、広がる緑の芝生の一角に。数日前、自分をあっさり倒した少年が佇んでいた。その手のひらに、小さな石を弄んで。

（ハハ……ふざけんなバカ野郎。オメーの石投げは、俺の術より強えってのかよ。どんだけ伝説作る気だよ）

もはや苦笑いしか浮かんでこない心境の中、

「う……ん……」

倒れていた少女が、かすかに声を発した。まだ生きている。

自分の痛みをおして、エドヴィンは彼女を抱き上げた。

窓の外を見れば、少年が親指を立てている。エドヴィンも、無事なほうの手で同じように返す。

「っく、今のうちに行かねーとな……っと！」

カコンッ、と。足元に転がった音鉱石のひとつを蹴り飛ばし、エドヴィンは少女を抱えて走り出した。

窓の外の少年も、次の敵を探して歩いていった。


だから、誰にも聞こえていなかった。

音鉱石を打ち鳴らすことによって発生する、『記録内容』。

エドヴィンが蹴り飛ばし、校舎の硬質な壁にぶつかったことによって流れ始めたその記録に、誰も気付かない。

圧倒的な破壊音。

それによって巻き起こる、数十という規模の、ドラウトローの悲鳴。

過去に記録されたそれは、無人の廊下にいつまでも反響していた。

黒き怨魔が、長い右腕を突き出すように振るう。

流護はヘッドスリップで躱しざま、右拳をドラウトローの顔面に叩き込んだ。

伸ばされた双方の腕が十字を描く、クロスカウンター。

怪物は動力を停止したようにガクリと膝をつき、前のめりとなって崩れ落ちた。じわじわと、赤黒い血溜まりが広がっていく。

「十」

流護はあえて声に出しながら数える。

次の敵を探して走り出したところに、すぐさま闇色の残像が降りかかった。

木の上にいたドラウトローの急襲。流護は紙一重でこれを躱し、上段廻し蹴りで迎撃する。蹴り出された球のように数メートルも地面をバウンドし、ドラウトローは長い両腕を投げ出して転がった。

起き上がろうともがく怪物のその顔に、一切の躊躇なく足刀を叩き込む。

敵が完全に絶命したことを確認し、空手家は歩き出す。

ぐしゃり。踏み出した足が、濡れた音を立てて大地に赤い跡を残した。

「十一」

この局面において、技巧の冴えとでもいうのだろうか。

十一体ものドラウトローを仕留めながら、流護はかすり傷のひとつすら負ってはいなかった。

この世界で一週間あまりを過ごしたことで、身体が順応している。そんな手応え。

当初は弱い重力に振り回されるような感覚もあったが、ようやくこの軽い世界で重い筋力を振り回すことに慣れたのだ。

「うああぁっ！」

校舎の脇から聞こえる悲鳴。

駆けつけると、今まさにドラウトローに襲われようとしている男子生徒の姿があった。

黒き異形の数、五体。

流護はまず、持っていた小さな石を投げつけた。『石を投げる』というとやや迫力に欠ける印象もあるが、『投石』は立派な攻撃手段である。この世界において流護の腕力から繰り出されるそれは、もはや兵器の域に達していた。

注意を引くための投撃で、一体が頭を弾けさせて横転する。

それによって目標を流護に変更し、次々と襲い来る残り四体。その連撃を——躱し、いなし、受け流し、掻い潜る。

つい先ほどまで自分が襲われていたことも忘れたのか、男子生徒は腰を抜かしたまま、その光景をただ愕然として見つめていた。

——そうして、どれほどの時間が過ぎただろう。

澄み渡る快晴の青空。静かな安息日、昼の学び舎。

生き物の気配が全く感じられなくなった中庭を、流護は一人行く。

そびえ立つ城壁の下。

黒き影を確認した流護は、無言で、無表情で、近づいていく。

そのドラウトローが、わずかに身を竦めるような素振りを見せた。何体もの同胞を倒され、ようやく気付いたのだろう。

絶対に、勝てない相手だと。

凶暴で残虐な黒い怨魔は、狩られるだけの存在でしかないはずの人間を前にして。

背を向け、走り出した。

流護は色のない瞳で、その様子をただ見つめる。

そう。

きっとミネットも、そうやって逃げたはずなのだ。

(それを……お前らは、どうした?)

未だに忘れられない。

未だに夢に見る。

未だに耳にこびりついて、離れない。

『リューゴさん! 助けてよおおおぉぉぉおおぉッ!』

砕けそうなほど、奥歯を噛み締める。

正義の味方のつもりなんてない。彼女が死んだのだって、自分にはどうしようもないことだった。

分かっている。

でも、自分には。有海流護には、あったのだ。

あの少女を助けられたはずの、力が。

そう、思わずにはいられず。

「………ごめんな、ミネット」

蹴り足を受けた芝生が抉れ、土を散らす。

刹那の間に、流護は戦意を喪失した相手に追いついた。

躊躇は、なかった。

流護は中庭の木の根元に座り込み、空を見上げていた。

快晴だった青空はいつの間にか、巨大なうろこ雲が満遍なく覆う不気味な空へと変貌している。

確か、ファーヴナールの年とか言ったか。神を信じるような人たちがこの空を見れば、不吉なものだと思ってもおかしくはないな、なんてことを流護は思う。

そうして座り込む流護の下に、すっかり見慣れた少女騎士が駆け寄ってきた。

「リューゴっ！　だいじょう――っ」

ベルグレッテは流護の近くまでやってきて、はっと息を飲む。

「……っ、え、あなた、」

「よ、ベル子。どうした？　そんな顔して」

信じられないものを見るように、彼女の美しい瞳が見開かれている。

「……驚いた。二十四体すべてのドラウトローの反応が消えたから、急いであなたを探しに来たんだけど……。まさか……傷ひとつ、負っていないだなんて」

「へへ。ゲームで言やあ、ノーダメージクリアってとこか？」

首をゴキッと鳴らしながら、流護はそう笑ってみせる。

そんな言葉の意味が分からなかっただろう。ベルグレッテは、不思議そうに小首を傾げていた。

やがて、他の生徒も集まり始めた。周囲に折り重なって倒れたドラウトローの死骸を見て、感嘆の声を上げている。

「ほんっと、とんでもないわねリューゴ。これだけの数のドラウトローに襲われたっていうのも前代未聞だけど、それを一人で撃退しちゃうなんて。しかも無傷で」

ほとんど呆れたように言い連ねる。

「こっちはみんなの助力もあって、食堂に乱入してきた一体をやっと倒したっていうのに……」

「一匹行ったのか。みんな大丈夫だったか？」

「うん、おかげさまで。それにしても……ふふ。どうするの？」

ベルグレッテは何やら、いたずらっぽい笑みを浮かべた。

「目立たないようにするはずが、こんな大活躍しちゃって。これ、もう隠しきれないわよ？　王城に招かれて、名誉表彰ぐらいじゃ済まないかも」

「む。何かメンドそうだなそれ」

「め、面倒って。誰もが羨む功績をそんな……ふっ、あははは。リューゴって本当に不思議な人ね。本当なのかも。あなたが、違う世界から来たっていう話」

「信じてないんだな、やっぱ……」

「あたしはね、思ったのですよ！」

にゅっ、とミアが二人の間に入ってきた。

「う、うおっ！　ミア！　無事か？　大丈夫なのか？」

「うんっ！　もう大丈夫！」

「そうか……よかったよ、まじで」

「う、うん。少しだけだけど、覚えてる。お姫さまみたいに抱っこして……リューゴくん、一生懸命走ってくれたでしょ？　えっと、その、ありがと」

「い、いや。気にすんな。軽かったし、あんなんでよければいつでも……ってのも何かおかしいか……」

「ん、んんっ。そっ、そうそう。あたしはね、思ったのですよ！」

少しだけ顔を赤くして、ミアは仕切り直す。

「リューゴくんって、ほんとに『竜滅書記』のガイセリウスの生まれ変わりなんじゃない？　もう『転生論』から考えたら、そうとしか思えないよっ」

「てんせいろん？　って何だ？」

名前だけでもう小難しそうだ、と流護は表情を渋くする。

「そっか。『別の世界から来た』リューゴは知らないわよね。この世界ではね、人は死んだら新しい命として生まれ変わると伝えられているの。だから言ってしまえば、ミアも私もみんなも、昔の誰かの生まれ変わりってことになるわけ。『別の世界から来た』リューゴは違うかもしれないけどね、ふふっ」

「あんだよベル子、含みのある言い方しよってからに」

「でも、そういえば……。私、リューゴに初めて会ったとき、前にどこかで会ったことがあるような気がしたのよね」

「え？　あ。そういや、俺もなんか――」

流護はブリジアの兵舎で初めてベルグレッテを見たとき、言いようのない感覚に襲われたことを思い出した。ただ見とれた、という訳ではない。

これほどの美人なんて今まで見たこともなかったのに、どこかで会ったことがあるような。既視感、とでもいうのだろうか。

そういえばあのとき、ベルグレッテも驚いたような顔で流護を見つめていた。

「は、はああぁっ⁉　な、なにそれ！　つまり二人は運命的になんかこう前世とかで惹かれあっていたとかそういうなっ、……あ」

ふらっ、とミアがよろけた。

「ちょっ、血が足りないんだから無理しないの。だいたい、運命的とかそういうものじゃなくて……あ。ボロが出たわねリューゴ。別の世界から来たあなたが、私に見覚えあるはずないもの」

そのベルグレッテの得意げな微笑みを見て、流護は、

「彩花……？」

なぜか、不意にそう呟いてしまっていた。

「アヤ、カ……？」

流護の言葉を、ベルグレッテが呆然となぞる。

「オォオゥイ！　アヤカってなんだ！　他の女か⁉　他の女の名前いきなり呟くなんて、やばいですよベルちゃん！　この男、なかなかの遊び人っ……あぐっ」

ガクン、とミアがその場に膝をつく。

「あ、ああいや。何言ってんだ俺は。いや、彩花ってのはさ、元の世界にいた妹みたいなもんで……。ベル子の方が全然きれいだし、……あ！」

「っ！」

ベルグレッテが耳まで真っ赤になった。

流護も顔が熱くなるのを感じた。

「へっ、騙され、ちゃ、いけねえぜ、ベルちゃん……。いま、妹みたいいいいいなもんと言ったな、ミスタ・リューゴよ……。それはつまり、実のいもう、とではなく……ぐふっ」

片膝をついたまま額に汗を浮かべ、「まだまだ勝負はこれからだぜ」とでも言いたげな笑みを見せるミア。何とかカウント中に立ち上がろうとしているボクサーみたいだ。

「いやミア、もう寝てろよ……。っつか、もう関係ねえしな彩花とか。どうせもう、元の世界には戻れねえんだし」

「え？　どういうこと？」

その何気ない独白を受け、ベルグレッテが目を見開いた。

「あ」

しまった、と流護も口をあんぐり開く。

『元の世界に戻れない』というのは、ほんの昼にロック博士との間で話した内容だ。当然ベルグレッテたちには話していないし、そんなことを言えば「どうして元の世界に戻れないって分かるの？」と追及されるはずだ。

流護自身のことはともかく、ロック博士の事情を勝手に話してしまう訳にもいかない。

「どうして、元の世界に戻れないって――」

ベルグレッテは、流護が予想した通りのセリフを口にしようとする。

「……失礼。……ベル、あの件について、一応話しておいたほうが」

会話を遮る形で、離れたところにいたレノーレがしずしずとやってきた。

「っと、そ、そうだったわね」

ベルグレッテが緊張を帯びた表情に切り替わる。

「あ、さっきの話……？」

ミアも立ち上がり、不安そうな顔を覗かせる。

「ん、リューゴ。四日前、ドラウトロー三体を研究部門に引き渡したでしょう？　あの件の、調査結果が出たの」

「あれか。何か分かったのか？」

「ええ。もともとドラウトローはこの近辺にはいないはずの怨魔だし、あまり研究が進んではいない状況ではあったんだけど……。今回、奴らの新しい特性が判明したわ」

「……今まで判明してなかったのも、無理はないと思う」

無表情のレノーレがそう補足する。

「ドラウトローは夜行性だと思われていたけど、ある特定の状況下においてのみ、昼間でも行動することが確認されたの」

ベルグレッテは流護の目を見つめ、続ける。

「それは、恐慌状態。極度の恐怖にかられたドラウトローに限ってのみ、昼間にも活動することが判明したのよ」

「な、に？」

発せられた流護の声は、わずかにかすれていた。

「強い恐怖に晒されることで、魔除けの神詠術（オラクル）すら効果がなくなる……というより、魔除けに気付く余裕がなくなっちゃうみたいなの。一種の興奮状態かしらね。だから、街道内や学院にまで侵入してきた。けどもうすでに、研究部門が新しい魔除けを考案しているところよ」

「そう、か。けど、恐怖に駆られたドラウトロー、って……」

恐怖。

それはむしろ、あの黒い怨魔こそが振り撒いているものではないのか？

そんな流護の疑問を感じ取ったのか、レノーレが言い添える。

「……カテゴリーBでも上位に区分されるドラウトローに恐怖を与えられる存在なんて、そういるはずがない。……だから、この特徴は今まで判明してなかったんだと思う。……そして、それが今意味するところは」

レノーレは無表情ながらもわずかな焦りの色を浮かべて、ベルグレッテのほうを見る。

「つまり、四日前……そしてたった今、学院に現れたドラウトロー。奴らは、恐怖を感じるほどの、何かから逃げた結果、この地域周辺にたどり着いたのだと推測できるわ」

そのベルグレッテの言葉に続き、レノーレが結論を述べた。

「……そう。……ドラウトローは、学院を襲ったんじゃない。……学院に、逃げ込んできた」

流護の背筋に、言いようのない悪寒が走った。

二十体以上もいた、黒き殺戮者たち。

確かに流護は無傷で殲滅したが、それも極限まで冴えた体技や集中力あってのものだ。四日前に対峙して分かっている通り、あの豪腕が直撃すれば、流護とて無事では済まない。ドラウトローの強さは、身に染みて理解していた。

それが。

(あいつらが……あれほどの奴らが、何かから逃げてきた……？)

「でも安心して。ドラウトローのやってきた方角からおおよその場所を割り出して、すでに王国の部隊が……ロムアルドの部隊が向かってる。さすがにSクラスはないだろうけど、おそらくAクラス相当の怨魔が近くにいるんだと思う。今は連絡待ちで、場合によっては学院からの避難も検討してるところなの」

しかし、レノーレが冷静に現状を分析する。

「……でも正直、避難となると難しい。……まだ昼間で街に出かけてる人も多いし、実家に帰ってる人たちにも、個別に連絡なんて取っていられない」

「そうね。仮に私たちが退避できたとしても、なにも知らない人たちは学院に戻ってくるから」

思い思いに、それぞれ休日を過ごしている生徒たち。その全員に連絡を取るのは難しいだろう。どれだけ時間がかかるかも分からない。

「実質、避難はあんま現実的じゃないってことか……」

「ま、まああれだよね。ロムアルドさんの部隊が向かったんだから、もうなにがいても——」

そのときだった。ミアの言葉を遮り、ベルグレッテの周囲に波紋が浮かんだ。それは、通信の術。

「リーヴァー、こちらベル……」

『ベルグレッテ！　今、どこにいるッ！　学院にいるのか⁉』

受け取るや否や、尋常でなく逼迫(ひっぱく)した男の怒号が響き渡った。

「ロ、ロムアルド？　どっ、どうしたの？　今は学院にみんないるけ——」

『ダメだ！　逃げろ、そこから！　コイツはドラウトローを追って、学院に向かうハズだ！　早く！逃げてく、げあぁッッ！』

『ロムアルド隊長ォッ！』

『くそが、ありえねえよ！　全滅すッ、がはっ！』

『生き残ったドラウトローはいねえのか！　なんとか、そいつらを囮に——』

『ドラウトローなんぞ全滅しちまってるよ！　……ッう、わぁあああ！』

『神よ、嘘だ。こんな……創造神よ！　こんなこと――ガ』

そこで、通信はブツリと切断された。

「――――え？」

呆然としたベルグレッテの声がぽつりと零れる。その場の全員が凍りついていた。

ベルグレッテは震える指ですぐに通信の術を紡ぐが、

「ロ、ム、アルド？」

「ロムアルド！　ロムアルドっ！　なにがあったのッ!?　ロ……」

通信に、応答はなかった。

「な……なに、うそでしょ……？　な、なにがあったの？　ロムアルドさん、めちゃくちゃ強いのに……」

ミアがへたり込みそうになり、

「……ベル、みんなを避難させよう」

レノーレですら、顔色を蒼白にさせていた。

「っ、分かった。こんなときだからこそ、しっかりしないと」

ベルグレッテは気丈にも、集まった生徒たちを避難させるべく指揮を執り始める。

その様子を見ながら、流護は漠然と考えていた。

今の通信術から漏れていた悲鳴。兵士たちに断末魔を上げさせていた存在。ドラウトローが学院へ逃げてくることになった、原因。

（どんなヤツだってんだよ。よっぽどだぞ……）

中庭が緊張した雰囲気に包まれ、数分ほどが過ぎただろうか。

さすがに事態が事態だけに、ベルグレッテも生徒をまとめるのに苦労しているようだ。

やることのない流護は、何となく落ち着かずに空を仰いだ。

「ん」

うろこ雲に覆われた不気味な空を、飛行機が飛んでいる。

（おお。何だか久しぶりに見――って、は？）

飛行機。

そんなもの、この世界にあるはずがない。

流護は目をこすって、思わずそれを凝視する。大空を滑空する、大きな影。次第に、その形がはっきりしてくる。

ゆっくりと飛んできたそれは学院の上空に静止し、降下を始めた。

そこで流護以外の全員も、異変に気付く。

誰も、声を出さなかった。

その理由は、あまりに現実離れした光景だったから、なのかもしれない。

この場に集まった生徒たち約五十名。全員がただ呆然と、降りてくるそれを見つめる。

ヘリコプターが着地しようとしてるみたいだ、と。流護はただそんなことを思ってしまった。

蝙蝠に似た巨大な翼が羽ばたくたびに、芝生がそよぐ。土埃が舞う。

灰色の鱗に覆われた巨大な身体。大鎌じみた曲線を描く鋭い爪。それを擁する丸太のように太い四肢。裂けるほど大きい口には、鋼鉄の剣を思わせる牙がびっしりと揃っている。顔の両脇にあるギョロリとした巨大な眼球は、カメレオンによく似ていた。

現代日本からやってきた少年の知識では、それは爬虫類。トカゲにしか見えなかった。ただし。

優に全長十メートルを超え、空を飛ぶトカゲなど、見たことはない。

流護は、ただ見たままの印象を呟く。

「……ドラゴ、ン……?」

それは。ただ悠然と、当然のように、大地へ降り立った。

流護たちの、目の前へ。

「こん……な、うそ……見た、こと……ない」

ベルグレッテが、息も絶え絶えに呟く。

「……ベル子ですら、知らないヤツなのか？」

「違う。教本でしか、絵でしか、見たことない」

その名を口にした。

「邪竜、ファーヴナール――」

◇

それは、さながら王だった。

『竜滅書記』にも謳われし、伝説の邪竜。その名は、ファーヴナール。

もたげられた頭の高さは、ベルグレッテの身の丈の二倍ほどもあるだろうか。遥か高みより人間たちを睥睨するその様からは、暴君のごとき威厳すらも漂っている。

巨大すぎる人外の王は自らの前に居並ぶ人間たちを一瞥した後、キョロキョロと辺りを見渡す。

どこか、愛嬌すら感じられる仕草だった。

瞬間、一人の男子生徒が全力で駆け出した。ほとんど本能のまま、逃げようとしたのだろう。


刹那。

彼の右脚が、弾け飛んだ。


まるで。王の前で礼を欠いたがゆえの、罰。

風車のように回転しながら吹き飛ぶ脚と、四方八方へ撒き散らされる鮮血。

少年は絶叫を響かせてその場に倒れ込む。芝生の緑が赤く染まってゆく。助けなければ、すぐにでも失血死してしまうだろう。

しかし誰も。ベルグレッテでさえも、動けなかった。

何が起こったのか分からなかった。

逃げ出そうとした男子生徒の足が、突如、吹き飛んだ。

何らかの攻撃があったことは明白。しかし、それが全く感知できなかった。

ただ少なくとも、きっと全員が理解した。動けば自分がこうなってしまうと、理解した。

ミアも。ダイゴスも。エドヴィンも。レノーレも。そして、ベルグレッテも。

何ともならない。

例えば、この場にいる五十人全員で一斉に攻撃を仕掛けたとしても、何ともならない。

そういう、隔たり。存在そのものの規模が違うという隔たりを、肌で感じてしまった。

ベルグレッテの耳に、ガチガチと細かい音が届いてくる。

（やめて、誰、音を立てないで）

もしその音で、怪物の標的になってしまったら。

そこで気がつく。ガチガチと鳴っているのは、自分の歯なのだと。

終わりそうな色をした空の下。

六十年に一度と伝わるその年に。

降臨せしは、二千年もの時を生きると謳われる邪竜。

まるで神話だった。

しかしベルグレッテには、理解できてしまった。

これは、復活した悪竜に戦いを挑む勇猛な英雄たちの物語でもなければ、強大な竜王へ果敢に挑んで散ってゆく戦士たちの詩でもない。

ただ。

どこかで腹を減らした巨大な獣が、ドラウトローという餌を追い回し、その結果としてここにやってきてしまっただけ。そのドラウトローがいなくなってしまったので、代わりに自分たちが喰われるだけ。ただそれだけの、どこにでもある食物連鎖のひとつだった。

騎士として。仮に斃れることがあれば、名誉ある死を遂げたいと思っていた。後世へ語り継がれるような、伝記となるような美しい死を。

しかしそんなものは、全て吹き飛んだ。

栄誉も名誉もない。物語も伝説も残らない。ただ餌として終わる。

まるで処刑器具のように鋭く乱立した牙。そこからかすかに覗く、毒々しい紫色をした、ぬめりを帯びた大きな舌。おぞましいという表現すら生ぬるい。

(いやだ。こんなのに食べられて死ぬなんて、絶対にいや)

ベルグレッテの気概が崩れかけた、その瞬間だった。

「俺が行く。全員で逃げろ、ベル子」

囁くように小さな少年の声が、当然のように闘うことを選択している彼の声が、聞こえた。

どうして。

彼は、こんな状況ですらまるで諦めていない。

誰にだって分かる。

いかにこの少年でも、勝てるとか勝てないとか、そういう問題の相手ではない。

これは、ひとつの厄災。運が悪くて、みんな死ぬだけ。

なのに。

「今、思い出した。俺は、違う世界から来た人間じゃない。実は『なんとか書記』のガイセ……ナントカの生まれ変わりなんだ。五千年ぐらい前？　にもコイツ倒してるから。余裕」

ばか。もっと、ましなこと言いなさいよ。そんな言葉が、溢れそうになって。

「行くぜ。逃げろよ？」


地面が爆(は)ぜた。

大地を穿(うが)ちながら、土煙を纏いながら、有海流護はファーヴナールへと肉薄する。

邪竜の眼球が、走り寄る小さな人間の姿をギョロリと捉えた。同時、その裂け切った口をわずかに開く。高速で撃ち出されたそれを、流護はしなやかなサイドステップで躱す。重々しく着弾した何かが、地面の芝生を粉砕した。それは。拳大程度の大きさの、石。

先ほど、男子生徒の脚を弾き飛ばしたものの正体。

「見えてんだよ、っらァ！」

横に走り抜けながら、流護はポケットから取り出した石を投げつける。ファーヴナールの腕に当たりはしたものの、まるで金属みたいな音を残し弾かれてしまった。ぎょっとしつつも、流護は邪竜の視界外へ回り込もうと駆け抜ける。

「おら、こっちだ！」

挑発に反応した訳でもないだろうが、ファーヴナールはその巨体をぐるりと巡らせて、流護の動きを追った。

「今よ！　みんな、逃げてッ！」

ベルグレッテが全力で叫ぶ。

戸惑いを見せながらも、全員がクモの子を散らしたように駆け出した。先ほど右脚を撃たれて倒れた男子をダイゴスが抱え、貧血でふらつくミアをベルグレッテが支える。

それらの動きに反応したファーヴナールが生徒たちへ目を向けるが、

「どこ見てんだよ！」

鋭く踏み込んだ流護が、ファーヴナールの左前脚に一瞬で右、左、右のローキックを叩き込んだ。決まりさえすれば、倒れない者はいなかったコンビネーション。だが、ビクともしない。

「チッ！」

全く効果のないことを悟った流護は、仕切り直すべく全力で後ろへバックジャンプした。これは、ただの偶然だった。

瞬間。

直前まで流護のいた空間を、颶風が薙ぎ払った。流護の短い前髪が、風になぶられて一斉に逆立つ。思わずまぶたを閉じかける。

まるで、国道を走り抜ける大型トラックみたいな風圧。現代日本からやってきた少年にしてみれば、それが生物の腕によって生み出されたものであることが信じられない。

丸太じみた太さの右前脚を振り払ったままの姿勢で、巨大な竜は流護を見下ろしていた。

「は。避けられたのが気に食わねえか？」

軽口を叩きながらも、流護の背筋は凍っていた。

間違いない。喰らった時点で、終わる。

今の、ただ前脚を横に払っただけの一撃。当たってしまえば、それこそトラックに撥(は)ねられたような末路を迎えることだろう。

短い攻防で悟った。

（別格……コイツは、本物の怪物だ）

戦慄から思わず動きが止まった流護を目がけ、ファーヴナールの口が開く。大砲のごとく吐き出された石を、横に跳んで回避した。

邪竜は流護の動きをギョロッとした眼で捕捉し、巨大な左腕を無造作に持ち上げ、そのまま叩き下ろした。ただ煩わしい小虫を叩くような動作。しかし芝生が抉れ、土砂を巻き上げるほどの一撃。

「――――ッ」

思わず竦みそうになる打撃を咄嗟のステップで躱した流護は、地面にめり込んだままとなっているファーヴナールのつま先目がけて鋭く踏み込んだ。左、右の拳を素早く叩き込む。

「ぐっ⁉」

ブロック塀を殴ったみたいな衝撃に、思わずたじろいで後ろへ下がった。

ぼこり……と、ファーヴナールは地面に埋まっていた手を引き抜く。掘り起こされた土がバラバラと散らばる。ショベルカーかよ、と流護は内心で毒づいた。

（効いて、ねえ）

蹴りが、拳が。通用しない。

邪竜から目を離さないようにしつつ、チラリと視線を巡らせる。どうやら、全ての生徒が安全なところまで退避できたようだ。

今この中庭にいるのは、流護とファーヴナールだけ。

（……みんな無事に逃げた。俺も、もう逃げていいんじゃないのか……？）

ドラウトローを完全に殲滅したことで、全能感や万能感にでも酔っていたのかもしれない。そんな安っぽい酔いは、あっさりどこかへ吹き飛んでしまった。

これはだめだ。格好をつけて突っ込んではみたが、勝てる相手とは思えない。こんなのは、走り続ける大型車に正面から殴りかかるようなものだ。

きっとここで逃げても、ベルグレッテは咎めない。

それどころか、みんなが逃げられる隙を作ったことに対して、感謝さえしてくれるだろう。短い付き合いだが、何となく流護にも分かる。彼女は、そういう娘なのだ。

逃げた後、事情を知らずに帰ってきた生徒たちが運悪くファーヴナールに殺されてしまうかもしれないが、それはまた別の話だ。そのせいでベルグレッテが悲しむかもしれないが、それもまた別の話。

いくら何でも、流護にはそこまで関係ない。……だというのに。

あのとき。決闘の後で目の当たりにしたベルグレッテの泣き顔は、どうにかなってしまいそうなほど可愛かった。

でも、もうそんな顔はさせたくない。そう、思ったのだ。

「さっさと来いよ、クソトカゲ。ビビってんのか？」

我ながら、どうかしている。こんな怪物に立ち向かう理由が、それだけで充分だなんてのは。頭のどこかで、冷静にそんな声がする。

それでも冷や汗を浮かべた流護は、自らを鼓舞するために笑みをたたえた。

◇

生徒たちは皆、思い思いの方向へと逃げていった。

ベルグレッテとミアはほうほうの体で学生棟へたどり着き、慌しく駆け込んでいた。

「は、はぁ、はぁっ……ミア、大丈夫？」

「んっ、うん。大丈夫。ありがと、ベルちゃん」

へたり込みながら二人で息を整える中、わずかに無言の間が生まれる。

「ねえベルちゃん、どう、しよう。いくらリューゴくんでも……！」

「……なにが、騎士だ」

ベルグレッテは、ぎりと歯を食いしばった。

「なにが、みんなを守る騎士になりたい、よ！　私、こんなに無力で……っ、もう無理だった！　完全に、心が折れてた……！　私は、リューゴを見殺しにしただけじゃないのっ！」

少女騎士の口から、かすれた嗚咽が溢れ出す。器に収まりきらなくなった水が零れるように。

「リューゴも、なにが自分はガイセリウスの生まれ変わりよ！　もっと……ましな嘘つきなさいよ！　ばかぁ……うぅっ、」

滴った雫が、床に染みを作っていく。

ミアが、そんな少女騎士の手を握った。

「ベルちゃん」

「っ、ミア……？」

ミアはその瞳に、確かな決意を秘めて。

「あたし、ベルちゃんのこと大好き。でも、リューゴくんも好き。リューゴくんには、二回も助けられた。だから……今度は、あたしがリューゴくんを助けたい」

「ミ、ア……」

「ベルちゃんは？」

「……うん。そうだね……。私も」

「うんっ。それじゃ、なんとか……あたしになにができるかわからないけど、その……でも、なんとかしたい！」

真摯なまでの思いを感じ取って。ベルグレッテは、小さく息を吸い込んだ。

「っ、よしっ」

ごしごしと、手の甲で涙を拭う。

動け。泣き崩れるなんて、やれることを全部やって、だめだったときでいい。

「行きましょ。『勇者さま』を助けに。ミア、こっち!」

二人は学生棟の階段を駆け上り、屋上へと出た。

四階相当の高みから中庭を見下ろせば、巨大なファーヴナールと小さな流護が攻防を繰り広げているのが見える。

信じられない動きだった。たった一人で、笑みすら浮かべながら、伝説の邪竜と渡り合っている。

「リューゴくん、すごすぎ……。ほんとに、ガイセリウスの生まれ変わりなんじゃ」

「……」

しかし、ベルグレッテは気付いた。

一見、流護はファーヴナールと渡り合っているように見える。

ところが実際は、辛うじて凌いでいるだけだ。それも当たり前だろう。そもそもファーヴナールはその巨体ゆえ、周囲の広大な範囲が射程圏内となるのだ。手を振り回されるだけで近づけない。

そのうえ、仮にもらえば人間など一撃で終わる。

逆に、こちらの攻撃を当てたところで、どれだけの効果があるのか疑わしい。

あれは本来、国家規模の武力や『ペンタ』を動員しなければならない相手だ。カテゴリーSの怨魔とは、そういう存在なのだ。

　流護だって気付いていたはずだ。なのに、なぜ。どうして自らを投げ打つような、本物の騎士みたいな真似ができるのか。

「ベルちゃん、どう、しよう？　気持ちだけで突っ走っちゃったけど……あんなすごい闘いに、どうやって……」

「……考えがあるわ。この位置にいる、私たちだからこそできること。ただ、成功の保証なんてどこにもない。それに……ミア、あなたの力がいる。それも、限界ギリギリまでの」

「あ！　もしかして、あたしの『ブリッツレーゲン』……？」

　ベルグレッテのアクアストームに憧れて、ミアが考案したという攻撃術だった。

「ええ。あなたの奥の手ね。ファーヴナールの硬い鱗の前には、水や氷、炎や風はおそらく効果が薄い。けれど……雷なら、肉体の内部にまで浸透するはず」

　戦闘には、相性というものがある。ミアがベルグレッテを模倣して生み出したそれは、今この局面において、本家（オリジナル）にできないことを成し遂げる可能性があった。

「で、でも……正直、この位置から当てるなんて、あたしには……」

「ミアは、力を放つことだけに集中して。私が狙いを定めて、さらに魂心力（プラルナ）を注ぎ込んで、威力を底上げする。……はっきり言って、当てられたとしても、効くかどうかは分からない。それに今のミアは血を失って、本当なら戦闘なんて絶対にさせたくない状態。全力の一撃を放つことには、大きな危険がつきまとう。成功の確証はない。……それでも、やれる？」

ミアは小さく息を吸い込んだ。一片の迷いすら見せず、首を縦に振る。

「やる。やってみせる。補佐お願いね、ベルちゃん」

「ん」

ベルグレッテはその心意気を汲み、強く頷き返した。

「うーん。このあたり、かな?」

「ええ。いい位置ね」

ミアは狙撃しやすい場所を見繕い、そこに陣取った。屋上から望む先、遥か遠くには、攻防を繰り広げる竜と少年。

ミアは左腕を前に伸ばし、右腕を引き、弓矢を引き絞るような構えを取る。

「詠唱時間は、だいたい四分ぐらい。ほんとベルちゃんの真似がしたかっただけで、とても実戦向きじゃないんだけどね。こんなふうに役に立つ日がくるなんて、思いもしなかったよー」

軽い口調で言うミアが伸ばした左手は、震えていた。

その手に、ベルグレッテは優しく自分の手を重ねる。もう片方の手で、ミアの肩を抱く。

「二人ならきっと大丈夫。私はミアを信じる。ミアも私を信じて」

「なっ、なにそれ。恋人みたいだなあ……もう」

「ん。そうだね。それぐらい相思相愛じゃなきゃ、きっと成功しない」

ぎゅっと。ベルグレッテはミアの手を強く握った。

「……っ、なら、絶対失敗できないじゃんっ……! じゃあ、いくよっ」

ミアが魂心力を練り始める。

二人を取り巻く空気が淡い光を帯び、ミアの属性たる青い電撃を散らし始めた。

「発射五秒前から秒読みするよ！　よろしくっ！」

「オーケイ！」


分かっていた。これは、『戦闘』ではないと。

たとえるなら、ネコジャラシに飛びつくネコといったところか。

なかなか捕まらない流護に、ファーヴナールがじゃれついているだけ。ただ、それだけだ。

烈風すら纏った巨大な爪を、流護は辛うじて躱す。返す刀で飛んできた左腕を、ほぼブリッジのような姿勢でのけ反って回避した。そのまま、自分の上を通過していく腕を蹴り上げる。ファーヴナールはわずかに体勢を崩すが、反撃に転じられるような隙ではない。そもそも、蹴りを喰らったところで微塵も効いていないようだった。

「はっ、はあっ……」

一方、流護の息は上がり始めていた。

ファーヴナールも生き物だ。となれば、弱点はある。

頭。

頭部は、全ての生き物の弱点といえる。しかしその大きな頭は常にもたげられ、三メートル近い高みにあった。

さらに。うまく頭に近づけたとして、どれだけ攻撃を叩き込めばいいのか。そもそも通用するのか。また弾かれるかもしれない。

アクションゲーム『アンチェ』で上手くいかないあまり「モンスターを直接殴らせろ」などと何度も思った流護だったが、まさか本当にこんな超ド級モンスターを殴る羽目になるとは思いもしなかった。

ファーヴナールの右腕が唸りを上げて飛ぶ。それを飛びのいて避けると、すぐさま左が薙ぎ払ってくる。それも躱した瞬間、ファーヴナールがわずかに口を開けた。

「ッ、っぐがあぁぁッ！」

両腕でガードするも、高速で吐き出された砲弾のような石が容赦なく肉を抉る。

痛みに悶える間もなく、ぬっと黒い影が差す。顎を上げると、大きく振りかぶったファーヴナールが腕を振り下ろす瞬間だった。

一切の加減も容赦もない重撃が叩きつけられ、大地が激震する。芝生が抉れ、茶色の地表をさらけ出す。

紙一重の差で逃れた流護は、派手に地面を転がった。痛みを堪えながらも反動で立ち上がり、薄く漂う砂塵の中、ファーヴナールを睨む。

悠然と佇む巨大な暴君は、感情のない目で流護を見下ろしていた。

なかなか捕まらないと判じたか、はたまたじゃれることに飽きたか。邪竜の手数が、次第に増えてきている。

つまり、まるで本気など出していない。いつでも。ファーヴナールがその気になった瞬間、終わる。

(ケタが……違いすぎんだろ……)

流護は絶望的なまでのその事実を、肌で感じ取った。

そんな状況を認識すると同時、ベルグレッテの通信術が響き渡る。

『リューゴっ！　聞こえる⁉　私が指示したら、全力で離れて！』

意味が分からず視線を巡らせると、学生棟の屋上に、凄まじい光が収束していた。その煌きの中心にいるのは、ミアとベルグレッテ。

「なんっだ、ありゃ――」

「う、おぉ！」

思わず言葉にする流護へ、ファーヴナールの追撃が迫る。

避けるより逃げるという動きで、何とか攻撃を凌ぐ。

体力の消耗が激しい。もはや直撃を喰らうのは時間の問題だった。


周囲を青白く染め上げるほどの雷光が、二人を包み込んでいた。

「ベルちゃん、いくよ五秒前！　四、三、」

『リューゴっ！　下がって！』

大きく飛びのく彼の姿を確認する。

「二っ……！」

絶大な力にぶれるミアの手を、ベルグレッテはしっかりと押さえつけた。そこに自分の魂心力(プラルナ)を注ぎ込み、精度と威力を倍加させる。増幅と呼ばれる技巧。

二人の魂心力(プラルナ)が、
融け合い、
解け合い、
溶け合い、
密度を増してゆく。

「一っ！」

一際大きな光が、ミアの手へと集う。

「いっ！　けえぇぇぇぇ――――ッッ！」

ミアのかざした手から、閃光が奔った。

それは、落雷。

神速をもって、まるで天罰のような轟雷がファーヴナールに叩き込まれた。その巨大な身体が痙攣したようにバヂンと跳ね、煙を吹き上げる。

「やっ、た――――っ」

力なくくずおれるミアの小さな身体を、ベルグレッテはしっかり抱きとめた。支えながら、宝物を置くように優しく座らせる。

ミアの額には、珠のような汗がびっしりと浮かんでいた。呼吸も荒い。病み上がりの状態で撃たせるような技ではなかったのだ。下手をしたら命にかかわる。

「けど、よくやってくれたわ、ミア。これで――ッ!?」

しかしそこで、ベルグレッテは絶句する。

屋上から目を向けた、そこには。

ぐるりと首を巡らせ、辺りを見渡している、あまりに平然としたファーヴナールの姿があった。

確かに、その巨躯が跳ねた。白煙を吹き上げた。

しかし。それだけだった。

(マジ、かよ、コイツ)

目を灼くほどの白雷一閃。耳を麻痺させるほどの大音響。

どう見ても、今の一撃はもはや落雷と同じ域に達していた。大きく離れていた流護が思わずよろけてしまうほどの、超絶な紫電の瞬き。

だというのに。

(コイツ……あれだけの一撃を受けて、倒れもしないってのか……!?)

流護の全身から、冷ややかな汗がどっと吹き出した。

そうして。キョロキョロと首を巡らせたファーヴナールは、ある一点を見つめて静止する。言うまでもない。

その飛び出した眼球が見据える対象は。学生棟の屋上、ミアとベルグレッテ。

「やめ、ろ、てめええぇぇッ！」

流護の制止など聞くはずもなく。巨大な翼を羽ばたかせ、飛び立とうとする邪竜。その横っ面に、回転しながら飛んできた雷棍が直撃した。

（ッ、今のはっ）

見れば、校舎二階のバルコニーから「ニィ……」と不敵な笑みを見せるダイゴス。

直後、ファーヴナールの左右それぞれの翼に、火の球と氷の槍が着弾する。

学生棟の二階に、手を前へかざしたレノーレ。校舎の入り口に、中指を立てたエドヴィン。

効いた訳ではないのだろう。しかし飛び立とうとしたところへ攻撃術を立て続けに浴びたことで、ファーヴナールは完全に体勢を崩した。

常に高くもたげられていた顔が、地面の近くまでガクンと降りる。

ほんの一瞬。しかし、それで充分だった。

滑り込む流護。

接近に気付いたファーヴナールは、噛みつこうと大きく口を開く。が、
それは、『顎（あぎと）』だった。

流護が繰り出した、高速の右肘打ち。超速の右膝蹴り。

同時に放たれた、突き下ろす肘と突き上げる膝は、まるでファーヴナールの頭を噛み砕く、巨大な顎のようだった。


強引に噛み合わされたファーヴナールの牙が砕け、破片を撒き散らす。飛び散った紫色の液体が、宙に舞う金属片じみたそれらを彩る。

今度こそ。邪竜の巨体が、のけ反った。

効いていたのだ。

ミアとベルグレッテが放った、雷光の一閃。

あれほどの一撃でさえ効果がなかったかに思えたが、噛みつこうとしたファーヴナールが確かに一瞬だけ痙攣(けいれん)し、遅れたのを流護は見逃さなかった。

「ツシャアアアアッ!」

待ちわびた瞬間が到来した。

間を置かずファーヴナールの頭部へと叩き込まれる、拳の連弾。身体を反転させる勢いで繰り出す右廻し蹴り。

岩壁を叩いたような感触。しかし、打つ。その岩石じみた頭蓋を叩き割るべく、息をもつかせぬラッシュをここぞとばかりに叩き込む。

ファーヴナールはガクンとその巨体をよろめかせ、しかしその強靭な四肢で踏ん張った。

まさに伝説を思わせる光景だったろう。

今、確かに。この巨大な竜が、小さな人間に圧されて後退した。

(効いてるッ！　終わりだ、クソトカゲ野郎ォォッ――！)

流護はコッと鋭く息を吸い込んだ。渾身の右正拳突きを放つべく身構える。

岩波輝の言葉が、脳裏をよぎった。

『ボクも専門外だから、詳しくはないんだけどね。けどボクの予想が正しければ、キミは――』

『キミは近いうちに、その超人的な力を失う』

『キミも気付いてるだろうけど、この世界の重力は弱い。キミの膂力というものは、地球の重力下で育ったからこそ身についたものだ。この世界で地球と同じように暮らしていくなら、その筋力を維持することはできない。鍛錬を怠った筋肉がすぐに衰えるように、キミの肉体はこの世界で暮らすだけで、急速に衰えていく。同じようにトレーニングをしてもダメなんだ。「ただの人」になるまで、きっと三週間もかからないはずだ』

この世界においては、ただの人ですらなくなる。神詠術(オラクル)も使えないのだから。

グリムクロウズへ来て一週間。すでに衰えは自覚し始めていた。

環境に慣れ、ドラウトローの攻撃こそ完全に凌げたが、拳に確かな手応えを感じても、容易に一撃では仕留められなくなっていた。単純に腕力が低下しているのだ。

しかし、それでも。

この一撃。この一撃で、腕がなくなってもいい。

左腕を前に伸ばし、腰溜めに引く動作を取ろうとする、その刹那。

風を感じた。

左腕に、引っ張られるような違和感。

見れば。


流護の左腕。肘から先が、なくなっていた。

「――――――――――――――」


流護はただ呆然と、自分の左腕を見る。

ものの見事に、肘から先がなかった。

赤い液体を吹き上げる様を見て、壊れた水道管みたいだと思った。背後でやたら大きく、ボトリと音がした。そこに何が落ちたのか、確認するまでもなかった。

「が、あぁあぁあアアああああああぁぁああああ!」

もはや咆哮。

二の腕を押さえ、後ろへよろめく。膝をつく。意識が、明滅する。

そこで、見た。目の前にいる怨魔。伝説と謳われる邪竜。

これまで感情を感じさせなかったその巨大な眼には、明らかな怒りの色。

何のことはない。流護が先ほど思った通りなのだ。

『じゃれついていただけ』だったファーヴナールが、少し手痛い攻撃を喰らったことで、ようやく『戦闘』をする気になった。その本気で振るわれた爪は、流護に視認することすら許さず、左腕を吹き飛ばした。それだけのことだった。

有海流護は、自分の死が確定したことを悟った。


どうせもう日本には戻れないと、捨て鉢になっていた部分もあるかもしれない。

恐怖はさほど感じなかった。死ぬほど痛いが、意識はまだ保っている。

しかしそんなのは、戦闘の興奮状態にあるせいだ。試合やケンカで、痛みを感じなくなることは今までもあった。しかしアドレナリンが切れて冷静になってしまえば、絶大な痛みでショック死するかもしれない。

いや、それより失血死が先だろうか。左腕の付け根を押さえてはいるが、血は溢れ続けている。

しかしそんな心配は不要だろう。

それよりも何よりも、目の前で腕を振りかぶりつつある巨大爬虫類に潰されて、死ぬ。

まるで他人事のように。自分でも驚くほど冷静に。流護はそう悟った。


「ちくしょう……アリウミッ……！」

エドヴィンは、ただ目を見開いていた。

「ここまでか……！」

ダイゴスは、悔しそうにバルコニーの柱を叩いた。

「……そんな」

レノーレは、顔を青くしてぺたりと座り込んだ。

「い、やだ、リューゴくん、いやだあああぁっ……！」

ミアはへたり込んだまま、泣き叫んだ。

全員が否応なしに、理解していた。

振りかぶる竜と、うずくまる人間。明らかに決した勝敗。

そして、敗者に訪れる結末。

もう。これから起こることは、覆らないと。


ただ一人。

ベルグレッテ・フィズ・ガーティルードは屋上の手すりを乗り越え、空中へとその身を躍らせていた。

「ベルちゃんっ⁉」

驚くミアの声が届くよりも先に。

神詠術（オラクル）を展開し、水流の逆噴射を利用して、滑空する。

文字通り空を飛び、ファーヴナールの至近へと迫った瞬間、詠唱を終えていたその術を発動した。

「我が手に来たれ、剣よ——！」

高密度に凝縮された水が、銀色の煌きを放ちながら、その両手へと収束していく。

現れたのは。ベルグレッテの背丈の二倍以上はあるだろう、白銀に輝く水の大剣。

そこでファーヴナールは自分へと肉薄する存在に気付いたのか、グルンと顔を巡らせた。

「はあああああぁぁぁぁぁッ！」

彗星（すいせい）のように銀色の尾を引いて迫ったベルグレッテ。その両手に携えられた大剣が、ファーヴナールの左眼に突き刺さった。

ここで初めて、竜が咆哮を発する。腹の底に響き渡る、おぞましいまでの雄叫び。

腕を振り回してベルグレッテを叩き落とそうとするが、そこは長大な尺を誇る剣。その柄を握るベルグレッテには届かない。

「こ、のおぉッ……！」

身をよじるファーヴナールに身体を振り回されながらも、少女騎士は全力で刃を突き入れる。

「く、ううぅ……っ」

ベルグレッテは、急速に自分の中から魂心力（プラルナ）が失われていくのを感じていた。

幼い頃から練習していた、勇者の大剣。詠唱に時間がかかり、一振りが精一杯の、とても実用的でない伝説の大剣。

己の力では、ファーヴナールの皮膚を斬り裂けるとは思えない。そう判じた少女騎士は、迷いなく眼球を狙った。この突き入れた左眼から、反対側の右眼までを一直線にぶち抜く。突き抜けるのが先か。精神力が切れ、大剣が消えるのが先か。

流護の腕が吹き飛んだのを見て、ただ飛び出した。ミアの補佐をしながら念のために詠唱していたこれを、躊躇なく発動した。外せば自分が死ぬなど、考えなかった。

絶対に、この一撃で終わらせる。

いや、終わらせなければならない。すぐにでも、流護の手当てをしなければ。死んでしまう。


――また、流護を失ってしまう。


そんな覚えのない感情が思い浮かんだ瞬間、ファーヴナールが大きく頭を振った。

大剣の切っ先が滑るように眼窩（がんか）から外れ、ベルグレッテは支えを失う形で地面へと落下する。同時に、握り締めていた大剣がここで消失した。無数の煌く残滓（ざんし）となり、虚空へと散っていく。

「……っ、く……」

一気に大量の魂心力（プラルナ）を消費したことで、ベルグレッテはもう立ち上がることすらできなかった。それどころか、呼吸もままならない。

眼前には。

片眼を潰され、単一となった怒りの眼光で見下ろしてくるファーヴナールの威容。

——いやだ。いや、だよ。流護。

またしても浮かぶ声。

そこへ被せるように、

「さすがだぜ、ベル子」

別の声が聞こえた。

倒れたまま、辛うじて顔を向ける。

片腕をなくした少年がいつの間にか立ち上がり、凶悪な笑みすらたたえてファーヴナールを睨みつけていた。

（りゅう、ご、もう、）

そんな血を流して。これ以上動いたら、本当に死んでしまう。

「やく、そく……死なないって、やくそく、したじゃな……い」

もう声すら、上手く出せない。

邪竜は、血走った隻眼をギロリと少年に向ける。しかし悠然と佇んでいたはずの巨大な躯体はかすかに震え、頭をもたげることすらできなくなっていた。

身体を支えるのがやっとなのか、突進気味に首を伸ばし、砕けた牙でおかまいなしに噛みつこうと口を開く。

誰かが何かを言っている。

目がひどくかすんで、顔がよく見えなかった。しかし、その長くてきれいな髪で判別はできた。

(ああ、彩花だ)

そのベルグレッテが、何かを言っている。

(約束?)

約束ってなんだっけ、なんて言えば、また不機嫌になることは明白だ。思い出さなければならない。流護は、今にも止まりそうな頭で必死に思考を巡らせる。

(ああ、そうだ)

夏祭りに行く約束だったのだ。さっさと片付けて、準備をするべきだろう。

それにしても、彩花はやはり頭がいいと感心する。

(俺は……このデカブツを倒すのに、頭を狙うことしか考えてなかった。でも、それよりハッキリした弱点があるじゃねえか……。さすがベル子だ)

流護はふらつきながらも噛みつきを左へ躱し、ファーヴナールの右眼の前に陣取った。

ギョロリと追いかけてきたその眼球へ、なくした左腕を向ける。花壇に水でもやるような気軽さで、止血のために押さえていた右手を離す。

肘先から噴出した赤黒い飛沫が、ファーヴナールの顔に降りかかる。瞬間的に、怪物はその視界を閉ざされることとなった。

そして、その一瞬で充分だった。

今まで、何千、何万と練習してきたその型。

失った左腕を引き、腰溜めに構えて。

「――――シッ」

ごく自然に、当たり前のように息を吸い込む。一撃に備えるための、溜めの呼吸を。

放つは、右の拳。

確信する。

ああ。あの大会で、これが放ててれば。あいつにだって、勝てたかもしれねぇのに。

そんな自画自賛すら浮かぶ、至高にして最後の一打。

多量の血を流し、朦朧とした意識の最中であっても。これまで数え切れないほど積んできた修練を礎として打ち放たれた拳撃は、心身を……有海流護を裏切ることはなく。

ファーヴナールの右眼に叩き込んだ渾身の正拳突きは、反対側の左眼から突き抜けていた。

エピローグ

彼女が、泣いている。

きれいな顔を悲痛に歪めて、ぼろぼろと涙を零して。

（……何だよ、お前。また、泣いてんのか）

子供の頃の彼女は、ひどく泣き虫だった。

それでよく、近所の悪ガキにいじめられたりして。今にして思えばそれは、気になる女の子にちょっかいをかける的な、他愛のないものだったのだろう。

それでも当時五歳の流護は、怒りに燃えた。

ちょっと待ってろ。俺がボコボコにしてやる、と。

意気込んで彼女を泣かした悪ガキ連中に挑みかかったが、相手は三人。しかもふたつ年上の小学生。特にリーダー格は身体が大きくて、小さく病弱だった流護では何もできず返り討ちにされてしまった。

彼らを見かけるたびに何度かそうして突っかかっていくも、一度も勝てはしなかった。そのうち向こうに見つかるたび、流護もからかいついでで殴られるようになってしまった。

いてえ、ちくしょう。どうすればいい。どうすれば、――をたすけてやれる？　どうすれば、あいつらにかてる？

ただそんな思いだけが渦巻く。あまりに無力だった。

思えば、母が死んだときも同じだった。ただ、迫ってくる車を見ていることしかできなくて。

毎日生傷の絶えない息子を見てさすがに心配になったか、豪胆な父が珍しく優しげな声で尋ねた。

「流護。お前最近、何してんだ。そんな傷だらけになりやがって」

なんでもない、と答え続けた。頑なに。

子供心ながら、心配をかけたくなかったのだ。

妻を亡くしたばかり、男手ひとつで自分を養ってくれている父に。

しかし所詮は子供。感情を押し殺して隠し通せるものでもなく、落ち込んだりブスッとむくれていたりしている息子の様子から、親は色々と察したのだろう。

ある日、その道場に連れて行かれた。

「名前は？　流護ちゃん、か。えらいえらい。よろしくのう」

父よりもずっと小さな老人だった。とても強そうになど見えなかった。

しかし。その組手を見て、魅了された。

おれも、おれもおじいちゃんみたいになりたい！

気付けば、自然とそんな声を張り上げていた。子供心ながら、はっきりと分かることがあった。

これだけ強くなれれば、アイツを助けてやれる。守り続けてやれる。

ただ、本能でそう理解した。

それなりに吸収は早いほうだったらしい。単純に身体を動かすことや鍛錬することが面白いのもあって、流護はあっという間に上達していった。

そうして、空手を習い始めて二ヶ月。久しぶりに対峙した悪ガキ連中を前にした流護は、まず思ったのだ。

こいつら、こんなに小さかったっけ……と。

たかが二ヶ月。お互いの外見なんて何も変わっていないのに、なぜだかそう感じた。

そして何より、自分でも信じられないほど落ち着いていた。

おまえら、まず――にあやまれ。それで、これまでのことはなしにしてやる。

連中を指差して、自然とそんなセリフが飛び出す。勢いだけで突っかかっていた頃とは比べものにならないほど、余裕が生まれていた。

当然、そんな口上が聞き入れられるはずもない。なに言ってんだこいつと笑われ、三対一の、幼き日の少年にとっては一世一代の『戦い』、その火蓋が切って落とされたのだ。

――その後、幼なじみの家を訪れて。

傷だらけの流護を見て、少女はまた泣き出してしまった。

そんな彼女のおでこをつんと突き、流護は痛みを堪えながら笑ってやった。

もう、あいつらにいじめられることはねえ。だから、あんしんしろ、と。おれのこぶしにたおせないやつはいねえんだ、と。

それから、彼女は笑顔を見せることが多くなった。

何だかんだで悪ガキ連中とも仲よくなり、今までより日常がずっと楽しくなった。

毎日のように道場へ通って。鍛錬して、遊んで。父が家を空けることも多く寂しい気持ちもあったが、少女との家族ぐるみの付き合いのおかげで、孤独を感じることはなかった。
そんな日々が続いていくものだと、疑いもなく思っていた。

彼女が、泣いている。
きれいな顔を悲痛に歪めて、ぼろぼろと涙を零して。
（……何だよ、お前。また、泣いてんのか。よーし、待ってろよ……俺が）
しかし。
いざ対峙しようとしたそれは、ガキ大将などではなかった。
大きな翼。太い腕に鋭い爪。身の毛もよだつような、恐ろしい竜。
ふざけんな、なんだコイツは。勝てるワケねぇだろ。
本能がそう叫び、ゾッと全身が竦む。
それでも。
（コイツのせいか。お前が泣いてんのは……）
身体が重い。全身が痛い。見れば、左腕なんて肘から先がなくなっている。
それでも。
（てめぇか。アイツを泣かしたのは……）

駆けた。

(待ってろ。今、助けてやる。俺は……お前の泣き顔なんて見たくないから、強くなったんだ)

迷うことなく、前へ。

(俺の拳に——倒せねぇ奴はいねえんだよ——！)

幾千幾万と繰り返した鍛錬。その集大成を、ただ打ち放つ——。


目覚めた流護の前には、知らない天井が広がっていた。

咄嗟に視線を巡らせる。

白い天井、白い壁。そして白いシーツに包まれて、自分は横たわっている。清潔な印象の部屋だった。

すぐ右側にある窓からは、爽やかな心地いい風が入ってきている。

「あ！　リューゴくん、起きた！」

左隣から聞こえた声に顔を向ける。

そこには、すっかり見慣れた元気娘の姿があった。

「ミア……なんだこれ、どこだここは」

「王都の病院だよ。リューゴくん、三日も眠ったままだったんだから」

「み、三日⁉」

自己ベストの十四時間を大幅に上回る睡眠時間に、流護は愕然とした。それはもう寝ていたというより、昏睡(こんすい)状態だったと表現するほうが正しいのではないか。

「……ああ、そうだ。あの後、どうなったんだ……？」

「リューゴくんが、ファーヴナールにトドメの一撃をぶち当てて。そこで、リューゴくんも倒れちゃって。もうスゴかったんだからー、ベルちゃんが。ちぎれたリューゴくんの腕を必死で繋いで、ベルちゃんだって自分で歩けないぐらい弱ってたのに」

言われて、左腕を確認する。あった。確かに切断されたはずの左腕が、しっかりと繋がっていた。

……が、動かない。

袖をめくってみる。

「う、うわあ……」

繋がってはいるが、結合部分がかなり無残なことになっていた。

「あ、まだ動かしちゃダメだよ。くっついただけなんだから。でも、ほんとよかった。目、覚ましてくれて……」

そこで、ガチャリと扉の開く音。

目をやると、部屋に入ってきたのはベルグレッテ——ではなく、無表情な金髪メガネ少女、レノーレだった。

「あ。なんかいま、『なんだベル子じゃねーのか』っていうリューゴくんの心の声が電撃となってあたしの脳裏にビビッと」

「……ベルじゃなくてごめんなさい。……目を覚ましてくれてよかったです、では」

「言ってねえ！　言ってないし思ってないから出て行かなくていいぞ！」

部屋を出て行こうとするレノーレを慌てて引き止める。

「ミアさんよお……」

「ふひひ。でもほんと、今回はリューゴくんのおかげでみんな助かったし……ほんとに、ありがと」

「……あなたのおかげで、被害は最小限に食い止められた。……ありがとう」

少女二人からお礼を言われて気恥ずかしくなった流護は、慌てて話を変えた。

「け、結局さ。あのバケモンは何だったんだ」

その問いには、レノーレがかすかに頷いて答えた。

「……学院より遥か北。国境付近に、未開の地『北の地平線（ノース・グランダリア）』へ繋がってる広大な森林地帯がある。そこに棲息してたドラウトローが、餌を求めてやってきたファーヴナールに襲われて逃げ出した。ファーヴナールは、ドラウトローを追って学院までやってきた。他の地域でも、散り散りに逃げたドラウトローによる被害が出てたみたい。調査の結果、『北の地平線（ノース・グランダリア）』の周辺では、百体を超えるドラウトローの死体が見つかった」

何だそりゃ、と流護は息を飲む。それはつまり端的に言ってしまえば、

「ただ、腹を空かした肉食獣が森に餌を食いにきた、その結果があれだってのか……」

それで運悪く、逃げ出したドラウトローによって、ミネットは殺された。そして運悪く、流護たちはドラウトローに襲われ、連中を追ってきたファーヴナールにまで遭遇した。

ファーヴナールはたまたま学院にやってきたのかもしれないが、逃げたドラウトローを追って近

隣の村などへ行っていたらどうなっていただろう。集落のひとつやふたつ、消えていたのではないだろうか。

日本では、到底考えられないような話だった。これが、グリムクロウズという世界……。

「これからも問題だよね……。その、やっぱり、そんなファーヴナールと素手で闘えるリューゴくんは何者なんだー、って話になっちゃって」

しかしそこで、ミアは目を輝かせて言い連ねる。

「でも兵士の人たちに追及されそうになって、そこでベルちゃんが毅然と言い放ったわけなのです！『彼が何者であろうと、私たちを救ってくれたことに変わりはありません』って」

「……」

流護は言葉に詰まった。

「俺だけの力じゃねえよ。みんながいなけりゃ……無理だった」

「でもやっぱり……素手で闘ったリューゴくんが異端視されるのは、もう避けられないんだよね……」

「……二週間もすれば、退院できるはず。……ただその後、あなたは王城へ呼ばれることになると思う」

「神詠術(オラクル)を使わずに、素手でファーヴナールを、となるとさすがにねー。もう伝説みたいなものだもん。功績より何者なんだ、って話になっちゃうのも分かるけど……でもリューゴくんは、あたしたちの勇者さまみたいなもんですから！　絶対、悪いようなことにはさせないからね！」

「ああ、サンキュな」

勇者様、か。流護は心中で反芻する。

退院まで二週間。その頃には、流護の筋力は完全に衰え、ただの人になっているのだろう。

そんなことを思って窓の外へ目をやる流護を勘違いしたのか、

「さーってと。リューゴくんも寂しそうだし、そろそろ呼んでこないとね」

にまにまとした笑顔を見せて、ミアがそんなことを言う。

「は？　な、なんだよ」

「ベルちゃん、下の広間で休んでるとこなの。いま呼んでくるから、少しだけ待ってるといいぞよ？　ぐへへへ」

「え？　いや、別に俺は」

「あそ。ベルちゃんの顔見たくないんだ？」

「い、いや別に」

「ふひひひひ。まあ待ってて。すぐ呼んでくるから。いこ、レノーレ」

ミアとレノーレの二人は、連れ立って病室を出て行ってしまった。

「……なんだってんだ」

ミアに言われたからだろうか。

顔が見たいかと言われれば、「見たいに決まってんだろ、何が悪い」と逆ギレ気味になってしまいそうなほど、彼女の顔を見たくなっていた。

ズボンのポケットに手を入れてみれば、携帯電話が指先に触れた。ミアのおかげで電池が回復して以降、何となく持っていたのだ。あの戦闘でよく壊れなかったものだと思う。

取り出して電源を入れ、画像フォルダを開く。三人で撮った写真のサムネイルが現れる。ミアと、自分と。なぜだろう。全然似てなんかいないはずなのに、ふと彩花の影がちらつくことがあるのは。胡乱(うろん)な頭で、そんなことを考える。

「う……」

急速に、眠気が襲ってきた。

まだ身体が回復し切っていないのか。

眠る前に、せっかくだからベルグレッテの顔を見ておきたい。写真ではなくて、実際に。

彩花との約束。夏祭りへ行くという約束は守れなかった。

しかし、ベルグレッテとの約束。死なないという約束は、守れたのだ。

だからという訳ではないが、無性にベルグレッテの顔が見たかった。

「…………」

窓から吹き込む風が、とても心地よく。余計に、眠気を誘うようだ。

「――……」

少しずつ、聞こえてくる。

この病室へ向かっているだろう、皆の。彼女の、声が。

意識が、遠のいていく。

（約束、守れたん、だよな。だ、から……眠る、前、に――）

流護の手から、携帯電話が滑り落ちた。

◇

この世界は実に興味深い。

中でも特筆すべきは、『神詠術（オラクル）』という奇跡の存在だろう。

私も一端の研究者などを気取っておきながら、神詠術（オラクル）というものがどういう原理で成り立っているのか、その解明に繋がる糸口さえ、未だ掴めてはいないのだ。

もっともその辺りのことを言い出せば、人間がどうして生まれたのか、宇宙はどうして発生したのか、という話になってしまうので、気にするべきではないのかもしれない。

研究者としては、随分と丸くなってしまったように思う。

気にするべきでないといえば、そもそも私はどうしてこの世界へやってきてしまったのだろうか。

このグリムクロウズで暮らして早くも十四年が経過したが、未だ帰るための手立ては見つかっていない。

しかし私は研究職に就く身だ。諦めてはいない。

さて、このグリムクロウズという世界は、宇宙のどの辺りに存在している惑星なのだろう。

地球に住む私のような『人間』が、別の『人間』が住まう惑星へと放り込まれる。これは、どういう現象なのだろうか。私の頭が固いのかどうかは知らないが、正直、経験してなお信じがたい。

ところで。実際にこのような異世界への転移をした場合、本来ならば懸念されるはずの問題がある。

それは、病原菌だ。

このグリムクロウズに、地球には存在しない『怨魔』などという生物がいる以上、当然、ミクロの世界にも地球では見られない細菌類が存在するはずだ。

逆に、地球から来た私が保有しているはずの細菌が、この世界に新たな病気を蔓延させてしまうことが懸念されて然るべきなのだ。

だが私は、この世界へ来て以来、未知の菌が原因と思われる病気には罹っていない。

この世界にも、私が来たことによると思しき病気などの発生は確認されていない。

神詠術の正体。

グリムクロウズという異世界。

その異世界への転送。

地球人、グリムクロウズの人間がともに、病原菌に侵されない理由。

確かに信じがたいことばかりだが、実は予想がついていない訳ではない。好き勝手に夢想するだけならば自由だ。

私の推測では、これらは——


「ちーっす。荷物届いてたぜ、ロックウェーブのおっさん」

エドヴィンが荷物を抱えて、気だるそうに研究室へと入ってきた。

「こっちの箱、小せーのにクソ重てーんだけど。何が入ってんだよ？」

「ん？　ああ、それは黒牢石(こくろうせき)だね」

「何でそんなモンを……」

「ちょっとばかり、作らなきゃいけない物があってね」

彼の頼みである。どうせ学院もしばらく休みとなってしまったので、たまには日曜大工の真似事をするのも悪くない。

「ん？　それ、何書いてたんだよ？　遺書？」

「日記だよ。そんなにボクに死んでほしいのかね、キミは」

ぱた、と書きかけの日記を閉じた。

「いや、俺はどうでもいいけどよ。女子に嫌われすぎて、思いつめたんじゃねーかと」

「キミねえ……。まあボクは、どれだけ女の子たちに嫌われようと構わんがね！　リーフィアちゃんさえいれば！　あっ、そうだよエドヴィン。こないだのリーフィアちゃんの手作りケーキの件は、どうなったのかね……？」

「え？　いや、リーフィアとか基本、学院こねーし……。おっさんだって分かってんでしょ」

「くっ……」

わざわざ一人の少年の情報を売り渡したのに、やはりこんな仕打ちか。

「いやあ……今日も、陽射しが眩しいね。涙が出そうだ」

「ひざし、って何だよ？」

窓の外に広がる、快晴の青空を眺めて。岩波輝は一人、溜息をつくのだった。

Storia of Knuckle's Knight in the Arkadia

春の日の前奏曲（プレリュード）

真円の光球――という仮初めの姿を象(かたど)り天空に座すは、昼神インベレヌス。その恵みたる光が万物全てを優しく照らし始めた、まだ薄暗い早朝。窓辺からは、小鳥たちの競うような囀(さえず)りが聞こえている。

そんな黎明(れいめい)の澄(す)んだ空気が漂う、静かな自室にて。

黒い格子柄が特徴的なスカートの留め具を引き上げ、上品なブラウン色のブレザーに袖を通し、ボタンを全てきちんとはめる。着慣れた制服に、ほつれや皺はなし。

「ん」

前髪を指で少し払って整え、その場でくるりと回り、全身を確認する。背中まで届く藍色の長い髪に、寝癖はなし。

「よしっ」

鏡の前で身だしなみを確認したベルグレッテ・フィズ・ガーティルードは、一人小さく頷いた。

十二の月のうち四番目となる翠緑(すいりょく)の月、その十日。

いつも通りの朝、部屋を出る前の準備。二年生に進級しても、こうした部分は何も変わらない。

（うーん……）

やたらと短めで入学当初は抵抗のあったスカート丈にも、今は何だかんだと慣れてしまった。かつては制服の考案者である学院長に抗議したこともあったが、「肌を出せるなんて若者の特権なんだから、ガタガタ言いなさんな。アタシぐらいの歳になったら、出したくても出せなくなるんだからねコノヤロー」と一蹴されている。見目麗しい大人の女性で非常に優秀な詠術士(メイジ)たる彼女だが、その内面は極めて変わり者。どこか突き抜けた異彩を放っている。

（そろそろ出よう）

懐中時計を確認し、早めに部屋を後にする。

日課としている朝の散歩を兼ねた見回り。その後、食堂に寄って朝食。そして校舎へ向かい、生徒の本分たる学業に勤しむ。学院における一日の流れというものは、概ねそんなところだ。

実のところ、今日は少しだけ波乱の一日となるのだが、それでもベルグレッテの予定に変わりはない。

（むしろ今日みたいな日こそ、いつも通りの平常心が大事よね）

奮起して、まだ静かな学生棟の廊下を歩き始めた。

朝食を終える頃に明るくなった窓の外は、雲ひとつ見当たらない快晴。暖かな春の一日となるだろう。

（ん。実技試験にはもってこいの日和（ひより）ね）

外を眺めながら歩くベルグレッテは、通い慣れていない廊下を通り教室を目指す。

そう。ミディール学院の二年生となって、ちょうど一週間。一年間通い詰めた一年生の教室ではなく、新しい二年生の教室へ向かっているところだった。

（っと、こっち……よね）

校舎自体が大昔の城を改装して造られたものであるため、外敵を惑わす目的の名残なのか、内部構造が少し複雑だったりするのだ。慣れない場所へ行きたい場合、存外に戸惑うことがある。……などと思いながら少女騎士が歩いていた矢先に、

「ウワー！」

すぐ先の角から、泣きべそをかいた少女が飛び出してきた。赤茶けた短い髪と幼い顔立ち、ちんまりとした上背が特徴的な友人である。

「ミア、おはよう。どうしたの？」

彼女が騒がしいのはいつものこと。さして驚きもせず話しかければ、小さな元気娘ことミアはベルグレッテの顔を見るなり、ほっと安堵したように顔を綻ばせた。

「ベルちゃーん！　あうああ、よかったぁ。教室に行こうと思ったんだけど、道に迷っちゃって……。もう、この迷い路を永遠にさまよい続けるのかと思ったよ……」

「ふふ、大げさなんだから」

「ついつい、油断してると一年生の教室に行きそうになっちゃうんだよね。まあ、さすがに本当に行きはしないんだけど」

およそ丸一年の付き合いとなる陽気な少女と合流し、一緒に新しい教室へと向かう。

しかしミアはといえば、がっくりと大きく肩を落としながら歩いていた。

「うう、ついに順位公表の日がやってきてしまったよ……」

「ちゃんと勉強はしたんでしょうね？」

「ベルちゃん、あたしと結婚しよう」

「こら、現実から目を背けるんじゃありませんっ」

順位公表。ミディール学院に在籍する生徒数は、今年は全三百八名。そのうち上位五名となる『ペンタ』を除いた皆が試験を受け、詠術士（メイジ）としての順位を決定づけされる催しである。

原則として年に七度実施され、そのたびに生徒らが一喜一憂する。

今回、ベルグレッテたちにしてみれば二年生になっていきなりの考査となるが、この進級直後の試験というものは、必然的に在校生らの順位が上がりやすくなる傾向がある。

それも当然のことで、この順位公表は全生徒が同じ内容の考査を受ける。入学したばかりの一年生も参加するため、当然ながら年単位で学院に在籍し、何度も試験を繰り返している上級生のほうが上位に入りやすいのだ。基本的には数字の大きさ通り、四年生が最も有利で、一年生が最も不利となる。

新入生らはひとまずこの洗礼を受けて詠術士（メイジ）としての己の力量を把握し、各自四年間の研鑽に努めていくことになる。入学直後なのだから、結果が振るわなかったとしてもそれは当然で、気にする必要はないのだ。

とはいえ、この学院へ入学するためには、内包する魂心力（プラルナ）の多さ――つまり生まれ持っての資質がまず重要となる。そのうえで、十歳から十九歳の間であれば、一年生として入ることができる。

そのため、やたらとこなれた二十歳間際の新人がやってくる、ということもありえるのだ。皆が皆、不慣れな術者の卵という訳ではない。

実際のところ、

「この学院に入って丸一年かあー。いやー、ベルちゃんの最初の順位公表は、とにかく衝撃的だったなあ」

去年。入学した直後の順位公表にて、ベルグレッテは六位を獲得した。上位五名の『ペンタ』を除外して考えたなら、つまり実質の一位である。

「私には、恵まれた環境があったから。城には豊富な資料もあるし、卒業生のかたもいるし……」

「ベルちゃんは謙虚だよね。すんごい努力家だし。まあ、あたしはベルちゃんのそんなところに惹かれて、気がついたらぞっこんになってたんだけど～」

ベルグレッテは、幼少時代からロイヤルガード候補として英才教育を受けてきた身。詠術士(メイジ)としての経歴でいえば、四年生にも決して引けは取らないのだ。

そんな少女騎士だけに留まらず、去年の一年生は全体的に優秀だと評価が高かった。

当時、同じく新一年生として入ったとある女子生徒が、ベルグレッテに次ぐ七位を獲得。事実上の一位と二位を新入生が独占したとのことで、過去に類を見ない事態だと騒がれたのだ。

以降、ベルグレッテと彼女は競い合い、僅差で全く同じ順位を保ち続けた。ちなみに五度目の順位公表が終わった後、その七位の生徒は西の隣国にしばらく滞在することが決まり、今は学院を留守にしている。幾度となく激戦を繰り広げたことでベルグレッテの好敵手(ライバル)を自認した貴族の少女だったが、遠い異国の地でも優れた実力を発揮していることだろう。

そんな彼女らだけではなく、ベルグレッテの妹であるクレアリアも常に高い成績を維持し続け、異国からやってきたダイゴスやレノーレも安定して良好な結果を残している。ミアは農村出身なこともあって知識や経験も乏しく、最初は今ひとつ順位も振るわなかったが、今はかなりの成長を遂げていた。ほんの一年前まで最先端の神詠術理論（オラクル）とは無縁な平民だった、などと思えないほどである。

「よーし、ここまできて気にしててもしょうがないもんね！　がんばる！」

「ん、その意気よー」

鼻息荒く奮起するミアに、ベルグレッテも微笑ましい気持ちとなる。

「目標は大きく、目指せ三十位以内！　ねぇベルちゃん。もし達成できたら、なにかごほうびがほしいなー、なんて」

「そうね、考えておいてもいいわよ。なにがいい？」

「ベルちゃんがほしい」

「三十位でそれだと、もっと上位に入ったらどうなるの？」

「生まれ変わってもずっと一緒にいてほしい」

「そう……。その約束を来世でも覚えていたらいいわね、お互いに」

ほどなくして教室へ到着すると、すでに幾人かが朝会前の時間を思い思いに過ごしていた。

まず、前列中央より少し奥、自分の席で静かに書き物をしている少女に近づいていく。肩まで伸ばしたさらさらの金髪と白雪のような肌、メガネをかけた知的な女子生徒。

「おはよう、レノーレ」

「おっはよー！」

ベルグレッテとミアがそれぞれ声をかけると、

「……おはよう」

紙面から顔を上げたレノーレが、変わらぬ静かさで挨拶を返した。

遥か北西に位置する雪国出身、見た目通りの大人しい少女である。それこそ雪のように溶けて消えてしまいそうな儚さ漂う佇まいに反し、詠術士（メイジ）としての実力は指折り。それも学問や研究分野に使われる術ではなく、多彩な戦闘用の技術を得意とする。さらには考査における解答の傾向から、意外にも基礎的な部分を知らないことが判明した。

実はこういった特徴は、傭兵業を営む者などに多く見られる。

つまりレノーレは、机上で神詠術（オラクル）を学んだのではない。実戦によって磨き、鍛え上げてきたのだ。詠術士（メイジ）としての経歴はきっと、ベルグレッテと大差ない。五年は下らないだろう。どうしてこの学院へやってきたのか不思議なほどの実力者だったが、一年時にその理由を尋ねたところ、「学校に行きたかったから」とのことだった。

人にはそれぞれ事情というものがある。わざわざ異国の学院へ編入してきたレノーレにも、きっと。本人が寡黙で多くを語らぬこともあって、ベルグレッテは詳しくを知らない。向こうから話してこない限り、無闇に詮索するつもりもなかった。

「レノーレ、調子はどう？」

「……問題ない。……今回は、十位以内には入りたい」

「レノーレなら大丈夫だよ！」

ミアの言うようにむしろ入らないほうがおかしい能力を持っているのだが、先述の通り、基礎的な理論を知らず躓いたりすることがあるため、総合的な評価としては二十位前後をふらふらしている。

「お互い、がんばりましょう」

「……うん」

次に二人は、窓際で佇んでいる巨漢の下へ。こざっぱりした濃い茶色の頭髪と、開いているのか閉じているのか分からないほど細い糸目が特徴的な男子生徒。物静かな人物であるという点は、レノーレと共通しているかもしれない。

「おはよう、ダイゴス」

「おっはよー！」

少女二人に挨拶された大男は、ニヤリと口の端を上げて同じように「おはよう」と返してきた。

「ダイゴスはちゃんと勉強したのー？」

「そこそこはの」

ミアに問われ、巨漢もまたいつもと同じ飾らない反応を返す。

こう見えて彼は、東の隣国の王城関係者。レインディールとの友好を保つための架け橋的存在として、この学院に留学している。成績は隙なく高水準。いつも安定して十五位前後を維持していた。この学級では最年長者ということもあり、頼れる兄貴分的な存在といえる。ミアに言わせると「みんなのパパさん」だそうだ。

そのミアが、次々と級友たちのやってくる教室内を見渡して、訝しそうに呟いた。

「あれー……？　そういえばエドヴィンのヤツ、まだ来てないよね。まさかアイツ、サボるつもりなんじゃ……」

「いや、さすがにそれはないと思うけど……」

ベルグレッテも困惑気味に答える。

典型的な不良学生といった趣のあるエドヴィンは、やはり成績のほうも褒められたものではない。『狂犬』などと渾名される好戦的な気性から、実技における模擬戦闘は非常に優秀だが、それ以外が致命的な惨状を呈している。

ベルグレッテとしては正直、彼が講義についていけず学院を辞めてしまうのでは、と心配になってしまうこともあった。

「あっ、来た！」

そこでミアの指差す先、エドヴィンが慌しく教室に駆け込んでくる。

「ふー……。どうにか間に合ったかよ……」

チリチリに丸まった茶色い頭髪、剣呑な雰囲気を隠しもしない顔立ち。そんな外見が特徴的なエドヴィンは、人相の悪さを助長している鋭い目つきで壁時計を睨み、大きな溜息を吐き出す。

「遅いよーエドヴィン、サボるのかと思った」

ミアにそう言われた悪童は、何言ってやがると肩をそびやかした。

「流石にサボりゃしねーよ。大体、今日サボったってどーせ別の日に受けなきゃなんねーだろ。意味がねーよ」

順位公表とは、自分の詠術士としての力量を把握する目的で行われる、重要な催しである。当然ながら参加は義務。

入学直後を除く二度目以降の順位公表において、やむを得ない理由で受けられなかった者は、三日後の予備日に改めて実施となる。この日にも都合がつかなかった者は、特例として免除。点数や順位は前回から据え置きとなるが、他の生徒が好成績を出した場合、順位に関しては抜かされて下がる一方となる可能性がある。ベルグレッテも過去に一度だけ、どうしても都合がつかず免除となったことがあった（幸いにして順位が落ちることはなかった）。

『順位公表』と呼ばれはするが、実際に試験の結果が明らかになるのは、これらの処置が終わった後となる。

諸々の都合で当日に参加できない生徒が出ることは珍しくなく、例えば今回はベルグレッテの妹のクレアリアがそれに該当する。現在はロイヤルガードとして姫についているうえ、今日は王族関係者の公務に同行する予定となっており、どうしても学院へ来ることができないのだ。

ちなみに、先に終えた者から筆記試験の内容を教えてもらうなどの不正を防止するため、あらかじめ設問は二種類用意されている。

「初日と予備日で問題が同じなら、初日なんざ毎回サボってやるんだがよー」

「むっ」

その発言を、生真面目なベルグレッテは聞き逃さない。

「エドヴィン。そういうのはだめだからね」

「べ、別に、本気で言ってるワケじゃねーよ……」

少女騎士が眉を吊り上げると、彼は目を逸らしながら気まずそうに口ごもった。

「ぬっふふ。『狂犬』も、相変わらずベルちゃんの前だと形なしじゃのうー。んで、どうしていつもより遅かったのー？」

ミアの言うように、不良学生のエドヴィンではあるが、意外と遅刻はしない。それゆえ、逆にある程度の時間になっても来ないようであれば、その日はサボりだとすぐ分かるほどだった。

「イヤ……何も考えねーで歩いてたら、一年の教室に行っちまっててよ。椅子に座ったら妙に座り心地が違って、そこでやっと気付いたぜ」

「鈍すぎだよー。それ、周りの一年生に見られたりしたんじゃないの？」

「まァな。ジロジロ見てきやがるから睨み返してやったら、知らねー顔ばっかで驚いたぜ」

「うわあ……。あたしもまだ間違えて前の教室に行きそうになったりはするけど、さすがにそれはないよ……。やっぱりエドヴィンはエドヴィンだねー。少しは勉強したの？」

「あァ？　するワケねーだろ」

恥じるところなどないとばかり、堂々たる返答であった。

「もうっ、エドヴィンはこれなんだから……」

毎回のことではあったが、はあ、とベルグレッテは嘆息した。

神詠術（オラクル）とは神の恩恵、聖なる授かり物である。

その力を磨くことのできるミディール学院への入学は、多くの者にとっての栄誉。晴れて学院生となれた暁には、皆が実直に日々の勉強に励む——とは限らなかった。

エドヴィンのように、乗り気でなかったものの親の勧めで入試を受け、結果として合格したという者も少なからず存在する。

学力や技量よりも重要視されるのは、魂心力の総量。これが規定以上ならば、その他の足りない部分を補う形で受かることも珍しくはない。

ミディール学院出身という経歴がついたなら、将来の選択肢も多様なものとなる。自分の子供が入学の必須条件である一定以上の魂心力を有していたなら、とにかくまず試験を受けさせてみる——というのは、親としてもっともな話なのだろう。どれだけ勉学に優れ、高い技術を持っていたとしても、魂心力が規定量に満たなければ、学院の門を潜ることはできないのだから。

そんな、本人にしてみれば『受かってしまった』不良学生の見本のようなエドヴィンが、

「はっ、ダイゴス。午後の模擬戦、お前と当たんの楽しみにしてっからよ。俺の炎が唸りを上げるぜ」

『狂犬』なる異名の通り、凶悪に犬歯を剥き出して笑う。

彼の戦闘能力は、学院でも屈指の部類である。このように凄まれれば、大概の生徒は萎縮してしまうだろう。

「ほう。お主と当たるかどうかは分からんが、楽しみにしておこうかの」

しかし宣言を受けたダイゴスは、そびえ立つ大山のように泰然自若。不敵な笑みすら浮かべてそう返す。

「イヤ、まあ、あれだ。お手柔らかに頼むぜ……」

結局エドヴィンは、あっさりと日和(ひよ)ってしまった。

(あはは……)

無理もない、とベルグレッテは苦笑う。このダイゴスという青年、およそ欠点らしきものが見当たらない。落ち着いた物腰、安定した学業成績。戦闘技術においても隙はなく、手本のような練度を誇るのだ。実戦でエドヴィンを大きく凌駕する、数少ない一人といえる。

「自分から突っかかっていったのに、カッコわるーい」

「ち、違ぇよミア公……そこは俺とダイゴスの仲だからよ、小手調べっつーかなんつーか……」

そこで、いきなり席を立ったレノーレがしずしずとこちらへやってきた。

「な、何だよ」

メガネを隔てた彼女の静かな瞳に見据えられ、またも『狂犬』がうろたえる。この寡黙な少女もまた、実戦でエドヴィンを上回る一人なのだ。

表情ひとつ変えないそんなレノーレが、口だけを小さく動かして言った。

「……エドヴィン。午後の模擬戦、あなたと当たるのを楽しみにしてっからよ。私の冷気が唸りを上げるぜ」

「やめろゴラァー!」

頬を赤らめたエドヴィンが叫ぶと同時に、担任教師が「よーしみんな席につけー」と教室へ入ってきた。各々慌ただしく自分の机に戻っていき、いよいよ二年目最初の順位公表が幕を開けるのだった。


「あれ？　じゃあその次の問題は？　えーと、詠唱保持と……なんだっけ」

「詠唱保持と消費する魂心力(プラルナ)の関連性の設問よね？　それはBが正解かしら」

「……私もBだと思う」

「うあー！　じゃあそこも間違ったよ～」

午前中の筆記試験を終えて。

昼休みから午後の実技開始までは皆、生徒間での答え合わせに余念がない。ベルグレッテたちも例外ではなく、あれこれと賑やかに一喜一憂しながら廊下を行く。ちなみに今は運動用の衣服に着替え、午後の試験会場となる校庭へ向かっているところだった。

「うう、じゃあれは？　怨魔生態の項目。邪竜ファーヴナールの寿命を答えよー、ってやつ。Sクラスの怨魔だからすごそうだし、五百年ぐらいだよね？」

「……それは二千年が正解」

「ん。二千年ね」

「にっ、二千っ!?　なんだよそれー、半分でいいからあたしに分けてほしいよ！　そしてあたしは千年の間、ベルちゃんとの愛にまみれた悠久の日々を過ごすのだ……」

「私は百年経たずに天へ召されると思うけど……残り九百年以上、一人でがんばってね」

「ウワー！」

騒がしい元気娘を横目に、対照的なほど静かなメガネの少女が窓越しの青空へと視線を移す。

「どうかした？　レノーレ」

ベルグレッテが問えば、彼女は眩しげに目を細めながら呟いた。

「……ファーヴナールで思い出したけど、今日の空はどうなんだろうと思って」

「ああ、なるほど」

釣られる形で、ベルグレッテも空を仰ぐ。

雲ひとつない、春の爽やかな蒼穹。そこにおかしな点は見当たらない。

しかし今年は、ファーヴナールの年と呼ばれる六十年に一度の厄年。

その特徴のひとつとしてよく挙げられるのが、うろこ雲に埋め尽くされた空だろう。今年に入って以降、夕方頃になると、脈々と連なった雲が群れを成し、蛇の体表にも似た不気味な空模様を作り出すことがあった。

その原因は識者の間でも諸説ある。曰く、どこかでファーヴナールの群れが羽ばたいたことによって旋風が生じ、雲に影響を与える。曰く、実は関連性などなく、全く別の要因がある。ともあれ、そんな一生に一度きりとなるだろう年に当たったこともあってか、筆記試験ではかの怨魔にまつわる設問がいくつか見受けられた。

（まあ……その特徴や生態も、あくまで仮説や伝承上のものなんだけど）

『怨魔補完書』による区分は、最高位となるカテゴリーＳ。邪竜ファーヴナール。

人が分け入ることのできぬ深い山奥に棲むと噂され、その目撃例は皆無に等しい。遥か上空を飛翔する姿を見かけた、という報告が稀に寄せられることもあるが、本物かどうかは疑わしいところだ。レインディールにも生息していると伝わるものの、正直なところ眉唾な話だとベルグレッテは考えている。

ただ少なくとも確実なのは、

(実際にお目にかかることは、まずないでしょうね……)

何といっても、伝説に登場するような怪物である。かの暴君が降臨する姿を目の当たりにする機会は、生涯訪れないと考えて間違いないだろう。

「じゃあ十問目は？　ファーヴナールの身体の色って……」

「……灰色」

「よーし、そこも合ってた！」

少女騎士が窓の外を眺めながら夢想する間にも、答え合わせは続いていた。元気娘はなかなか好調のようだ。

「ミア、今までに比べたらかなり正解が多くなってるんじゃない？」

「ううーん……でもあたし、実技のほうでわりと足引っぱっちゃうからね。ここで稼いでおきたかったんだよなー」

「……でも、その様子なら四十位には入ると思う」

「いいや、だめなんだよレノーレさん。あたしは、三十位以内に入らなければならない宿命を背負っているのだ……」

「……なぜゆえに」

「三十位以内になったら、ベルちゃんがあたしと結婚してくれるって。永遠の愛を誓ってくれるって」

「言ってないんだけど……」

　油断するとすぐこれである。

　そうして少女たちは、校舎を出て校庭へとやってきた。普段なら広々としている砂の大地には現在、三百人近い生徒たちが集まっている。

　机にかじりついて答案とにらめっこした前半とは違い、後半となる午後は実際に神詠術（オラクル）を行使する実技試験の時間。

　健康状態の診断や個々が内包する魂心力（プラルナ）の測定に始まり、共通技能である通信術などの精度確認、それぞれの属性に対応した細かな技術力の査定、そして最後に——

「へっ、いよいよ実技だな。模擬戦、お前と当たっても手加減はしないからな」

「望むところだ！」

　仲のよさそうな男子生徒らが、お互いに拳を突き合わせながらベルグレッテたちの横を通り過ぎていく。

　そうなのだ。順位公表の最後には、模擬戦闘という項目が控えている。

　事前に教師が無作為に選定した相手と、計十試合をこなす。一試合は三分。一戦ごとに休憩を挟みながらではあるものの、合わせて三十分もの時間を戦闘に費やすことになる、体力勝負の大がかりな試験だった。人数が少ない予備日の場合は、すでに試験を終えている生徒が対戦相手として呼び出されることもある。

余談だが、模擬戦闘を含む実技試験は雨天の場合、屋内の施設をどうにかやりくりして実施されることになっていた。

「にしても男子って、模擬戦好きだよね～」

今しがた歩いていった少年たちの背中を眺めながら、ミアが少し呆れ気味に零す。

「……模擬戦で燃えねーよーなヤツは男じゃねぇ、ってエドヴィンが言ってた」

いつものことではあるが、集まっている男子生徒たちには入れ込んだ様子の者が目立つ。

「それだとアルヴェは女子になっちゃうね……。まあ、ほんとに女の子みたいな顔してるけど」

「まぁ、気持ちは分からないでもないよね。男子にしてみれば、気になる女子にカッコいいとこ見せたいだろうし」

「……エドヴィンみたいに、純粋に模擬戦を楽しみにしてる人も多そう」

ミアとレノーレの会話を聞いて、ベルグレッテは大きく嘆息した。

「もうっ。模擬戦闘は、そういう不純な心構えで望んでいいものじゃないんだけどね。大ケガに繋がる可能性もあるんだから」

身も蓋もなく言い換えれば、神詠術(オラクル)をぶつけ合う行為である。負傷者が出るのは毎度の話で、この模擬戦闘が一番最後に実施されるのも、ケガによって以降の試験が受けられなくなることを防ぐためなのだ。

「いつものことだけど……ミアも、ケガには気をつけてね」

「うんっ。でも、いつか一回ぐらいは完走してみたいな～」

「……ミアの場合、まず体力をつけないと」

「うーん、そうなんだよねやっぱり」

計三十分の長丁場。詠術士（メイジ）といえど、荒事に強い者ばかりではない。運動の苦手な生徒などは、試合前に教師の確認を受けた結果、消耗度合いから続行不能と判断され試験終了となることもある。

ミアは最初の一、二戦では存分に力を発揮し、エドヴィンを退けるほどの成果を出すのだが、以降急激に失速し、五試合目の前あたりで止められてしまうことが多かった。

個人によって、模擬戦闘の目標は様々となる。

何とかケガをせずに終わりたい。一試合でも多く続けられるようになりたい。勝ち負けにこだわらず十試合を闘い抜きたい。できるだけ勝ち星を多く稼ぎたい――等々。

勝敗に関係なく十試合全てを終えられる者は、全体のうちおよそ四割とされていた。

ベルグレッテの目標はといえば、

「やっぱりベルちゃんは、今回も全勝目指すんでしょ？」

「えっと、まあ、そうね」

曖昧に頷きはしたが、何気に負けず嫌いの少女騎士である。

入学からこれまで、どのような組み合わせで誰と当たっても、負けたことはなかった。疲弊の積み重なった後半でレノーレやダイゴス、今は西の隣国に行っている彼女や上級生とぶつかり、引き分けとなってしまうことは幾度かあったが。

（勝ち負けより内容のほうが大事なのは、重々承知してるんだけど……ついついこだわっちゃう。あんまりエドヴィンのことは言えないわよね……）

精神的な未熟を自省しつつも、詠術士（メイジ）としての矜持が先に立ってしまうのだ。

「ベルちゃんもレノーレもすごいよね、全勝経験あるんだもん……！　あたしも一回ぐらい、十人抜きしてみたいなぁ」

「……ミアの場合、まず体力をつけないと」

「うーん、そうなんだよねやっぱり」

「ちょっと二人とも、さっきとまったく同じ会話を繰り返してるわよ」

そうこうしているうちに、ゴーン……と昼休みの終わりを告げる鐘の音が鳴り渡った。


「こんにちは、ロック博士」

「やあベルちゃん、ご苦労様だね……」

校庭の隅。机の上に載せた小さな鉄の箱をいじっている白衣の男性に声をかけると、やや覇気のない反応が返ってきた。

「博士、お疲れですか？　目の下にもクマが……」

「いやあ……夕べ、ついつい仕事のほうに熱中しちゃってね。順位公表があるから、早く寝なきゃとは思ってたんだけどねぇ」

「あはは……無理はなさらないでくださいね」

ボサボサの白髪が目立つ、メガネをかけた壮年の研究者。その名をロックウェーブ・テル・ザ・グレート、通称ロック博士。

学院の教員ではないが、レインディールにおける神詠術研究の第一人者で、学院の敷地内に自らの棟を持ち、そこで日夜研究に明け暮れている。

この順位公表においては毎回、実技前の魂心力測定を担当することになっていた。

「調整よーし……準備終わり、っと」

鉄の箱をポンと叩いた博士が、安堵したように溜息をつきながら呟く。

「うん、楽しみだねぇ」

「楽しみ……ですか？」

「いやね。この検査の結果を眺めるだけでも、色々なものが見えてくるんだ。例えばベルちゃんは頑張ってるなとか、エドヴィンはまたサボってるなとか。人生の縮図……というには大げさだけど、皆の学院生活を俯瞰から観察してる感覚になれるというかね。結果の図を眺めてるだけでも、丸一日潰せちゃうぐらいなんだよ」

「そ……そうなんですか。参考になります……」

深いというか、着眼点が違うというか。少なくともベルグレッテには、検査結果ひとつでそこまで思い馳せることはできそうにない。

変わり者としても名高いロック博士だが、こうした柔軟な思考があってこそ、神の恩恵たる神詠術を研究してみようなどという発想に至ったのかもしれない。

「それじゃあ準備も終わったから、そろそろ始めるよう伝えてもらえるかな?」

「あ、はい。承知しました」


「はい、これで終了よ。また腕を上げましたね、ベルグレッテ」

「いえ。ありがとうございました」

担当の女性教師に挨拶を済ませ、水属性の試験場となっていた裏庭を離れる。

(よしっ、と)

調子は上々。水属性の試験では主に、動く的にうまく水撃を当てられるか、指定された量の水を素早く正確に用意できるか、などの精度が試される。いずれも、去年より良好な結果を残すことができた。

これでいよいよ、残すは最後の模擬戦闘のみ。全員の属性査定が終わり次第開始となる。

校庭へ戻ろうと歩いていたところで、数人の級友たちと行き違った。

「あっ、ベルだ。あんたが向こうから来たってことは、今回の水属性の会場ってやっぱ裏庭?」

「ん、そうよ」

「ありがとさーん。あ、そうそう。もう模擬戦の組み合わせの用紙、配布始まってるわよ。ヴィクトール先生が担当してる」

「そうなんだ、ありがと」

「ベルはやっぱり全勝狙いでしょ？　期待してるよー。あっ、あたしと当たった場合はお手柔らかによろしく。まだ死にたくないからねー」

「んなっ……人聞きが悪いわね、もうっ」

「だって模擬戦のときのベル、別人みたいに迫力あるんだもん。傍から見てる分には術もきれいだし、カッコいいんだけどね。ふふ……今回の新一年生は、何人があなたの虜になっちゃうのかしらね」

「もうっ、からかわないでってば」

手を振り合いながら別れ、模擬戦闘の用紙を受け取りに向かう。

広々とした校庭に出ると同時、

「あっ、ベルちゃーん」

人ごみの中から、ミアがとことこと寄ってきた。小さなその手には、一枚の紙が握られている。

「あらミア、もう模擬戦の用紙もらってきたの……って、ふふふ」

「なに？　ベルちゃん」

見上げてくる少女の顔を見て、ベルグレッテは思わず口元を綻ばせてしまった。

「ふふ、ミア。魂心力(プラルナ)の測定器、おでこにくっつけられたんじゃない？」

「え？　あ！　もしかして……あと、残ってる⁉」

さっと恥ずかしそうに両手で額を押さえる少女だが、指摘通りだったようだ。

「ううー、ひどいんだよロック博士ってば。検査待ちの列が長くなってきたからって、ゴメンね急ぐよーなんて言って、おでこにくっつけられちゃって」

検査に用いられる鉄の箱のような装置からは長い紐が何本か伸びており、その先に吸盤(きゅうばん)がついている。それを人体にピタピタと張りつけて測定するのだ。

男子は上半身裸になり胸や背中に接続するが、女子はやはり大勢の前やロック博士の前で脱ぐことに抵抗がある。紐を渡されて各自で衣服の下の素肌に繋ぐのだが、これだと時間がかかるのだ。

本来であれば胴体に繋ぐのが最良とされてはいるが、測定待ちの生徒が増えてきたため、額にくっつけられてしまったのだろう。慣例に従い実施してはいるが、魂心力(プラルナ)に異常があった者など過去に存在しないため、おざなりになっている部分はあるのは否定できない。

卒業生より新入生の数のほうが多く、去年より生徒数が増えたため、時間も押しているのだろう。

「ところで、ミアの初戦の対戦相手は?」

「うーん、知らない人だった」

手にした紙をまじまじと見つめ、少女は首を傾げる。覗き込んでみれば、そこに書かれた名前はベルグレッテもあまりよく知らない生徒で、ひとつ上の三年生らしい。もっとも、総勢三百人に及ぶ中から対戦相手を決めようというのだ。顔見知りに当たる可能性のほうが低い。

「オウ、何してんだお前ら」

運動服の上衣に袖を通しながらやってきたのは、魂心力(プラルナ)の検査を終えたらしき『狂犬』の少年だった。

「あら、エドヴィン。これから属性の査定？」

「だな。さっさと終わらせて模擬戦やりてーぜ」

ニッ、と彼は歯を見せて笑う。

「フッ……そういやァ、ベルと当たったことはまだ一回もねーよな」

「ん……たしかにそうね」

無作為な組み合わせの妙、とでもいうべきか。ベルグレッテは今までレノーレやダイゴス、ミアと対戦したことはあるのだが、エドヴィンを始めとする級友の幾人かとはまだ当たったことがなかった。順位公表は年に七度、模擬戦闘は十試合。本来なら去年だけで七十試合を経験していることになるが、ベルグレッテは一度だけ免除となっているので、これまで六十試合。ともかく、全ての試験を受ければ卒業までの四年間で最大二百八十試合をこなすことになる。今後一度ぐらい、どこかでかち合いそうなものだ。

「なにカッコつけてんのエドヴィン。ベルちゃんに当たっても負けるだけでしょーに」

「べ、別にいーじゃねーかよ。何事も経験だろ」

三人でしばし話し込んでいると、どこからともなくしずしずとした足取りでやってくるメガネの少女が一人。

「あ、レノーレ。属性査定終わったのー？」

こくりと頷いた静かな少女の手には、ミアと同じように一枚の小さな紙片が握られている。

「おっ、何だよ。レノーレも紙もらってきたのか。くー、こうしちゃいられねーぜ！　俺もさっさと属性査定終わらして、もらってこねーとな……！」

エドヴィンが心から楽しげに言うと、レノーレはやや無感情な瞳で彼をじっと見つめた。

「な、何だよ。どーした」

寡黙な彼女は言葉としては答えず、手にしていた紙を広げて皆に見えるよう掲げる。

「あっ」

レノーレ以外の三人の声が同期した。

彼女が摘んでいるその紙に記されているのは、一試合目の対戦相手の名前。

即ち、『エドヴィン・ガウル』――と。

「…………」

この場の四人全員が沈黙し、周囲の喧騒に包まれる形となる。

ややあって、紙を丁寧に畳んでポケットへ仕舞い込んだレノーレが口を開いた。

「……エドヴィン。私の冷気が唸りを上げるので、よろしく」


「おい、聞いたか？　エドヴィンの野郎、初戦でこっぴどくやられたらしくってよ……。死んだ目で『寒い、寒いよ……死んじまうよ……』なんてうわ言みてぇに繰り返してたって」

「あのエドヴィンがか……？　寒い、ってことは、相手は氷使いか？　あいつをそこまでやれるとなると、まさか……」

「ああ。ちょうど勝者があそこにいるぜ。見ろよ、始まるぞ」

周囲には、大勢の生徒たちによる人だかりができていた。

「こらっ、お前ら何をしとるか！　自分の試合に集中せんかーっ」

「もう続行不可能って言われましたー」

「次の試合まで時間ありまーす」

「いやいや、この組み合わせを見ないなんてありえませんって」

「先生、よく見るといいケツしてんな……」

ごつい教師の一喝にも、集まった皆が散開する様子はない。

白線で区切られた砂の大地。即席の試合場に立って向かい合うは、運動着姿の女子生徒が二人。

双方の距離は大股で十歩分ほど。遠距離の間合いである。

「うー、まいったわね……」

ここまでの連戦で疲弊し始め、額に浮かんだ汗を拭う少女騎士と、

「……運命とは残酷なもの」

メガネのフレームを押し上げる氷雪の少女。

——ベルグレッテの模擬戦、七試合目。対戦相手、レノーレ。

「まさか、ここであなたと当たるなんて……」

思わず少女騎士の口からそう零れれば、

「……ここで会ったが百年目」

「え⁉　なに？　私、あなたにそんなに恨まれてるの……⁉」

「……一度くらいは、ベルに勝ってみたいと思って」

メガネの奥の静かな瞳。そこに灯る確かな光。珍しく彼女は、自分の思いをはっきりと口にした。

（くう、これは強敵だなあ……）

隙はなく、やる気も充分。全勝を目指すなら、ベルグレッテとしては正直当たりたくなかった相手といえる。が、泣き言を漏らしても仕方がない。

「よーし、よろしくお願いしますっ！」

「……こちらこそ」

そうして、友人同士である二人の詠術士(メイジ)が互いに身構える。

「創造神ジェド・メティーウに誓い、公正なる判定を下すことをここに約束する。いざ、尋常に……始めっ！」

教師の合図と同時、二人は己が属性を我先にと発現させた。

即ちベルグレッテの水流と、レノーレの吹雪。まず遠距離で渦巻き荒ぶる、双方の力。互いを守るように旋回した水氷がまともにぶつかり合い、初手から轟音と歓声が巻き起こった。

「くっ⁉」

まず押され、後退したのは――ベルグレッテ。

（やっぱり……遠距離戦は、分が悪いっ……！）

詠術士(メイジ)にもそれぞれ、得手不得手がある。ベルグレッテはどちらかといえば、水の剣を生み出しての接近戦を得意とする。

対するレノーレは、吹き荒ぶ氷雪を利用した長距離戦が主流。

開始前の立ち位置の時点で、まず後れを取ることは分かっていた。

(とにかく、なんとかして……入るっ！)

この闘いは、その一点が全てを決めるといっても過言ではなかった。剣の間合いに、踏み込めるか否か。それがそのまま、勝敗へと直結する。

白銀の水流を駆使し、レノーレが繰る氷雪の嵐を潜ろうと試みる。が、

(っ、く……！　入れ、ないっ……！)

ベルグレッテとて、決して遠距離戦が苦手な訳ではない。むしろ、並の者に後れは取らない自信がある。それでも、通じない。あの手この手で吹雪に綻びを入れようと術を放つも、全て撃ち落とされてしまう。

「一分経過！」

教師のその宣言も、周囲の歓声や術の唸りに塗り潰されそうだった。

(残り二分……っ)

それはまるで、吹雪の結界。近づこうとする者全てを拒み阻む、絶対の障壁。その中心に立つレノーレはやはり無表情。

(……ああ、なんだろ。思い出すなぁ)

一年前。期待と不安を胸に、編入された学級で見かけたその少女。誰とも話さず、自分の席に座っ

ているだけだった彼女。

それは、余計なお節介だったのかもしれない。

せっかくこれからここで四年間を過ごすのだから、楽しいほうがいいに決まっている。

そう思って、話しかけた。

彼女の反応はひどく淡白で、最初はなかなか会話も続かなくて。それでもしつこく声をかけ続けて。

(……ふふ)

それはまるで、万物を冷たく拒む氷のような。その状況が、今と重なった。

レノーレがかすかに目を見開く。気付いたのかもしれない。ベルグレッテが、挑戦的に笑ったことに。

「二分経過！　残り一分！」

そもそも、埒が明かない。残りは六十秒。レノーレの吹雪に翻弄され、押されている現状。このままでは、耐え切ったところで間違いなく判定負け。

あのときと、やることは一緒だ。愚直なまでに、突撃する。彼女の心を開くように。

纏う水流に割いていた力の割合を減らし、その分を両手に握る二本の剣へと注ぐ。

「はあぁぁッ！」

双(ふた)つの剣を閃かせ、吼えた。ただまっすぐに走る。

吹雪を斬り開く。風雪を裂き、道を切り拓く。

周囲からどよめきが上がった。無茶だ、との声も届く。ベルグレッテ自身、全くよね、と駆けながら同意した。

それを証明するように、渦巻く風雪の礫がベルグレッテの顔や身体を容赦なく打つ。

「く、う、——ッ！」

春の昼下がりとは思えない嵐の中を突っ切り、文字通り身を切るような烈風の最中（さなか）、それでも一挙肉薄することに成功した少女騎士は、

「はあああぁ——ッ！」

「……っ！」

レノーレが咄嗟に展開した氷の盾を、二刀交差の下に斬り砕いた。代償に、左手の剣が制御を失い虚空へと帰す。

「……！」

散る氷塊、舞う白雪。見開かれる、メガネの奥の親友の瞳。

返す右の一刃を、レノーレの喉下へ突きつけ。同時、無手となった左腕で、後方へよろけた彼女の肩を抱いた。支え、抱きかかえるように。

「はぁっ、ぜっ、はぁ……！」

息を荒げ、ベルグレッテは自らの腕に収まったレノーレの顔を見下ろす。

こうして寄り添える友人となるまで——距離を縮めるまで苦労させられた物静かな彼女は、相も変わらず平然とした無表情で呟いた。

「……ベル、傷だらけ。……強引すぎる。……なぜか、初めて会った頃を思い出した」

「あはは、奇遇ね。実は……私も、どうしてか思い出しちゃったのよね」

に、と笑って見せる。

「それまでっ！　勝者、ベルグレッテ！」

巻き起こる歓声の中、七戦目にして七勝目を宣言された少女騎士は、脱力してその場にへたり込んだ。腕に抱いたままのレノーレと一緒に、倒れるように。

「……ベル、重い」

「うるさーい」


二年生になって最初の順位公表、空は晴天、穏やかな春の日。調子も上々。

だというのに。何か悪しき存在に呪いでもかけられたのかと思うような、不運。

「はっ、ぜっ……！」

限界まで上がるベルグレッテの息。

対峙するその巨漢は、ほとんど消耗も見られない。浮かぶ不敵な笑みは、秘めた余裕を示している。

模擬戦闘、最後の十戦目。全勝が目前となった最後の一戦、その相手は——ダイゴス。

（もうっ、よりによってレノーレとダイゴスの両方に当たるだなんて……！）

先のレノーレと違い、この巨漢とベルグレッテの戦法は比較的似通っている。つまり、近接武器を生み出しての接近戦。

「くうっ⁉」

少女騎士が慌てて身を翻せば、その寸前までいた空間を紫電の残光が正確に射抜いていく。

ダイゴスが携えるは、彼の身長ほどもある長柄の棍。一拍でも回避が遅れれば、突きをまともにもらってしまうだろう。

水剣と雷棍が二合、三合と火花を散らし、得物の長さで劣るベルグレッテはじりじりと追い詰められていく。

（もう……っ）

体力的にも限界。ただ打ち合っていたのでは、このまま押し負ける。

今ここで必要なものは、レノーレ戦と同じ。

常識にとらわれない、ダイゴスの度肝を抜けるような策。そして、それを実行できるだけの――覚悟。

「ふっ……！」

まっすぐ飛んできた雷節棍を二本の水刃で受けて横へ流し、そのまま二刀を重ね束ねる。

「む」

かすかに見開かれるダイゴスの細い眼。

「――はっ！」

瞬く間に伸びて肥大した水の剣は、彼が持つ得物と遜色ない長さを獲得し、一直線に巨漢の顔へと迫った。

しかして恐るべきはダイゴスの技量。首を傾ける動作のみでこれを易々と躱す。が、

「水よっ、我が意に従え――――！」

爆ぜる。突き出した水剣は、その場で四散。飛沫の散弾となり、至近距離から巨漢へと降り注ぐ。

「ぬうっ」

いかにダイゴスとはいえ、さすがに思いもしなかったはずだ。この間合い、剣戟（けんげき）の最中、ベルグレッテが自ら武器を放棄するなど。

が、巨漢もまた魅せる。至近距離で炸裂した水弾のほとんどを、閃かせた雷棍で迎撃したのだ。数発がその巨体を直撃するも、彼の顔に浮かぶ不敵な笑みは崩れない。それどころか、より深みを増したようにも見える。

（うっ、そでしょ……！）

一転し、素手となってしまった少女騎士。相対するは、奇策を凌ぎ切った雷霆（らいてい）の戦士。

（けど……っ！）

最後の奥の手。未だ学院の皆の前では披露したことのない、最終手段があった。

神詠術（オラクル）を放つための『詠唱』という行為には、高い集中力が必要となる。本来であれば、それのみに意識を注ぎ続けなければならないほどに。別の行動の片手間で完遂できるようになるまでには、相応の修練が必要となるのだ。

戦闘を生業とする者ならばほぼ必須となる技能ではあるが、学生の身でこれを修めている者は少ない。

そう。去年のベルグレッテも、まだその域には達していなかった。

だから、皆は――眼前のダイゴスは知らない。

(正真正銘、最後の一手……！)

荒ぶる大蛇のごとき水の奔流、アクアストーム。ミアが勝手にそう命名した、己が最大規模の攻撃術。剣戟の最中に詠唱を終えていたこれを、解き放つ――

至近の間合い、未だ水滴が舞う中、刹那に交錯する両者の視線。

不敵な笑みが浮かぶ巨漢の表情から、その内面を推し量ることはできそうにない。ただ、察してはいるようだった。まだ終わりではないと。ベルグレッテが、何かを仕掛けようとしていると。

(さすがね……！　これも凌がれちゃったら、もう私の負けは確定だけど……っ)

果たして、彼の薄笑みを驚愕に変えることができるか否か。

(いざ、勝負――！)

今まさにアクアストームを発動しようとしたその瞬間、

「三分経過！　それまで、試合終了っ！」

両者の間に飛び込む形で、教師が割って入った。

「っ、あ」

腕で押しのけられ、思わずよろけてしまう。

周囲からは、安堵したようながっかりしたような声とともに、拍手が送られた。

「ああ……そっか……。時間、忘れてたー……」

どっと疲労感が肩にのしかかる。戦闘に集中するあまり、失念してしまっていた。

勝敗は判定に委ねられ、

「積極性や攻撃の命中精度を考慮した結果……勝者、ベルグレッテとする！」

おおと沸く歓声。遠巻きに囲っていた生徒たちの中から、「ベルちゃーん！」とミアが飛び出してくる。

互いに開始線へ戻っての一礼を終え、対戦相手から級友へ戻った両者は改めて歩み寄る。

「お疲れさまー、ダイゴス」

「うむ、お疲れじゃな」

「ううう……」

「何じゃ、不満そうじゃの」

「だって、勝った気がしないじゃない……」

「フ、お主の勝ちじゃ。勢いに乗った、良い攻めじゃった」

「どっちもすごかったよ！　二人ともすごかったよ！　ベルちゃん、全勝おめでとう！　ダイゴスも九勝なんでしょ？　すごいよ！」

ぴょこぴょこと飛び跳ねるミアが、間に入って二人の顔を交互に見比べた。そこへ、

「あァ……初戦で、負けて……続行……不可能に、なった……俺に、比べりゃー………」

死者のような覇気のなさでふらつくエドヴィンと、

「……ダイゴス、少し動きが消極的だった」

冷静な観察眼で一戦を振り返るレノーレもやってくる。

「レノーレの言う通りじゃ。少々、防ぐことに気を取られすぎたかの。ベル、十勝おめでとう。流石じゃの」

端的にそれだけ言った巨漢は、笑みを崩さず「さあ、後片付けの時間じゃぞ」とその場を後にする。

「っ、はあっ……」

結局、奥の手は出さず終い。

だが、それでよかったのかもしれない。披露すれば、きっと次回までには対策されてしまう。正直、今後レノーレやダイゴスと当たったときのための切り札として残しておきたいところだった。これを使わなければならない相手など、そうそう現われるはずもない。

ともあれ、十戦十勝。苦しく危うかったが、二年目最初の模擬戦闘を無事制して、ベルグレッテは安堵の溜息をつくのだった。

『……という訳で、私は十二位になるそうです。午前中に、学院長より連絡がありました』

「そうなんだ。前回に比べてひとつ上がったのね。改めて予備日の試験お疲れさま、クレア」

『いえ。ここのところ城での業務ばかりでしたので、よい息抜きになりました。この結果に甘んずることなく、より一層精進したい次第です』

ある安息日の昼下がり。自室にて、ベルグレッテは妹のクレアリアと通信術を交わしていた。

『それにしても、当初から言われていたことではありましたが……不慣れな一年生が入ってきたことで皆、必然的に順位が上がった感がありますね。どこぞのエドヴィン以外は。中でもミアが三十七位というのは、正直驚きました。がんばったんですね』

「ふふ。それ、本人に言ってあげたら？　喜ぶわよ」

『言いません。調子に乗るのが目に見えてますから。それに一年生が慣れてくる次回からは、そう上手くもいかないでしょうし』

ぴしゃりと言ってのける。自分や他人に対して少し厳しい、堅物の妹であった。

『姉様も……危なげなく安定した六位、お見事です』

「……うん」

六位。その響きに、思わず返答の声が小さくなる。

競うまでもなくあらかじめ除外された、上位五名の存在。

ここは実力主義の学院。もし仮に『彼ら』を上回ることができるのなら、実は位置づけも相応に上がる。ただ、そんなことは天地がひっくり返ってもありえない、というだけの話で。

（……でも、いつか……）

騎士として、もっと力をつける。彼らの希少性にも負けないほどのロイヤルガードとなってみせる。

ベルグレッテはただ静かに、そんな決意を改めて胸に刻んだ。

『では姉様。そろそろ姫様に呼ばれている時間となりますので、これで失礼しますね』

「うん。お疲れさま、クレア。リリアーヌによろしく。またね」

妹との通信を終える。

さて紅茶でも淹れようかと思案していると、
そんな声とともに、部屋の扉が忙しなく叩かれる。

「ベルちゃーん、いるー？」

「いるわよー」

顔を向けて返すや否や、

「おじゃましまーす！」

ばーんと戸が開け放たれ、檻から出た兎みたいな勢いでミアが駆け込んできた。

「ベルちゃーん！　ふんふん、ふんふん！」

「や、いるとは言ったけど……入っていいとも、抱きついていいとも言ってないわよ？」

「だめなのー？」

「まあ、べつにいいけど」

「知ってた～」

苦笑いしつつ、ぴったり寄り添ってきた元気娘の頭を撫でてやる。

「ぐへへへ、ぐへへへへ」

「こらっ。調子に乗るんじゃありませんっ」

いつも通り、胸に触れてきた手をぴしゃりと軽く叩きながら。気を許すとすぐこれである。

「それで、どうかしたの？」

「んっ。次の銀の曜日なんだけど……みんなで、王都に遊びに行かない？　順位公表も終わったし、お買い物もしたいし、クレアちゃんも向こうにいるし。……って、さっきレノーレやアルヴェたちとそんな話になって」

「そうね、構わないけ……あれ、銀の曜日って言った？」

「ん、そだけど……」

「ああ、ごめん。その日から、ブリジアに行かないと」

「あっ！　そういえばこないだ、そんなこと言ってたんだっけ……」

学生であり見習い騎士でもあるベルグレッテは、一人の兵として学院を留守にすることも多い。

近々、南にあるブリジアの街にて、兵舎の荷物整理を手伝う予定となっていた。

「そっかー。ベルちゃんは無理かー……」

「みんなで楽しんできなさい」

「うう、残念ー。安息日なのに大変だよね。ブリジアには、三日ぐらいいるんだっけ？」

「ん、そうなるわね。赤の曜日には戻るわ。あ、紅茶いる？」

「うん、いただきまーす。それにしても、ブリジアかぁー。あそこって畑ぐらいしかないから、みんなで遊びに行く候補にはあがらないんだよね。あたしは羊や牛を触ってるだけでも楽しいんだけど」

ブリジアの街。学院からは南、緑豊かで広大なサンドリア平原に抱かれて立つ、農業の発展した城塞都市である。他地域と比較して怨魔の脅威度が低いため、壁外にも畑を広く展開できている点が多大な生産能力へと繋がっていた。

「ねえねえ、ベルちゃん。ブリジアで思い出したんだけど、ロムアルドさんって最近どうしてるの？」

「どうしてるもこうしてるも、今回の依頼ってロムアルドからなのよね……。もうじき、北東の詰め所に戻るらしくて。この仕事も実質、あの人の引っ越しの手伝いさせられるんじゃないかしら……」

「ふぅーん……」

「どうかした？　ミア」

「ううん、なんでもない。ロムアルドさんって、女の人に人気ありそうだよね～」

「そう？　表向きの人当たりはいいけど、どうかしらね……」

ロムアルド・ディ・デートス。

学院周辺都市の警護を主に担当する、レインディールの正規兵。年齢は二十一。

ベルグレッテにとっては、同じ師から剣を学んだ兄弟子に当たる人物であり、貴族階級の出身という点も共通している。

デートス家は代々政務官の系譜であり、戦士として輩出された者はいないのだが、ロムアルドは武によって身を立てることを熱望した。

とはいえ、そこは家柄のある人間。身分を放り出して傭兵や冒険者となることなど、認められるはずもない。あれこれ揉めた末に、結局は国の兵士となることで落ち着いたのだった。

腕のほうは確かで、現在は警備隊の長を務めている。

余談だが、ロムアルドがそうして武勇に焦がれる切っ掛けとなったのは、おなじみ『竜滅書記』。その動機に、彼の身内は馬鹿を言うなと憤慨したそうだ。

書記の主役たる英雄ガイセリウスに憧れて、その愛剣グラム・リジルを模した術まで生み出してしまったベルグレッテとしては、ロムアルドの気持ちも分からなくはないのだが。

「ベルちゃんは、気になる男の人とかいないの？」

「え、なによいきなり。いてほしいの？」

「逆だよ！　いてほしくないから、警戒しておかなきゃと思って！」

「あはは、警戒って……」

「じゃあ、どんな感じの人が好み？」

「んー……私はロイヤルガードだから、そういうことは……」

「あっ。いつも元気でかわいくて、雷属性のコ以外は考えられない？　やっぱりそうだよねー、でへへへへ」

「うーん、理想の男の人かぁ。そうねー」

「ウワー！」

これまで考えたこともなかったが、それとなく思いを馳せる。

幼少の頃は、父や兄が憧憬の対象だった。この二人の背中ばかり追いかけていたためか、それ以外の男性に目が向かなかった部分があることは否定できない。

「うん、やっぱり私より強い人……っていうのは外せないかな」

「ほうほう。じゃあとりあえず、学院の男子はみんなダメだよねー。みんな、ベルちゃんに勝てないもんね」

やたらと満足そうにミアが頷く。補足する形で、ベルグレッテは続ける。

「ただ、強いっていうのは武力の面だけの話じゃなくてね。力に驕らず、飲み込まれず。実直で、飾らない人」

「や、やたら具体的じゃない!? そういう人がいるの!?」

「もうっ、そんな人がいたら惹かれるかもしれないなー、って話をしてるんでしょ。私自身、強い騎士になりたくて前のめりになりがちな部分があるから……。そういう自分にないものを持ってる人がいれば、気になったりするかもってこと。はい、どうぞ召し上がれ」

「ありがと、いただきまーす。ふぅーん、そっかそっか～。今は、そういう人もいないってことだよね」

淹れ立ての紅茶を一口すすったミアが、やたらとご機嫌に頷いた。

「急にどうしたのよ、ミアったら。こんな話をしたがるなんて」

「べつに今回に限ったことじゃないもん。ベルちゃんが出かけちゃうとき、帰りを待つ妻のあたしは、いつも不安なんだもん。外でいい人を作ってくるんじゃないかって……」

「なに言ってるんだか、もうっ」

おでこをつついてやると、お騒がせな自称妻はくすぐったそうに目を細めた。

「もしベルちゃんが男作ってきたりしたら、みんなに言いふらしちゃうんだから～」

「はいはい」

そうしていつもと変わらない、穏やかな安息日の午後は過ぎていくのだった。


「お疲れさまです。例の件、なにか動きはありましたか？」

「おお、これはベルグレッテ殿。その話ですが……今のところ、目撃者もごく僅か。そもそも私を含め、ドラウトローなぞ実際には見たこともない人間ばかりですからな。過去一度として、そのような怪物がこのブリジアに現れたという事例もございませんし。ま、見間違いのセンが濃厚かと」

「そう、ですか。念のため、引き続き警戒をお願いいたします」

「ええ、了解しましたとも」

髪に白いものが交ざり始めた熟年兵士は、おざなりな敬礼を残し、足取り軽く仮眠室へと引き上げていく。現状では被害らしい被害が出ていないこともあって、あまり深刻には捉えていないようだ。

場所はブリジアの街、兵士の詰め所。

数日間の応援を終えたベルグレッテは、学院への帰還を明日に控えていた。

「……はぁ」

軋む板張りの階段を下り、詰め所の一階へとやってくる。

「あら……」

たまたま休憩中だったり出払っていたりするのだろう。壁に剣や斧の飾られた広い待合室には、ものの見事に誰の姿もない。

（まったくの無人もよくないわよね……。お客さんが来たら困るし、しばらく留守番でもしてましょうか）

外に番兵は立っているだろうが、中に一人もいないようでは意味もない。

ついでに何か読もうかと本棚の前に立ち、一息つく。

ここ数日、このブリジア周辺で目撃されているという不審な影。その正体が少し気がかりなベルグレッテだったが、明日には学院へ戻らなければならない。

担任が急な出張で王都へ出向くことになり、学級長（クラスリーダー）として代わりに業務を取りまとめなければならなくなったのだ。元より明日には帰る予定だったのだが、改めて強く要請された。

「ふう……」

兵士として呼ばれたかと思えば、学院生として回れ右。

忙しくも充実した毎日。

この調子では、先日のミアとの会話に出たような恋愛をしている余裕など、とてもではないがありそうにない。

（まあ、するつもりもありませんけどー）

本を見繕いながら自分の肩をトントン叩いていると、

「こんにちはー」

兵舎の玄関口のほうから、来客らしき女性の声が届いてくる。やはり留守番をしようとして正解だったようだ。

「はい。どのようなご用でしょう——」

そちらへと繋がる廊下に顔を向けると、

「あっ、ミネットじゃない。元気にしてた？」

思わずベルグレッテの声も弾む。入ってきたのは、この街に住む友人だった。

「はい！　元気でしたベルグレッテさま！」

編んで背中へ垂らした栗色の長髪が印象に残る、素朴な同年代の少女。上下ひと続きとなった薄い暗色の服は、この地域で愛用されている女性用の農作業着だ。ところどころ土汚れが付着している。

ブリジアに数日滞在することが決まり、彼女——ミネット・バゼーヌにも事前に便りを出していたのだった。

仕事の合間を縫って来てくれたのだろうかと思ったところで、来客が彼女だけでないことに気付く。やたら大仰に頭を下げるミネットの後ろに、もう一人。最初は兵士が随伴（ずいはん）してきたのかと思ったが、どうやら違うようだ。

「ふふ。ほんとに元気ねー。そちらのかたは？」

そうしてベルグレッテが目線を向けた先にいた、その人物は——


——期せず、二人は出会い。

残酷な運命に導かれた少年と少女の物語が今、幕を開ける。

あとがき

その日、私はふらりと訪れた近所の書店にて本棚を眺めていました。

当初は推理小説を買っていくつもりだったのですが、いきなり天啓のように閃（ひらめ）いたのを今でも覚えています。

「あ、ライトノベル読みたくなってきた」と。それもなぜか、「異世界召喚モノが読みたくなってきた」と。さらには、「昔の王道バトル漫画っぽい内容がいい」と。

あのときの衝動が何だったのかは今も分かりませんが、欲しいモノがやたらと具体的に定まったのですから、行動しない理由はありません。

そんな訳で、ラノベコーナーと銘打たれた華やかな絵柄の本が目立つ一角に足を踏み入れました。が、先述の条件に合致しそうな作品はありませんでした。当時は二〇十一年の末。『小説家になろう』さん発の書籍作品というものも、まだかなり少なかった時期だったと思います。

売ってない、でも読みたい。さてどうするか。

そこで私は思いつきました。

「じゃあ、自分で書けばいいんじゃね……？」

という訳で、色々あってこうしてあとがきを書く立場になりました（四年ほど過程を省略）。

そんな事情で執筆を始めた作品です。好きなように、需要など考えずに、されど自分で書きたいがゆえ、妥協せず全力を尽くしている作品です。言わば、自分自身のための作品――でした。当初は。

二〇十二年五月より掲載開始した『小説家になろう』さんにて多くの方にご支持いただき、去年ついには出版のお誘いをもいただき、TOブックスさんや担当編集さんやイラストレーターさんの多大なご助力を賜って、今回、一冊の本という形になりました。

Webから応援いただいている方、218さんの美麗なイラストに惹かれた方、少年漫画っぽいバトルや恋愛が好きな方、そしてかつての私のように「ラノベ読みてえ!」と天啓を受けて手に取ってくださった方。

当作品が皆様にとってお楽しみいただけるものとなっていましたら、これ以上のことはないと思っています。

平成二十八年三月　降朗汰(ふるろうた)

終天の異世界と拳撃の騎士2
—赤と青の双流(デュアリティ)—
Otoria of Knuckle's Knight in the Arkadia
5月25日発売!!

謎の暗殺者集団──アウズィ
美人騎士(ロイヤルガード)姉妹に迫る狂気
最凶の“悪”を前に
流護の決断は!?

2ヶ月連続刊行 第2弾

終天の異世界と拳撃の騎士
暴君、降臨

2016年5月1日　第1刷発行

著　者　降朗汰

発行者　深澤晴彦

発行所　TOブックス
〒150-0045
東京都渋谷区神泉町18-8　松濤ハイツ2F
TEL 03-6452-5678（編集）
0120-933-772（営業フリーダイヤル）
FAX 03-6452-5680
ホームページ　http://www.tobooks.jp
メール　info@tobooks.jp

印刷・製本　中央精版印刷株式会社

ISBN978-4-86472-479-1

Printed in Japan